講談社文庫

教会堂の殺人
～Game Theory～

周木 律

講談社

「もしかしたら精神にも、精神のない運動と同様に、潜在的な秩序があるのではないか？」

「たぶん、あるでしょう。わたくしの数学的分析は、どんなに無秩序に見えるものにも必ず潜在的秩序があるにちがいない、ということを暗示しています」

「そちの、その心理歴史学とやらは……もし実用的になれば、非常に有用だろうな？」

「非常に役に立つことは、確かです。未来がどうなるか知ることは、たとえ、非常に概論的、確率的なものであっても、われわれの行為の、新しい、すばらしいガイドとして役立つでしょう。人類がこれまでに持ったことのないガイドとして」

——『ファウンデーションへの序曲』より

目次 CONTENTS

Game Theory

本文イラスト 日田慶治

本文図版 周木 律

本文デザイン 坂野公一（welle design）

教会堂の殺人

~Game Theory~

【登場人物紹介】

宮司《ぐうじ》 司《つかさ》　警察庁所属の警視正

宮司《ぐうじ》 百合子《ゆりこ》　T大学大学院生。司の妹

小角田《こつのだ》 雄一郎《ゆういちろう》　O大学の数学教授

脇《わき》 宇兵《うへい》　新聞記者

船生《ふにゅう》 さわ　X県警Y警察署の警部補

毒島《ぶすじま》 喬《たかし》　X県警Y警察署の巡査部長

十和田《とわだ》 只人《ただひと》　放浪の数学者

善知鳥《うとう》 神《かみ》　天才数学者。沼四郎の娘

沼《ぬま》 四郎《しろう》　狂気の建築家（故人）

藤《ふじ》 衛《まもる》　「天皇」と称されている大数学者

1

「うーむ……」

新聞記者、脇宇兵《わきうへい》は、考え込んでいた。

会社のデスク。軋《きし》む椅子に尻を半分だけ乗せ、片肘を突いて頭を支えながら、小太りの腹を人差し指でとんとんと叩《たた》きつつ、何度も思考を廻《めぐ》らせる。

もしかすると、と脇はまた、心の中で呟《つぶや》いた。

もしかすると――それは単なる勘違いなのだろうか。あるいは飄々《ひょうひょう》と生きる「彼」の、単なる気まぐれの結果にしかすぎないのだろうか。

そうかもしれない。いや、たぶんそうだ。きっとそうだ。そうに違いない。とすれば、これは杞憂《きゆう》。単なる考えすぎにほかならない。

だが――。

逆接の言葉とともに、思考はさっきも到達した終点からまた、始点へと戻る。

もう一度、うーむと唸《うな》ると、脇は顔を上げた。

窓の外には、枯れ葉が舞っている。

秋。今は、肌を粟立《あわだ》てる寒風の中に、人恋しさだけでなく、寂《さび》しさや不穏も入り混じる季節。

脇はじっと目を閉じると、新聞社の雑然としたデスクの前で、何度目かの思索に、また耽《ふけ》る――。


脇がこの夏、あの島で遭遇した事件は、実に奇妙で、異様なものだった。

あの事件――すなわち、日本海に浮かぶ「伽藍島《がらんとう》」で発生した、凄惨《せいさん》な事件。

伽藍堂の殺人事件。

海に囲まれ、陸地との移動を阻まれた島、不気味な姿を見せる、宗教団体が作ったという施設。

そこに、数学上の難問に関する講演を行う、あるいは聴くという目的で集まった、数学に関係する幾人かの人たち。

そして――事件は起こった。

はやにえ。死。すなわち、殺人。

警察庁担当だった時代に知りあった警視正も首を傾《かし》げたこの奇妙な事件は、しかし、最後にはある男の推理によって解決を見たのだった。

だが――。

そのときに暴かれた犯人の行方は、いまだ杳《よう》として知れないでいる。またそもそも彼らを島に集わせた張本人、藤衛《ふじまもる》についても、この事件との関係が明らかになっていないままだ。

そう――藤衛。

この「藤天皇」とさえ称される大数学者の名前を思い出すたび、同時に、三日前に会った「彼」が口にしたことを思い出す。

「……そうですねえ、藤天皇こそ、これまで地球上に存在していた数学者の中で、もっとも優れた方だと言えるのではないでしょうか」

「もっとも？　ってことはつまり、アルキメデスやニュートンよりも優秀だってことですか、小角田《こつのだ》先生」

「ええ。ガウスよりも、ヒルベルトよりも、アインシュタインよりもですよ」

「彼」――伽藍島で知りあった小柄な老教授、小角田雄一郎《ゆういちろう》は、薄い頭髪とは対照的に長い髭《ひげ》を揺らしつつ、ほっほっほと特徴のある笑い声を上げた。

「言いすぎではありませんよ。藤衛先生こそ、日本、世界、そして歴史を見渡しても、最高にして唯一の数学者だと、私は信じて止《や》まないのです」

「ふうん。同じ数学者の小角田先生がそう言うからには、そうなのでしょうけれどねえ……」

脇は、眉を顰《ひそ》めた。

「といっても、藤先生は、死刑囚だった方なのでしょう？　いくら数学者からは『天皇』と称されるほどの尊敬を集めていたからといって、その一方では、二十数年前の大量殺人事件の首謀者としてずうっと収監されてもいたわけですし、それって、どうなのでしょうね」

「誤解がありますね。藤先生は再審請求後、無罪を勝ち取られています。社会的には、もはや犯罪者ではありませんよ」

「まあ、それは、そうかもしれませんけれど」

脇は、語尾を濁《にご》した。

「でも、本当に無実なんですかね。火のないところに煙は立たぬ、とは言いませんか？」

「ほう、脇さんは、本当は藤先生が犯人だったと考えていらっしゃる」

「いえ、そうとまでは、言っていませんが」

曖昧《あいまい》に頷《うなず》く脇に、小角田は飄々とした笑い声とともに、悠然と長い顎髭《あごひげ》を撫《な》でた。

「ほっほっほ……仮に脇さんの疑いが現実のものだとしても、しかし私の評価は揺らぎはしませんよ。なぜなら、数学の才や業績に対する評価は、倫理とは別の世界に属するものだからです。たとえ藤先生が極悪人、大罪人だったとして、先生が打ち立てた、あるいはこれから打ち立てようとしている金字塔の価値と比べれば、そんな事実など大した問題ではないのですから。というより、比較する意味がないと言ったほうが正確でしょうね」

「そんなものですか」

疑わしげに脇は言った。小角田が言わんとしていることはよく解《わか》る。だが新聞記者という立場上、そこを切り離して考えてはならないような気もしていたからだ。

だが小角田は、なお当然のごとく続ける。

「ある意味では、数学の神秘を手に入れる能力は、あらゆる悪事の責《せめ》を凌駕《りょうが》します。何しろこの能力は『神』に比肩するものなのですからね。それよりも、脇さん」

返す言葉に迷う脇に、小角田はふと真剣な顔つきで言った。

「今日、脇さんにお会いしたのはですね、ほかでもなく、実はお伝えしておくべきことがあると思ったからなのです」

「伝えるべきこと？　僕にですか」

「ええ。実は……私、近々X県に旅立とうと思っているのです」

「旅。いいですね。どちらに行かれるんです？」

「ほっほっほ、それは『教会……』ですよ」

「え、教会……？」

語尾が聞き取れなかった。だが教会、というくらいなのだから、どこかのキリスト教教会のことか。遠いところにある珍しい教会なのかもしれない。

脇の疑問には答えないまま、小角田は続けた。

「家内に死なれてから、随分と日も経《た》ちます。また身内もおりませんし、日常的にやり取りをする友人もいません。それなものですから、まずは脇さんだけに、私がそこに行くということを、お伝えしておこうと思ったのです」

「はあ」

脇は疑問に思う。どうしてだろう？　旅に出ることを、小角田が自分に伝えるのは、まあ解る。だがなぜ自分「だけ」に伝えるのか。それは、もしかすると、自分が新聞記者であることと関係があるのだろうか？

引っかかりを覚えつつ、脇は問う。

「しかし小角田先生、わざわざなんのために、その、教会に行くんですか？」

「何しに、ですって。決まっています」

小角田は、ふと片方の口角だけを上げた。

「探しに行くんですよ」

「探しに？　何を？」

「『真理』をです」

「……は？」

真理？　何を言っているのだろうか。眉間に皺《しわ》を寄せる脇に、小角田は続ける。

「私は、『真理』を探しに教会堂に行くのです。いいですか、脇さん。あの場所には、見るものが見ればあの『謎』を解き『真理』を手に入れるための、重要な手がかりがあるのです」

「『謎』とか『真理』とか……なんのことだかよく解りませんけれど、つまり」

一拍を置いて、脇は訊《き》く。

「それって、なんなんです？」

その問いに、小角田は目を見開くと、きらきらとした瞳で脇を真っ向から見据えながら、言った。

「リーマン予想です」

それから小角田は旅立ち、そして――行方不明となった。

そのことを知ったのは、小角田が数学教授として籍を置くO大学の関係者から、小角田の行方を問われたからだった。

――え、小角田さん、連絡が取れないんですか。

――そうなんです。行方不明、というんでしょうか。ご家族の方もおられず、どちらに行かれたか解らなくなっていまして。かといって私ども大学のほうで警察に捜索願を出すのもどうかな、と。

――ふーむ……。

――それで最近、小角田教授が、新聞記者の脇さんとお話しされていたような話を聞いたものですから、もしかしたら教授がどちらへ行かれたのか、ご存じなのではないか、と。

――それなら確か、教会堂へ行くとかおっしゃっていたような……。

――教会堂？　なんですか、それは。

――いえ、その……僕も詳しくは知らないので。

――そうなんですか。で、教授は、何をしにそこへ行かれたんでしょう。

――それは……。

その質問に脇はなぜか、曖昧に「よく、解りません」とだけ答えた。

やり取りを思い返しつつ、脇は自問する。

なぜあのとき、自分はお茶を濁したのだろうか？

数秒を置いて、脇は、自答する。

きっと、それは――。

「……『臭《にお》う』からか」

そう、脇の嗅覚は、そこに流れる不穏な「臭い」をありありと感じ取っていたのだ。だから彼は、お茶を濁したのだ。この話は、あまり多くの人の耳目《じもく》に曝《さら》すべきものではない、と。

では、その「臭い」とは、なんなのか。

それも脇には、明らかだった。

教会堂。すなわち――「堂」。あの場所もまた、小角田とともに遭遇した夏の事件の舞台と同じ、「堂」と号される場所であること。そして、小角田が失踪したこと。

これらを踏まえれば、それは――。

――きな臭さ、だ。

しかも、ともすれば腐敗臭までをも含んでいる。

だとすれば、だ。

脇は思考に最後の問いを与える。

自分は今、何をすべきなのだろうか？

一呼吸の後、脇は自らその問いの答えを与えた。

何をすべきかって？　決まっている。そんなのは、考えるまでもないことだ。

「……行くしか、ないじゃないか」

そう、すべては行ってみなければ、始まらない。

小角田の足取りが途絶えた、X県の「教会堂」へ。

自分を鼓舞するように声を発するや否や、ぱちりと目を開けると、脇はがばりと身体を起こし、足元の鞄《かばん》に荷物をつめ込み始めた。

2

「私」が、「現実」に戻ろうとしている。

深い沼の底から、身体が浮上する。夢と無意識と暗闇の隙間に、また「私」が取り戻されていく。

まどろみから戻ろうとするその瞬間。百合子《ゆりこ》にはそれが、嫌でたまらなかった。

昔から嫌だったわけではない。眩《まば》ゆい光の中にあるのが希望だけだったほんの何年か前まで、むしろこの浮上は、彼女が生きる世界への帰途であったのだから。

だが、今は違う。

猜疑《さいぎ》や恐怖を抱く必要がなかったあの頃とは、根本的にすべてが異なっている。だから――。

——目の前に、枕が見えた。百合子は思う。

枕だ。

ああ、抗《あらが》いがたい現実がまた始まる。諦めとともに、百合子はベッドからゆっくりと身体を起こす。

カーテンの隙間から、輪郭のはっきりとしない、灰色の光が射《さ》し込《こ》んでいる。

目覚まし時計が、午前七時前を指している。ベルが鳴る時刻よりも早く、そして兄が家を出る時刻よりも遅い、輪郭のはっきりとしない時間。

「はあ……」

無意識に、輪郭のおぼろな溜息《ためいき》が漏れる。

それが何に対する嘆息なのかさえ解らないまま、百合子は立ち上がると、よろよろと、リビングへと移動した。

朝食は、すでに用意されていた。

食パン、スープ、目玉焼き。誰でも作れる簡単なものばかり。とはいえそんな簡単なものでも、きちんと用意がされるには、多くの愛情が必要だ。

その持ち主は、ただひとり。

歳《とし》の離れた兄、宮司司《ぐうじつかさ》だ。

T大学の大学院生である百合子より十七年上の、警察庁に警視正として勤務するキャリア官僚の兄。要職にあって、毎日朝から晩まで仕事で忙しくしているにもかかわらず、暫《しばら》く体調不良の続いている百合子のために、こうして出勤前の忙しいときでも欠かさず朝食を作ってくれる兄は、かつて百合子がほしがったある人のサインを貰《もら》いに、わざわざその人のところへ行ったりしてくれたこともある。過保護気味で、心配になると百合子の行くところについてきてしまうほどのシスコンぶりが鬱陶《うっとう》しいこともあるが、それでも、誰よりも頼りになる兄は、誰よりも優しい、百合子の唯一の身内だ。

その事実が、泥のようにまとわりつく嫌な気分の中の唯一の救いとなり、百合子は、今日初めて、ほんの少しの笑みを浮かべた。

椅子に座り、テレビをつけた。

朝の報道番組が、淡々と昨日の出来事を報じている。政治。経済。天気。スポーツ。芸能。ブラウン管に秒単位で目まぐるしく映し出される情報は、百合子を素通りして抜けていく。

だが――。

パンをトーストもせず、角の耳の部分だけをもそもそと食べていた百合子の耳に、不意にそのニュースが突き刺さった。

「奥入瀬渓流《おいらせけいりゅう》では、例年よりも遅い紅葉《もみじ》が最盛期を迎えています。首都圏などからも多くの行楽客《こうらく》が訪れており、間もなくやってくる冬の気配を感じながらも、十和田湖《とわだこ》の絶景を楽しんでいました」

――十和田。

百合子の胸が、ふと締めつけられる。

その単語に――いや、名前に、百合子は多くのことを想起させられる。

十和田只人《とわだただひと》。兄である司と同い年である十和田は、放浪の数学者でありながら、眼球堂《がんきゅうどう》の殺人事件や、双孔堂《そうこうどう》の殺人事件、そして五覚堂《ごかくどう》の殺人事件をも解決した男。そして、百合子の憧れの人。

だが、今や彼は、百合子にとってまるで重い足枷《あしかせ》のような存在となっている。憧れが消えたわけではない。にもかかわらず、どうして十和田のことを想起するたび、こんなにも重苦しい気持ちになるのか。

理由は――解っていた。

だが、それを口には出さない。

一度声にして出してしまったなら、ただでさえオーバーフローを起こす疑念が、さらなる渦を巻いて、百合子に襲いかかってくるような気がしてならなかったからだ。

だから百合子は、心の中で、問うてみる。

――十和田先生のしたことは、何だったの。

――なぜ、十和田先生はそうしたのか。

――きっと、何か理由があるに違いない。

――でも、それなら、その理由とはなんなのか。

そうだ、十和田はあのとき、言っていた――。

「……『リーマンの定理』」

無意識に発する声が、百合子を不穏に包み込む。

リーマンの定理――そう、「定理《Theorem》」だ。

定理はもちろん、予想《Hypothesis》ではない。ある命題に証明が付されたものが定理であって、経験的にそうであると予測できるだけで未証明のものが予想だ。つまり、定理と予想は証明の有無によって明確に峻別《しゅんべつ》されている――とすれば。

なぜ、「定理」なのか？

リーマン予想は、まだ誰も証明を果たしていなかったはず。なのに、なぜ「定理」なのだろうか？

あるいは、もしかすると十和田先生は、まだ何か重大なことを隠しているのだろうか？

その疑問を契機に、恐れていたことが起きる。

それは――疑念の爆発。

――隠しているのは、十和田先生だけじゃない。

――兄もまた、何かを隠している。

――それはきっと私と兄の間にある「何か」だ。

――そして、それこそ私が「なんなのか」と大きく関係している「何か」だ。

そう――結局のところ、つまり私は「何者」なのだろうか？

クエスチョンに次ぐ、クエスチョン。

箍《たが》が外れればすぐに溢《あふ》れ出《だ》す、百合子の憂鬱の原因、すなわちとめどない疑問が、どす黒い靄《もや》となって、すぐに百合子の目の前を覆《おお》い尽《つ》くす。

ただじっと下唇を嚙《か》みつつも、思考は続く。

――この疑念に解を与えるためには、どうすればいいのか？　兄に直接相談すればいいのだろうか？　だがそれこそ、私をここまで育ててくれた兄を根底から疑うようなことになりはしないか？

ならば――十和田先生に問うか？

あの人はきっとすべてを知っているに違いない。たとえ知らないとしても、あのすべてを見透かす色素の薄い目で、私に正しい方向、すなわち「解」を与えてくれるに違いない。だが、それこそ希望にすぎないのではないか？　十和田先生の居場所でさえ、またその一切が解らないままとなっているというのに——。

いや、そもそも——。

——二人を信じていいのか？

——信じるべきなのか？

——信じられるのか？

もしも二人を信じられないのだとしたら——。

——宮司百合子。結局、お前は誰なのだ？

百合子はぎゅっと目を閉じ、両手で耳をふさぐ。

何も見たくないし、何も聞きたくはなかったからだ。だがどれだけ外界との接触を断とうとしたところで、疑念は内なる声となって、いつまでも百合子の脳に直接、悪魔的に囁《ささや》き続ける。

——お前は、誰なのだ？

「止めて……」

泣きそうな声で、百合子は呻《うめ》く。

にもかかわらず、無情な囁きはいつまでも彼女を責め立て続ける——。

そのとき。

ふと、ふさいだ耳の奥に、微《かす》かな電子音が届く。

規則正しく鳴るその音に、百合子は顔を上げる。

ラックの上で、赤いＬＥＤが明滅している。

ああ――電話だ。

出口のない堂々巡りの思考が漸《ようや》く、中断する。

百合子は安堵《あんど》にも似た溜息を大きく吐きつつ、腰を上げると、受話器を取り上げた。

「……もし、もし」

たどたどしく、か細い声。

我ながらいつの間にこんなに弱っていたのか。自分の声に自分で驚きつつ、百合子は応答を待つ。

だが、電話を掛けてきた主《ぬし》は、いつまで経っても何も言おうとしない。

「……？　あの、どちらさまですか」

訝《いぶか》る百合子に、電話の主は、さらに数秒を置いてから、漸く口を開いた。

『宮司、百合子ちゃんね？』

女の声。

同時に、百合子の背筋を戦慄が立ち上る。

高いとも、低いとも分類できない声調。明瞭ではあるが、その言葉以上のさまざまな情報をその中に含む、複雑な声色。

この声の主を──私は知っている。

無意識にぎゅっと受話器を握りしめつつ、百合子は「はい」と電話口で頷くと、答えが解っていながら、あえてもう一度訊き返した。

「あの、どちらさま、ですか」

ふふ、と百合子の心の中を見透かすように軽やかな笑いをはさむと、電話の主は、まるでそんなこと、あなたはもうとっくに解っているのでしょう、とでも言わんばかりの楽しげな声色で、答えた。

『善知鳥神《うとうかみ》よ』

3

──これ、臭う。

職場のデスクで、彼女──背筋をしゃんと伸ばし、署内ではトレードマークにもなっている黒のパンツスーツでぴしりと身を包む警部補、船生《ふにゅう》さわは、書類に目を通しつつ、心の中でそう呟いた。

周囲は雑然として騒がしい。X県警Y署は小規模な警察署だが、それでも地域の治安を担当する刑事生活安全課では、いつも担当刑事たちがあれやこれやと仕事に励んでいる。それは、たとえ深夜であっても止むことがなく、したがってこの喧噪《けんそう》が収まることも、まずない。

だが、そんな中でも、事実上この課を取りまとめる役割である課長代理に任じられている船生は、持ち前の集中力――それがあるからこそ、まだ三十半ばという若い年齢にもかかわらず、ここまで出世できたのだ――を発揮し、報告書を前に、じっと思考を続けていた。

彼女は、思う。

何度読んでも、これはただの水死の報告だ。

Y署管内――都市部から農村部、海から山までを広く含む、意外とバラエティに富んだ地域――を流れる河川、Y川の河口付近に打ち上げられた、男の死体。発見されたのは昨日のこと、地元住民によってだった。

通報後、死体はすぐに剖検に回された。その時点で死後二日ほどが経過していたという死体は、尖《とが》った岩場で波に身体を翻弄されたために、かなり損傷していたものの、小柄な年配の男性であるとすぐに判明した。身体には例えば殴られたり刺されたりといった形跡もなく、また肺には多量の水があり、死因が溺死《できし》であることが明らかだった。結論としては、釣り人が岩場で足を滑らせでもしたのではないか、すなわち不幸な事故である——となる。

とはいえ、一応事件性の検討が必要だということで、課内で資料が回覧されている。もちろん、よくある話なので、いつもならば一読後「事件性なし」と、決裁して終わるところなのだが——。

「船生さん？」

どうも、気になる。

やっぱり——これ、臭うんだよなあ。

「あのー、船生さん？　船生警部補？」

顎に手を当て考えていた船生の名を、再び誰かが呼ぶ。

「…………」

「おーい、さわちゃーん？」

「何度も呼ばなくても、ちゃんと聞こえてるわよ」

俯《うつむ》いたまま、船生は答える。

「あなたの声、やたらと大きくて異常によく響くからね、毒島《ぶすじま》君」

「おほめいただき光栄です」

「ほめてないわよ」

苦笑しながら、船生は顔を上げた。後ろにまとめた髪の毛が小さく揺れる。

「よく言われない？　うるさいって」

「ええ、言われます」

船生の言葉に、そこに立つスーツ姿の男が、後頭部をぽりぽりと掻《か》いた。

肩幅が広く、顔面のパーツがすべて前に寄った、ブルドッグかパグのような顔つきの男。厳《いか》ついといえば厳ついが、愛嬌《あいきよう》があるといえば愛嬌がある。

毒島喬《たかし》――主任として個別事件の指揮を執る、船生より歳下《としした》の巡査部長だ。どこか抜けていて調子のいい男のようにも見えるが、その実優秀な刑事であることを、船生は知っている。

何しろ、かつてY湖畔で起きた双孔堂の殺人事件では、船生と毒島は事件解決において中核をなすコンビであり、今もなおその関係が続いているのだ。

「でもほら船生警部補殿、そういう能力は刑事にも必要なものであると自分は思っています。ということは、それも取り柄だとは言えませんか」

「大声は迷惑なだけで取り柄じゃないでしょ。仮に百歩譲ってそうだと認めたとしても、あなたの取り柄は『それだけ』じゃない？」

「そんなことありませんよー」

いやー厳しいなあ、あっははは、と毒島は屈託なく笑った。

嫌味も皮肉も、たとえそれが中傷であっても、鷹揚《おうよう》に飲み込んでしまうのが彼のいいところだ。そのことは船生もよく解っていた。だからこそ毒島は弄《いじ》り甲斐《がい》があり、そして皆から愛されている。

「でもこの間は、宮司さんに、『お前はさすが、相変わらずだなあ』と言ってもらえましたよ？」

「それ、ほめたわけじゃないわ。ただ単に呆《あき》れただけよ。……それより毒島君、宮司さんって宮司警視正のこと？　また警察庁《サッチョウ》に行ったの？」

「ええ。だめでしたか」

「だめじゃないけれど……下っ端が中央の幹部に会いに行くなんて、軽々しくやっちゃだめよ。署や県警本部だってきちんと建て前があるんだから」

仁義を通さないと、組織は警戒する。もっとも、今の署や県警本部の柔軟な幹部ならば、そのくらいのワンマンプレーも許してくれるとは思うが。

「何よりノーアポでこられたら、宮司警視正だって迷惑するでしょう」

「そんなことありません。いつも缶コーヒーおごってくれますよ。X県限定のやつ。『毒島君、これ飲んでいかないか』って」

「それ、『京都のぶぶ漬け』じゃないの？」

「ぶぶ漬け？　なんですかそれ」

「解らなきゃいいのよ。それより毒島君」

「はい」

「さっき、私のこと『さわちゃん』って呼んだ？」

「ギクリ」

しまったといった表情の毒島。

呆れた。ギクリとしたからって実際に「ギクリ」と口に出して言うものかしら――でも、だからといって妙に憎めないのも、この男の取り柄のひとつだ。

やれやれと肩をすくめつつ、船生は改めて訊く。

「ところで毒島君、私に何か用？」

「そうそう、そのことなのでありますが警部補殿」

わざとらしい本官口調とともに、不意に毒島はぴっと背筋を伸ばす。それから、いかにもしかつめらしい顔つきで、机の上にある報告書を指差した。

「警部補殿はその書類、ご覧になりましたか？」

「ええ、見たわよ。何度も。毒島君は？」

「もちろん。さっき回覧されてきたときに目を皿のようにして読みました」

皿ほどもない、豆程度の大きさの円《つぶ》らな目を剝くと、毒島は船生の机の上に身を乗り出した。

「船生さん、これ見て何か思いませんでしたか？」

「…………」

あえて答えずにいる船生に、痺《しび》れを切らしたように毒島は言った。

「あのですね、なんか臭いませんか？　この事件」

「そうかしら？」

「ええ。ぷんぷん臭います。これ、ただの事故じゃないですよ、たぶん」

一拍を置くと、毒島は報告書の後ろのほうに添付されている「検死結果」のページを開いた。

「ここに書いてある司法解剖の結果、船生さんももう読まれたでしょう」

「ええ。『波に揉《も》まれて身体の損傷は激しいものの、肺の中には多量の水が検出されていることから、死因は海中で溺死したものと考えられる』。つまりこの男は、海で溺れて死んだと」

「確かにそうです。しかし、そうだとするとおかしい点があることになる」

毒島はまた別のページを開く。

「ここです、ここ。ここ読んでください、肺から採取された水の分析結果が書いてあります」

「『砂礫《されき》（細礫《さいれき》、角礫《かくれき》）を含む。ごく微量の炭酸水素イオン、珪酸《けいさん》イオンのほか、特段の成分や有機物は検出されず』……そうね、確かに」

分析結果を読みながら、船生は頷いた。

ごく微量の炭酸水素イオン、珪酸イオンのほか、特段の成分や有機物がない。つまり、海水に特徴的な塩化物イオンや、プランクトンの死骸を含んでいないということになる。

つまりこれは、海水ではない、ほぼ真水なのだ。

——と、すると。

「この男は、海水の中で溺れてはいないってことになるわね」

「そういうことになります」

「それなら、近くの川で溺死したってことかしら。河口付近で溺れて、そのまま海に流された」

「だと思います。実際、死体発見現場から遠くない場所に、県内を流れるY川の河口がありますから。しかし溺れた場所は、河口付近ではありません。もっと上流、源流に近い場所だと思われます」

「……細礫と角礫が含まれているからね」

「はい。さすが船生さん」

にやりと笑うと、毒島は続けた。

「径《けい》の大きな細礫や、角ばった角礫は、川の下流や海の砂にはあまり見られないものです。とするとこの仏さんは、Y川の上流で溺れ、そのまま下流から海に流されて、それから発見された、ということになります」

「そう考えれば、死後二日経過しているということとも符合するわね。上流から下流へ、そして海へ出るのにそれくらい時間が掛かったと。でも」

船生は、パグ犬のような毒島の顔を見上げる。

「それのどこが臭うの？　別に、ただのよくある事故じゃない」

「またまたー、とぼけないでくださいよ。船生さんなら絶対に気づいているはずですよ」

「どういうことかしら」

「上流も我が署の管内です。あのあたりがどういう場所かは、船生さんが一番よく知っているはずです」

毒島の言葉は、確かにそのとおりだ。

川の上流がどういう地形になっているか、船生はよく解っていた。

Y川の上流付近は、当然山になっているのだが、特にあそこにはY山という火山があるのだ。

噴火こそしないものの、割と活発な活火山で、山頂付近はガスも発生しているとして立ち入り禁止にもなっている。逆に、そのおかげで山の周囲には温泉地やY湖が生まれ、そこそこの観光地が出来上がっているのだが――少なくとも、Y川の上流は、渓流釣りも許可されていない、あまり人が立ち入らない地域であることには違いない。

「どうして、そんなところにひとりで立ち入って、なぜ溺れたのか……」

顎に手を当てて呟く船生に、毒島も続ける。

「しかも、上流は水深も浅く、そうそう溺れはしないはずです」

「まあ、その分流れが速いから、足を取られて流されるということはある。ただ、いずれにしても」

「『臭う』でしょ？」

「ええ。確かにね」

口角を上げると、船生はぱたんと報告書を閉じ、ややあってから言った。

「少なくとも、調べてみる必要はありそう」

「でしょ。船生さんならそう言うと思ってました」

ぱん、と毒島は手を打った。

「で、その仕事、僕に命じてくれますよね？」

「いいえ、あなたはだめです」

「えー、なんでですか」

「毒島君、今事件を七つ持ってるでしょう？　管理職として、多忙な人に仕事の上乗せはできません」

「はあー、まあ、確かにそうなんですが」

残念そうな表情とともに、毒島は言った。

「じゃあ、誰が行くんです」

「私が行くわ」

「え、警部補御自らですか？」

「そうよ。今この部署で一番手が空いているのは、私だからね。それに」

「……それに？」

「毒島君が言ったように、確かにこの事件はやけに『臭う』のよ。その上で、あくまでもこれは私の勘なのだけど、もしかすると、ここには……もっと大きな何かが隠されているような気がする。『真実』とでも言うのかな」

「はあ、『真実』ですか」

そう——真実だ。船生の胸の内が妙にざわつくのは、このごくありふれた溺死体の背後には、何かとてつもない真実が隠されているように思えてならないからなのだ。

だから——。

「だから実際に行って、調べてみたいのよ」

「ふーむ」

毒島が珍しく、茶化すでもなく真面目に唸った。

と、そのとき――。

「お取り込み中のところすみません」

会話に、若い男が割り込む。

最近新しく配属された巡査刑事。経験はまだまだだが、若さがもたらすパワフルさで気持ちのいい仕事をしてくれる男だ。

「どうした？」

毒島の問いに、巡査刑事は答える。

「あの、実は、今ご覧いただいている報告書の件で、追加の資料です。死体の身元が判明しまして」

「身元？　身分証もなけりゃ損傷が激しくて指紋もないのに、よくこの短時間で追えたな」

「そこは幸運でして、歯型からすぐたどれたんです。……で、これがその男に関する資料です」

そう言うと巡査刑事は、毒島と船生の前に一枚の紙を置いた。男の顔写真と細かい経歴が記載された、履歴書のような資料だ。

「本当にラッキーだわ。日頃の行いがいいと、結果もついてくるのね」

「僕のことですね？」

「冗談でしょ」

船生は、毒島とともに、その紙を覗《のぞ》き込《こ》んだ。

職氏名欄には、溺死した男の職業と名前が、こう記載されていた。

――「O大学教授　小角田雄一郎」。

4

指定されたベンチには、見覚えがあった。

一年前のあの日。銀杏《いちょう》の葉が舞い散る秋、T大学、本館前、騒がしく学生たちが行き来をする並木道のまさにこのベンチで、百合子は彼女に初めて会ったのだ。

百合子は、思い出す。

あのとき、彼女が言ったことを。

――これは考えればすぐに解ること。あなたならきっと気づけるはずよ。結局、すべては『オイラーの等式』にしたがっているだけなんだって。

それから彼女は、忽然《こつぜん》と消えた。ベンチの片隅に、白い六枚の弁を持った花――スイセンを残して。

日没時間は、すでに過ぎている。

あの日、あのときとは異なり、人気はない。百合子は、誰もいないベンチの片側に腰かけた。昼間のにわか雨が、ほんのわずかな湿りとなって残っていたが、気にはならなかった。

背もたれに体重を預けると、はあっ、と無意識に大きな息を吐いた。水蒸気が、百合子の頬《ほお》にまとわりつくようなナヴィエ－ストークスの渦を作り、それから拡散して消える。

そんな様子を目で追いながら、百合子は無意識に呟く。

「オイラーの、等式か……」

それが何か、百合子は知っている。

$e^{i\pi}+1=0$――ネイピア数e、円周率π、虚数単位i、そして1とゼロ。数学の根源的な要素をひとつずつ組みあわせて作るもの。人類が作り上げた等式の中で、もっとも美しく、そしてもっとも不可思議なもの。

百合子はいくつかの疑問を頭に浮かべた。

あのときなぜ、彼女はこの等式を引きあいに出したのか。

あのときなぜ、彼女はここにスイセンの花を置いて、去ったのか。

答えは、解らない。

だがそれでも、薄々、百合子は感づいていた。

これらの疑問には答えられなくとも、その背後には、通底するものがある、と。それこそが、私と彼女にまつわる因縁そのものに違いない、と。

だから——。

電話で指定されたこの「夕刻」に、百合子は彼女を待つ。

数分に一度、人が百合子の前を歩いていく。

彼らは一様に足早だ。きっと、一刻も早く寒さから逃れたいのだろう。コートを着てきた百合子もまた、染み入るような冷気に、肩をすくめた。

何分、いや何十分が経っただろう。

いよいよ指先も冷えきって感覚さえなくなり、芯からの震えが百合子を襲い始めた、そのとき。

ふと——風が止む。

同時に、元から少なかった人の気配が、完全になくなり、代わりに、ぴんと張りつめたような無音があたりを支配していることに気づく。

――きた。

百合子は、顔を上げた。

彼女が、立っていた。

あのときと同じ。黒いワンピースの女性。

何を言おうか――逡巡《しゅんじゅん》するも、声さえ出せずにいる百合子に、彼女はにこりと微《ほほ》笑《え》むと、静かに、百合子の腰かけるベンチへと歩み寄る。

彼女の持つ艶《つや》やかで長い黒髪が、ふわりと揺れるさまに、百合子は連想する。それはまるで、滔々《とうとう》と流れる大河のようだ――髪の一本一本は独立しているはずなのに、それぞれがまるで互いに意思疎通を図る生き物でもあるかのように連携し、大きく優雅な流れを生む。

彼女は、百合子の隣に腰かけると、言った。

「待った？」

電話口で聞いたのと同じ、明瞭だけれども複雑で、心の奥底を直《じか》に包んでくるような声色。

百合子は慌てて首を横に振る。「いいえ」と口に出して言いたかったが、からからに渇いた喉ははりつき、声が声にはならなかった。

代わりに百合子は、ちらりと彼女を見る。

まるで雲形定規を使って描いたかのように、身体の輪郭には一切のぶれも無駄もない。

深さを持った瞳が、均整の取れた顔の中央で二つ、瞬《まばた》きもせずに百合子を射抜いている。

ワンピース一枚でも、寒さをまったく感じさせない軽やかな雰囲気をまとっている。

百合子は確信する。間違いない。

彼女は、神。

異端の建築家の娘にして、若くして業績を上げた天才的数学者。善知鳥神だ。

無意識に、恍惚《こうこつ》の溜息を吐く。

白い幻が頬を伝い、虚空に消える。

神から目を離せないまま、百合子は思う。

――なんて、きれいなのだろう。

その美しさにおいて、明らかに神は、自分とは根本的に何かが違っていた。同じパーツを同じだけ使っているにもかかわらず、明らかに彼女と私は異なっている。そう思わせられるほどの何かが、彼女には内包されている。それこそが人間には到底たどり着けない、あるいは理解さえできないもの――「神々しさ」とでも言うべきものかもしれない。

　にもかかわらず、不思議なことにその神々しいまでの美が、百合子には、誰よりも近しいものとも感じられていた。此岸《しがん》には存在し得ないにもかかわらず、いつも百合子のすぐ隣にあり続けていたような、奇妙な感覚。それは親しみや懐かしさ、安らぎさえ覚える、何か。

「リーマン予想は、数学者の夢よ」

　不意に、神が言葉を発した。

「それが解けるということは、私たちの悲願。百合子ちゃん、あなたもこの予想がどういうものか、もちろん十分に解っているでしょう？」

「……はい」

　百合子のはりついていた喉が開き、それまでの閊《つか》えが嘘《うそ》のように、言葉が出る。

「リーマン予想は、ゼータ関数がゼロになるとき、その引数の実部は必ず二分の一になる……そういう予想です」

　ζ《ゼータ》関数、という関数がある。

　数式で書くと長くなる。というよりも、書き下すことができない。なぜならばそれは可算無限の項を持っているからだ。だが、記号を使えばそれは簡単に表せる。すなわち――。

$\zeta = \Sigma 1/n^x$

難しいようだが、この数式の示すところは実に単純だ。「n」を自然数として「x」という引数を代入すれば、「ζ」すなわちゼータ関数はいつも必ずひとつの数を返す、ただそれだけのことだ。

だが、単純でありながら、このゼータ関数は不思議な性質をいくつも持っている。特に興味深いのは、ゼータ関数がゼロを返すときの挙動だ。

そのとき、xの実数部分は必ず$\frac{1}{2}$なのだ。

この不思議を何かに喩《たと》えるのは、かなり難しい。

あるいはそれは、裏返したトランプをめくるとき、常にスペードが現れるようなものかもしれない。もちろん四種類のスートは均等に含まれている。なのに常にスペードがめくられるとしたら、その不思議は単なる偶然か、よくできたマジック――どういう理屈かはまったく解らないが――だと思うに違いない。

同様に、ゼータ関数がゼロになるとき、その引数の実数部分は必ず$\frac{1}{2}$になる。だがこれは偶然でもマジックでもない。すなわちこの不思議には、理由があるのだ。何か、深遠な理由が――。

もっとも、今のところこれは数学的事実ではない。証明がなく、理由が明確になっていないからだ。だからこれはあくまでも数学的予測――億単位のゼータ関数をゼロにする引数を調べた結果から経験的に導き出した、ただの推測にしかすぎない。

そう、これは予想——あくまでも「定理《Theorem》」ではなく「予想《Hypothesis》」なのだ。

だからこそ、不可解なのだ。

彼があのとき、それを「定理」と断じたことが。

——黙する百合子。そんな彼女に優しげな視線を向けつつ、神は再び百合子に問う。

「ならば、百合子ちゃん。今ならあなたも、この疑問の答えが解っているはず。リーマン予想が数学者にとって、いや、人類にとって何を意味するのか」

「それは」

ごくりと唾を飲み込むと、百合子は答えた。

「……世界の神秘を知るということです。つまり、理解することなのだと思います」

「何を？」

「……神を、です」

そう、リーマン予想とは、神を理解することにつながるのだ。

——細分化すると、世界は要素へと還元される。

どんなに複雑なものも——地球も、宇宙も、生物も、人間も、人間の構築物も——細分化すれば百余りの元素に還元される。それら元素も素粒子へ、クォークやレプトンへと還元される。すべては単位となる要素があって、私たちの世界はそれらの「構成」によって形作られているにすぎないのだ。

そして、これらの要素もまた、つまるところ数学へと還元されていく。なぜなら、これらは数式によって表され、計算され、その存在を証明されるからだ。別の言い方をすれば、世の中の秩序は数学によって保たれている。

すなわち、世界は数学に還元されるのだ。

では、数学は何に還元されるのだろうか？

数学は数の学問だ。数には種類があるが、最終的には整数——クロネッカーがこだわったように——へと行きつく。だが整数さえも終わりではない。その根底には、自然数が、そして素数がある。自然数は素数の積によって表せるからだ。

つまり、数学は素数に還元されるのだ。

こうして、ひとつの結論が導かれる。

世界は——素数でできている。

素数。

それは、人智《じんち》を超えた神秘を宿す存在だ。

素数は、1とそれ自身以外では割ることのできない数と定義される。最小の素数は2だ。その次は3で、5、7、11、13、……と無限に続く。問題は、この出現の仕方にほとんど規則性が見られないということだ。いくつおきに現れるのかも解らず、頻度にも明確な法則はない。ガウスでさえも、その出現割合を大まかに近似することしかできなかったのだ。

この素数の神秘は、だから人類からは完全に隠されていたのだ。だが——。

十九世紀、ドイツの数学者ベルンハルト・リーマンが、ついに神の世界を垣間見《かいまみ》る。

一八五九年、彼がベルリン学士院月報に載せた論文「与えられた数より小さな素数の個数について」において、リーマンは素数の神秘へと迫った。この論文で彼が示した結論は、表題のとおりある数より小さな素数がいくつあるかを定量的に計算する式、すなわち素数の神秘の一端だった。

だがこの論文は、完璧なものではなかった。その中には六つの疑問——すなわち未解決の「予想」が含まれていたのだ。後世、その疑問は五つが解決されていくが、ひとつの大いなる疑問が残った。

それが、リーマン予想なのだ。

だから、百合子はこう考えていた。リーマン予想を解決するということは、素数という世界を構成する元素の神秘を明らかにすること、世界を創世した「神」を理解することにほかならないのだ、と。

──不意に、一陣の風が百合子の頬を撫でる。

冷たく乾いたその空気に目を細めつつ、百合子ははっと我に返る。

今、私は──取り込まれそうになっていた。

善知鳥神という存在に圧倒されていた。

だから百合子は、大きく首を横に振った。

違う。そうじゃない。

私は、この人に尋ねなければならないことがある。彼女が私を呼び出したのには、きっとはっきりとした理由がある。それはきっと、私の懊悩《おうのう》の原因とも大きく関わることだ。それを訊くために、私は、誘いに応じて、ここへとやって来たのだ。だから──。

「あの……善知鳥、さん」

百合子は、神の視線を真っ向から見据えながら、口を開いた。

「あなたはなぜ、私をここへ呼んだのですか？」

その問いに、神は暫《しば》しの無言の後、答える。

「百合子ちゃん。あなたには、知るべきことがあるからよ」

「それって」

前のめりに、百合子は続けて問う。

「もしかして……それは、私の両親を殺したのが誰か、ということですか？」

ぴん、とさらに空気が張りつめる。

だが数秒後、右手を顎に当てると、おかしそうにくすりと微笑んだ。

「さあ、どうかしら」

韜晦《とうかい》だろうか。彼女の態度や表情からは、その真意がなんであるか、百合子には読み取れない。

なんと続けるべきか、百合子は迷う。

再び、すっと二人の間を縫うように風が吹く。

神の黒髪が、空気の透明な像とともになびく。

白い息を吐きつつ、百合子は漸く言葉を継いだ。

「私の知るべきこと、とは……なんですか？」

その真摯な問いに、神は——。

口の端に小さな笑みを浮かべて、言った。

「何があったのか。二十二年前の、あの日に」

あまり整備されていない山道。紅葉でもあればいい登山道にもなるのだろうが、活火山から湧き出る硫化水素ガスの影響か、この山道は枯れ木ばかりで、さしたる風景を持ちあわせていない。

5

とはいえ、今さらながら船生は感心していた。同じX県の、しかもY署の管内に、こういった場所もあるのは面白いことだ。活火山もあれば、温泉も湧いている。間欠泉まである。もう少し観光誘致に色目を使いさえすれば、これもいい客寄せになるはずなのだが、自治体はあまり積極的ではないようだ——いや、Y湖で開催されている花火大会こそが、そのための施策なのかもしれないが。

そんなことをつらつらと思いながら、船生は一歩また一歩と、息を吐いて山道を登る。

ＪＲから私鉄へ、さらにケーブルカーに乗り、その終点から延びていく、未舗装の道。

道すがら地元の人々に面白い話がないか尋ねてみるに——これでも彼女は叩き上げの警察官、聞き込みは慣れたものだ——興味深い情報が、いくつか仕入れられた。

例えば、教会堂について。

溺死体で見つかったO大学教授の小角田雄一郎。彼は失踪の直前、教会堂と呼ばれる建物に行っていたらしいという情報を、すでに船生は大学関係者から、小角田氏の人柄などに関することとともにつかんでいたが、教会堂があるこのY山の近隣住民は、その建物について、少し変わったイントネーションで、こう述べた。

「教会堂ってのは、あれですね、お山の頂《いただき》の近くにある宗教施設のことですね」

「宗教施設、ですか」

「ええ。そうですよ。行ってみれば解ります。ただ……あんなとこ、行かれる人もほとんどおらないのじゃないですかね。私ら住民も、あまり行かない山奥ですし」

そう言いつつ、彼は屈託なく笑った。なぜそんな人も行かない場所に宗教施設があるのかについては、素朴さと裏返しの鷹揚さからか、さしたる疑問も抱いてはいないようだった。

だが、彼の態度とは裏腹に、船生はなお疑いの色を濃くしていた。

そんな建物が、なぜ忽然と山奥に建てられたのか。

そもそも「教会堂」という名前からして怪訝《けげん》だ。

そう、「堂」と名のつく建物は、彼女がかつて関わった「双孔堂」しかり、そして水死した小角田の経歴を調べるうち、彼が今夏に訪れたという「伽藍堂」しかり、どれもこれも不審な事件の舞台となっているのだ。とすれば――。

「教会堂」も、怪しいことこの上ない。

「そもそも、なんの宗教施設なんでしょうか」

「さあねえ。でも十字架があるらしいですよ」

ということは、キリスト教系の教会で、だから「教会堂」なのか。

「このあたりは昔から曹洞宗《そうとうしゅう》か、サンセーサンがよく拝まれてます。ですから、そこにキリストさんがいるっていうのも、不思議な話なんですけどねえ」

「サンセーサン？　なんですか、それ」

「さんせいさんは算聖様《さんせいさん》ですよ。関孝和《せきたかかず》って、ご存じでないですか」

関孝和――聞いたことがある。

確か、江戸時代の有名な学者だ。和算の大家で、ヨーロッパに先んじるような研究もいくつか行っていたとか。その一方で、彼に関する記録は乏《とぼ》しく、実際にいかなる人物であったかについては、謎に包まれてもいる。

「このあたりはね、関孝和先生ゆかりの土地なんですよ。先生が晩年をよく過ごされたと言われてる庵《いおり》がありましてね」

「それで、サンセーサンが拝まれている」

「ええ、そういうことになりますね」

――住民との会話を思い返しながら、船生は思う。関孝和は和算家、つまり数学者だ。一方、死んだ小角田教授も数学者だ。

この一致には何か、意味があるのだろうか？

ふと、船生は前方を見上げる。

そこには、数十分前よりもやや大きくなった山の稜線《りょうせん》が聳《そび》えていた。その先端は鋭角の度合いを増し、自分の立っている場所が少しずつ海面から離れていることを示している。

目的地である教会堂は、眼前に聳えるY山の中腹にあるという。

そこまでは、あと三十分くらいだろうか。

長い道のりだが、もう少しの辛抱だ。船生はひとり、自分を励ましながら、人気のない山道を、また一歩前へと進む。

そして――。

――なんだ、これは。

船生は思わず、立ちすくむ。

その周囲には、枯れ木が疎《まば》らに立っている。その枯れ木の向こう、建物の傍《かたわら》には池のようなものがあり、そこからは湯気が立ち上っている。温泉の源泉か何かだろうか。そういえばほのかな硫黄臭が周囲には立ち込めている。池からは向こう側に細い川が流れ出している。源泉から湧き出た温水がそのまま渓流となり、流れているものだろうか。

だが、なんと言っても——あれだ。

船生は覚悟を決めたかのように、眼前にあるものへと視線を向けた。

そう——この建物だ。

それは、建物というよりも、山間に突如現れた、コンクリートの塊と言うべき何かだった。高さ四メートルほどの壁が、まるで刑務所のように続いている。平板で飾り気がなく、窓さえない。

こんな意匠の建物を、船生はかつて見たことがない——いや、一度だけかなり似たものを見たことがあった。あれは、そうだ、確か——。

双孔堂だ。Y湖の畔《ほとり》に建つダブル・トーラスとも呼ばれたあの建物もまた、こんなふうに、平板でシンプルだが、妙に威圧的な印象があったっけ。

さまざま思考を廻らせつつ、船生は、建物の出っ張りにある、入り口らしき扉の前へと進む。

それは、巨大な躯体《くたい》にはまるで似つかわしくない、小さな木の扉だった。

その扉の上のコンクリート部分に、船生はあるものが彫り込まれているのを見る。

それは、三十センチメートルほどの、十字架《クロス》。

――間違いない。

ここここそが、小角田教授が死ぬ前に訪れたという場所――教会堂だ。

――暫し教会堂に圧倒されていた船生だったが、やがて、扉の横に据えつけられていた小さなボタン――たぶん呼び鈴――を人差し指で押下する。

音はしなかった。本当に鳴っているのだろうかと不安になりつつ待っていると、やがて扉がギイと音を立てて向こう側から開いた。

「……誰だ」

開けたのは、真っ赤な頭巾《フード》つきの法服《ローブ》を着た男だった。

中肉中背、低い声色を持つ男。顔は解らない。深く被《かぶ》ったフードのせいで、表情は窺《うかが》えない。

「誰だ」

再び男が問う。その声色が、わんわんと加工されたような残響を伴って聞こえてくる。背後の、館の中で妙な反響をしているせいだろうか？　戸惑いつつも、船生は答える。

「……Y警察署の船生といいますが、ここは、教会堂でいいのですか」

「そうだが」

男は微動だにしないまま、返事をする。

船生は訝る。この男は、一体誰なのだろう。教会堂の神父か、あるいは牧師だろうか。それにしてはこの男の格好はなんだか禍々《まがまが》しい。全身が赤一色で、顔さえ見えない。神父や牧師というよりは、魔法使いのようだ――しかも、悪いほうの。

「それで、警察が何をしにこの教会へきたのかね」

男が、三度問う。

「礼拝か、それとも、懺悔《ざんげ》か」

「礼拝？　いえ、別にそういうのじゃ……」

よく解らない質問に曖昧に答えつつ、船生は言う。

「実は、ある事件について調べているのですが、あなたはこの男性を、ご存じではありませんか」

船生はバッグから写真を取り出すと、男に見せた。

「見た記憶はありませんか。小角田雄一郎という、O大学の数学教授なんですが」

「……この方が、何を？」

「先日、当署管内で溺死しているのが発見されたのです。で、彼の最後の足取りが、この教会堂で途絶えていて」

「それで、捜査にきたと」

「平たく言えば、そういうことです」

「…………」

まるで船生の様子を窺うような沈黙。その静けさの中で、船生は二つのことに、直感的に気づいた。すなわち、この男は、人の考えていることを見透かすような、妙な力を持っている。そして、おそらく、事件に関して、何かを知ってもいる——。

やがて男は、ゆっくり背を向けつつ、言った。

「……中へ」

教会堂は、奇妙極まりない作りだった。

まず部屋の形が不均一だった。コンクリートがむき出しの壁面が、規則性のない平面や曲面をなしている。天井は三メートルほどの高さで、間接照明が灯《とも》ってはいるものの、窓がないため薄暗い。家具や生活用品の類《たぐ》いは一切なく、ただひたすら、無機質な印象で満ちている。

なんだか、どこかの現代美術館のようだ——船生は思う。それこそ、元は美術館として作られたという双孔堂に似ている。

部屋には扉があり、隣の部屋へとつながっている。建物の構造を熟知しているのだろう、男はまるで淀《よど》みのない足取りで、部屋を最短距離で歩くと、扉を押し開け、さらに隣の部屋へと移動していった。

続いて現れたのは、細長く湾曲した部屋だった。その行く先は死角になっていて見えないが、どこかに続いているのは間違いない。それにしても——。

「ちょ、ちょっと待ってください」

男の歩みが、やたらと速い。

そうは見えないのに、どうしてそんなに速く歩けるのだろうか——半ば駆け足で扉をくぐった船生は、ふと、その扉もまた奇妙であることに気づく。

扉にドアノブがないのだ。代わりに、小さな突起がついている。扉には鍵が掛かっていないようだから、突起は、もともと鍵穴だった場所を埋めたものか。そんなことを考えつつ、船生は男を追いかけた。

やがて湾曲した部屋は終点の扉に至り、さらにそこから次の部屋へと足を踏み入れる。

「……え」

突然の変化に、船生は声に出して驚いた。

部屋の様子が、それまでとはがらりと変わり、木造の廊下となったからだ。

しかも趣は築百年は超えている。板張りの床は腐っているのか、ところどころ足元で苦しげに軋んでいる。

すみませんけれど、と、船生は男に話しかける。

「あの、ここ、なんなんですか」

だが男は、船生の言葉に応じることなく、背中を見せたまま黙々と廊下を進んでいく。

慌てて男を追いかけつつ、周囲を見回す。三メートルほどの幅を持つ、L字をなした廊下。その両側には窓らしきものがあるが、すべて外側からふさがれており、日の光は入らない。片方の突き当たりもコンクリートでふさがれている。天井には点々と電球がぶら下がり、船生の足元に複数の影を作っていた。

ひとしきり観察している間にも、男は、さっさと次の扉に行くと、そこをくぐってしまった。

「あ、ちょっと待って」

再び船生は、無言で先を行く男の後を追う。

こうして、どれだけの部屋を通過しただろうか。

コンクリートの部屋。それらは広かったり、狭かったり、細長かったり、曲面であったりと、さまざまな形状をしており、同じものはなかった。中には、先刻の廊下と同じような、木造の広間もあった。長方形の大きな部屋だった。

木目が浮き出た板張りの天井を見上げながら、船生は思う。やはり教会堂《ここ》は臭う。

少なくとも小角田の死と関係のある何かがあるのは、間違いない。

念のため、この建物の構造は、後で詳細に記録しておかなければならないな——船生は、その見取り図を頭の中に構築しつつ、なおも男を追いかけた。

やがて——。

男はある部屋に入ると、くるりと船生に振り向いて、静かな口調で言った。

「……ここが、聖堂だ」

「聖堂？」

はあはあと肩で息をしつつ、船生は周囲を窺う。

聖堂。そこは、先刻の広間と同じような、古い木造の部屋だった。壁面にある窓はすべてふさがれ、天井と床面も板張りだ。ほぼ正方形のこの部屋が、なぜ「聖堂」なのだろうか？　疑問に思う船生だが——。

「……あ」

すぐに、彼女は気づいた。

木造の聖堂、その向かいの壁面に、それが立てられていることを。それは——。

「十字架《クロス》……」

天井近くまである、三メートルほどの巨大な十字架。

古い土台の上に、木の角材が組みあわされ、白い表面には赤茶けた木目がはっきりと浮き出ている。古い部屋の建築年代よりも、ずっと最近になって作られたもののようだ。

船生は思う。十字架があるということは、ここが教会堂において礼拝をする場所であり、だから「聖堂」だということなのだろうか？

溢れ出る疑問。だから船生は男に質問を投げる。

「ここって、なんのための場所ですか」

「………………」

男は何も答えない。

会話にならないが、船生は言葉を続ける。

「あなたは、ここの主ですか」

「……主は別にいる」

ぼそり、と男は呟くように答える。部屋に反響し、その声は妙な残響を帯びる。

人の声ではないような、声。顔を顰《しか》めつつも船生は思う。主が別にいる、ということは男は管理人か何かだろうか。確かに、風体はとても司祭のようには見えないが——。

「お仕事は、施設の維持か何かですか」

「それもある」

「ふうん。おひとりでこの広い教会を維持するというのも、大変なことでしょうね。ところで」

何気ないやり取りから、口調はそのままに、船生は一気に核心へと切り込んでいく。

「小角田教授はここにこられましたか？」

「きた」

男は、あっさりと認めた。

少し拍子抜けしつつも、船生は自らの直感の正しさを確信しつつ、問いを続けていく。

「いつ頃のことですか」

「一週間ほど前のことだ」

「小角田教授は、おひとりで？」

男は無言で、ゆっくりと首を縦に振った。

「教授は、ここで何を？」

「存じ上げない」

「どうしてです？」

「私は、案内しただけだからだ」

「本当に？」

「嘘ではない。それが、私の役割なのだから」

「ふうん……」

この聖堂――礼拝か、または懺悔をする場所に案内をすることこそが、彼の仕事だということだろうか。それにしても――。

なんだか、問答が暖簾《のれん》に腕押しだ。明確に答えられているようで、肝心な部分ははぐらかされているような気がしてならない。

苛立《いらだ》ちを覚えつつも、船生はなおも問う。

「小角田教授は、なんの目的でここにきたのですか」

どうせ男は、はっきりとは答えないだろう――そんなふうに思っていたが、男の回答は違っていた。

「あるものを求めて、こられたのだろう」

「あるもの？」

船生は、目を細める。

なんですかそれは、と問い返す船生に、男は一拍を置いて答えた。

「……世界の、真理だ」

世界の真理？　首を傾げる。なんだ、それは。

意味が解らない。少なくともこの問答の中で出てくるにはあまりにも唐突で大仰にすぎる言葉だ。

だが、十字架を背後にする男のその言葉には、荒唐無稽な中に、妙な威圧感が内在してもいる。

気圧《けお》される船生に、男は突然、饒舌《じょうぜつ》に述べた。

「そう、ここには、世界の謎を解く『真理』があるのだ。数多《あまた》の不思議を解明するのは人間の性《さが》とでも言うべきもの、であればこそ『真理』を求め、それを探るのも、人間が本来的に持つ自由であり、権利であると言えるだろう。……だからこそ君も、ここへきたのだろう？」

「いえ、私は警察ですから、そういうわけでは」

わんわんと嫌な残響を伴う男の言葉。必死で否定しつつも、しかし彼女の語尾は曖昧になる。

小角田の死に対して、直感的に嗅ぎ取った「臭い」。それを「謎」だとするならば、私はこの男が言うように、確かにここに真実を求めに、つまり「謎」を解く「真理」を求めに、この教会堂にきたことになる――。

男は、にやりと笑うと――ほんのわずかに見える口元の歪《ゆが》みが、確かにそう見えた

――言葉を続けた。

「だが、自由には自律が、権利には義務が伴うように、この場所において、人は果たすべき責任を背負うことになる」

「……責任？」

「そう。ここで、人は挑まなければならないのだ」

「挑むって、何にですか」

「賭けだ」

「か……賭け？」

どういうことだろうか。

訝る船生に、男はなおも続ける。

「この場所では、人は常に賭けに挑まなければならないのだ。なぜならば、真理を得る権利と、そのために果たすべき義務とは、表裏一体のものとなっているのだからね」

「賭け、って……意味が解りませんよ、そんな、ゲームみたいな」

「そう、ゲームだ」

言葉尻を捉え、男が一歩前に出た。

「まさにこれは、不可避《ふかひ》の均衡の上に成り立つ『ゲーム』なのだよ」

不可避の均衡――この男は何を言っているのだろうか。そもそも男が口にするのは、どうにも今のこの状況にはそぐわない単語ばかりだ。

だが男の言葉には、妙な説得力もあった。それは、何かを得ようとするならば、その代償として何かを捨てなければならないということを、船生が経験的に知っていたからかもしれない。しかもそのプロセスが、往々にして賭博《ギャンブル》じみたものでもあることも。

ふと――船生は気づく。

もしかすると小角田もまた、男が言うように「真理」を求め、男の述べる賭け、すなわち「ゲーム」に、挑んだのではないか。

そしてその結果、彼は負けたのではないか。

だから、死体となったのではないか。

とすると、だ。

船生は不意に湧き出た苦い唾を、若干の好奇心とともに嚥下《えんか》しつつ、思う。

その「ゲーム」とは一体――なんなのか。

「あの……あなたは、何者なのですか」

「私か？」

かすれた声で問う船生に、男は、静かに答えた。

「私は、この堂の、守り人だ……沼四郎《ぬましろう》が設計した、この教会堂の」

6

「二十二年前……」

百合子は、無意識に身体を硬直させる。

——何があったのか。二十二年前の、あの日に。

神の言葉に含まれる「あの日」。それが何を意味するのかは、彼女にもすぐに解ったからだ。

藤衛。齢《よわい》九十を超えた数学者にして、天皇と呼ばれ続けている数学界の巨人。彼が主犯とされ、死刑判決を受けた——今は再審で無罪となった——事件が起きたのが、二十二年前なのだ。

つまり「あの日」とは、事件のあった日のこと。

それについて、神は一体何を語ろうというのか。

固唾を飲む百合子に、神はくすりと微笑む。

「あの日、あの島で、ある事件が起きた」

「あの島とは……伽藍島ですか」

神はゆっくりと首を横に振る。黒髪が、まるでそれ自体が生き物であるかのように、うねり、なびく。

「伽藍島は、海岸からも眺めることができるくらいに近い、沿岸の島。私が言っている『あの島』は、それとは違う、行くのも困難な、太平洋の沖合に浮かぶ絶海の、そして巨大な孤島よ」

「それって、日本の島ですか？」

「ええ。あくまでも領土としては」

「……どういう意味ですか」

「領海内にはあるけれども、所有者が国ではないということ。つまり藤衛個人が所有する島なのよ」

藤衛個人が所有する島――。

なんともスケールの大きな話だ。もちろん、藤衛ほどの人物であれば、そんな巨大島を持っていたとしたって、何も驚くことはないが。

「その島は、無人島、ですか」

「そうね。でも管理人は常駐していた」

「巨大というのは、どのくらい？」

「面積は約四平方キロメートル。周囲は約六キロメートル。最高標高も約四百メートル」

確か、伊豆諸島《いずしょとう》の式根島《しきねじま》が、約四平方キロメートルの面積を持っていたと記憶している。あれと同じくらいと考えれば、普通の地図にも載るほどの島だということになる。

「大きいですね。標高も高いし……火山島ですか」

「そうよ。五千年前の地殻変動によりできた島だと言われているわ。島はカルデラになっていて、周囲には切り立った外輪山が聳えている」

「つまり、四百メートルの壁」

さながら、天然の海上要塞といったところか。

「外輪山の内側には雨水が溜《た》まり、カルデラ湖となっていた。そんな島に藤衛は別荘を建て、しばしば数学者たちを招いていた。二十二年前のあの日も」

「そして……事件が、そこで起きた」

「ええ」

頷くと、神はひらりと足を組んだ。

ワンピースの裾から、すらりとしたふくらはぎが覗く。その、まるでよく磨いた大理石のように滑らかで、透明感がある皮膚は、しかし生物としての存在をまったく感じさせない。

神は、一拍を置いて続ける。

「あの日も、数学者たちの勉強会は行われていた。彼らは主に数論を専門とする、特にゼータ関数の零点の挙動を研究対象としている数学者たちだった」

「ゼータ関数の零点……それって」

「ええ、リーマン予想よ」

不意に、射抜くような視線を百合子に向ける。

大きな瞳。その奥はどこが底なのかが解らないほどに深く、吸い込まれそうなほどに黒い。

圧倒される百合子に、神はなおも続ける。

「あのとき、世界中から第一線の数学者が集まっていた。それほどの人々があんな孤島に集まれたのも、ほかでもない招待者である藤衛が、彼らの尊敬を受ける超一流の数学者だったから。日本では天皇と言われていたように、海外でも藤衛はエンペラーと呼ばれていたのよ」

「天皇《エンペラー》。その名声に惹《ひ》かれ、数学者は集った」

「藤衛ならばすべて知っている、そして導いてくれる。皆、そう思っていたのでしょう。……しかし、そんな彼らを、悲劇が襲った」

「悲劇？」

「崩落したの。屋敷が」

「えっ……」

驚く百合子に、神は、どうということもないといった口調で、あっさりと言った。

「そして、中にいた人々は命を落とした」

「数学者たちも、ですか？」

「そうよ。ほとんどの人々が、そのときに死んだの。これが二十二年前の事件の事実であり、顚末《てんまつ》」

「………」

百合子は啞然《あぜん》とした。

知らなかった。そんな事件が、二十二年前に起こっていたとは――もちろん、知ろうと思えば簡単に知れたことだろう。古い新聞を調べれば、あるいはインターネットを見れば、そんな情報は簡単に手に入ったはずだ。

だから百合子は、二重に驚いたのだ。

そんな事件があったことに、そして、自分はそんなことさえ調べようとしていなかったことに。

もしかすると――百合子は思う。私はもしかすると、無意識のうちに、知ることを拒んでいたのだろうか？　だとすれば、なぜ、私は、拒んだのか？

　頭の中に湧き上がる疑問。だが――。

「ふ……藤先生は？」

　混乱しつつも、百合子は問いを返す。

「藤先生はどうなったんですか。そんな崩落事故を、生き延びた？」

「ええ。生き延びたわ」

　神は、首を小さく縦に振った。

「あの事故で、藤衛は死ななかった。そして事件の後、彼は逮捕された。屋敷の所有者としての責任を問われたの。そこで藤衛は、驚くべき証言をした」

「驚くべき証言？」

「藤衛はこう言ったの。『私が、彼らを殺したのだ』と」

「こ……故意に？」

「そう。だから藤衛は、過失致死ではなく、大量殺人の容疑者として起訴されることになった。その事実を藤衛は否認することがないまま裁判は迅速に進み、ほどなくして死刑の判決が出された。そして判決が確定した後、藤衛は拘置所へと収監され、死刑囚となった。でもね、結局それから二十年以上、死刑は執行されなかった」

「どうしてですか」

「もともとの裁判に、誰が見ても解る『瑕疵《かし》』があったからよ。それが解っているから、判決が確定しても、誰も執行には踏み切れなかったの」

「……瑕疵、とは？」

「アリバイよ」

「アリバイ……？」

「事件があったまさにそのとき、藤衛はロシア、当時、ソ連と呼ばれた国にいたの」

「え……」

旧ソ連に、いた——？

二十二年前、すなわち一九八〇年前後。世界は冷戦構造の中にあり、今のロシアもまだ社会主義国家群であるソヴィエト連邦、いわゆる東側諸国の一員だった。

そんな場所に、藤衛がいた——？

継ぐべき言葉を失った百合子に、神は続ける。

「藤衛は、屋敷を崩落させることで大量殺人を行ったと自白した。裏づける物証も揃《そろ》っていて、その自白の信憑《しんぴょう》性は極めて高かった。だから裁判官は、法に則《のっと》り、藤衛に死刑の判決を下した。だけれども、裁判に関わった人間ならば、誰でもその裁判には一点の瑕疵があることに気づいていた。それが、『事件があったとき、藤衛は旧ソ連にいた』ということ。この事実は、事件を藤衛が起こし得ないというアリバイを構成することになる。だけれども、裁判官はそれを『必ずしも明確ではない』として判断の材料とはしなかった。だから判決は死刑となったのだけれど、一方でこのことが、事件に残る『不審』としてなお存在し続けていることに、誰もが気づいていたの。だから……」

「死刑は執行されなかった」

「司法の判決は死刑。でも、行政が必ずしもすぐ死刑を執行するとは限らない。特に、再審の可能性が高いものはね。死刑という不可逆の刑罰は、誤って執行してしまうと取り返しがつかないことになるからよ。だから、誰でも気づく『瑕疵』を持ったこの刑罰の執行は、二の足を踏んだ行政によって、結局は二十年以上後回しにされ続けたの」

「そして、後になって藤衛は、再審請求を行った」

「そう。新たな証拠、すなわち『自分が確かにそのとき旧ソ連にいたとする証拠』を携えてね。明確なアリバイは、死刑判決の前提を簡単に崩すことになった。藤衛はこうして、晴れて再審無罪を勝ち取り、今へと至るというわけ」

「解りました。よく、解りました。でも……」

過呼吸で、息がうまく吸えない。

顔を顰めつつ、百合子は漸く次の一言を口に出す。

「教えてください。どうしてそれが、私の知るべきことなんですか？　確かに私は伽藍堂で、藤先生と多少の関わりを持ちました。でも……だからといってその二十二年前の事件は、私とは無関係です。そもそものとき私はまだ一歳、関係しようもありません。なのに、それが私の知るべきことだなんて……私、その事件のことも全然知らないのに」

その、懇願するような百合子の質問に、暫くの間、神は微動だにせず、無言で——息さえすることなく——じっと百合子の瞳を覗いていた。だが、やがて——。

「百合子ちゃん。あなたは、無関係ではないわ」

おもむろに答えた。

「だって、あの場所に、あなたもいたんだもの」

「え……？」

絶句する百合子に、神は言った。

「あなただけじゃないわ。あなたのお兄さんも、そして私も、確かにあのとき、あの場所に存在していたの。……いい？　百合子ちゃん。あなたも含めた皆が、二十二年前の事件の生き残りなのよ」

7

すべては、手遅れか——。

戦慄とともによろめき、壁に手を突いた。

なんてことだ。思いもよらなかった。まさか、こんな結末が自分の身に起ころうとは。とはいえ——。

よく考えてみればこれは、もしかすると事前に読み取れたことだったのかもしれない。今のこの状況が、仕組まれたことだったのだということを。

だが、問題は、自分が今、何をすべきかだ。

この点、選択の余地はあるが、それが事実上ひとつしかないのは明白だ。

だから、脇は思う。

小角田さんもきっと、僕のことを見ながら、同じことを考えたのに違いない、と。

そして彼女もまた、いずれは同じ葛藤に苛《さいな》まれるに違いない、と。

脇の額《ひたい》に、首筋に、背中に、冷たい汗が伝う。

馬鹿げている。だが馬鹿げているからこそ、ここは恐ろしく、おぞましいのだ。

ああ、あらかじめこうなると解ってさえいれば。

しかし、すべては手遅れなのだ。幾度考えても。

そして——残された時間さえ、僅かもないのだ。

諦念とともに、脇は小さなハッチに手を掛ける。

あとは、これを引き下ろすだけだ。そうすれば、すべては終わるのだ。

「……信じられねぇ」

思わず、嗄《か》れた呟きが漏れる。

それは脇の偽らざる真意だった。ここが自分自身の最期の場所であって、これが自分自身の最後の選択であるということ、まさかこんなにも無機質で味気ない場所で、しかも自分の手によって、自分の人生が終わるのだということ。

信じられないのだ。まったく現実感がないから。

だが——。

最後まで夢の中にいるかのような気分の中、ほぼ無意識で開放したハッチ。

直後、脇の身体を暴力的なエネルギーが包み込む。

未体験の衝撃を全身に感じながら、脇は、意識を奪われるまでの最期の一秒、心の中で呟いていた。

——ああ、やっぱり。

これは、現実だったんだなぁ——。

8

だめなときは、何をしてもだめなものだ。

家を出て暫くして、予期せぬ雨が降ってきた。びしょ濡《ぬ》れになりつつ、慌ててコンビニに立ち寄るが、安いビニール傘は売り切れていた。仕方なく千五百円のものを買って外に出たら、すでに雨は止み、晴れ間が覗いていた。にわか雨だったのか。やりきれない気分のまま電車に乗り、職場に着いたら、今度は傘を電車に忘れていた。まったく、なんてドジをやらかしたものか。ひとしきり呆れたまま職場にきた司だったが、もっと呆れたことには、ネクタイを締めようとしたまさにそのとき——通勤途中はいつもネクタイを外している——気づいた。

ワイシャツのボタンを、ひとつずつ掛け違えている。

「……まじか」

今日はきっと、こうやって何もかもが空回りを続けるのだろう。事実、さっきパソコンの電源を入れたはずなのに、いつまで経っても立ち上がらない。

また、システムダウンだ。

口をへの字に結びつつ、司は心の中で呟いた。

警察庁内のシステム——主に外部とのメールや、簡単な書類の作成に使われるもの——は、時折ダウンすることがあるのだ。

朝一で報告書類をひとつ作っておきたかったのだが、仕方がない。下書きでもするかと、紙と鉛筆を取り出し、その一文字目を書こうとしたその瞬間、鉛筆の芯が根元からぼろっと崩れるように折れた。

頭を掻《か》き毟《むし》りたくなりつつ、司はふと思う。

この、何もかもが噛みあわない状況。何も今に始まったことじゃあない。よく考えてみれば、最近はずっとこんな調子なのだ。

その理由が、実のところ司にはよく解っていた。

妹の百合子が、最近、どうも不機嫌なのだ。

毎日を憂鬱そうに過ごしているし、大学院もよく休んでいる。それどころか、司に対してもどこか冷淡な態度を取る。

歳の離れた妹。百合子のことを、妹というよりもまるで娘のように、司は男手ひとつで育ててきた。おかげで自他ともに認めるシスコンになってしまったわけだが、だからこそ今の百合子のよそよそしさが、ひときわ心に沁《し》みる。

ふーと大きな息を吐くと、司は机の引き出しから、おもむろに缶コーヒーを取り出した。

X県限定で販売されている缶コーヒー。苦味の程よさが司の好みで、わざわざ取り寄せてまで、いつも一ケースは必ず常備している。

とりあえずカフェインでも摂取するか。さすればこの悪い巡りあわせも変わるやもしれぬ——そんな気持ちでプルタブを引くと、どうしたわけか、途端に中身が溢れ出た。

「うわっ」

運命とは、そう簡単に変わるものでもないらしい。

はあ——と溜息を吐きつつ、司はしぶしぶ、飛び散った机の上のコーヒーをハンカチで拭き取った。

実のところ——司にはすでに、百合子のよそよそしさの理由がなんとなく解っていた。

それはきっと、彼女が、彼女自身に対する疑問を抱き始めていることの、ひとつの表れなのだ。

すなわち、生まれ、氏素性、そしてルーツ。

それらへの疑問を、いつの日か百合子は抱くことになる。かねてから司はそう想定していた。もちろん、もし彼女が一生そのことを知らずにすむのであれば、それに越したことはない。だから司は、その真実をことさら百合子に聞かせることなく、また

意識させることもなく、これまでの二十年余りを、たった二人の兄妹《きょうだい》として平凡に
――しかし安寧に――過ごしてきたのだ。
だが、どれだけ司が無関心、無関係を装っていたとしても、やはり運命とは、自ら
その姿を露《あらわ》にしようとするものであるらしい。
もちろん、今日という日までに、覚悟は十分にしていたつもりだった。自分と百合
子との関係は、いつかは言わなければならないものだ。それだけじゃない。藤衛のこ
とも、十和田只人のことも、そして皆をつなぐ二十二年前の事件のことも、何もかも
すべて告げなければならない――そう考えていた。
だが、その一方で、司はやはりためらっていた。
すなわち――本当に何もかも、百合子に明らかにしてしまってよいのだろうか？
真実の暴露。それにより妹の信頼を失うかもしれないということ。司にとってそれ
だけは、どうしても避《さ》けたいことだった。しかし、それよりももっと恐れていたこと
があった。
それは――真実が、百合子を危険の矢面に立たせてしまうという結果を招くのでは
ないかということだ。
そうでなくとも、百合子はすでに、巻き込まれている。真実をいまだ知らない今で
さえ、五覚堂や、伽藍堂で、十分に危ない目に遭っているのだ。だとすれば、彼女を

もう危険に近づかせるべきではないのだ。たとえ、自分の命に代えてでも。

だから、真実を見せるべきではない。

だが——。

それでも、このときは、きてしまったのだ。

それは重々承知していた。承知していたが、にもかかわらず司は、まるで重たい石をいくつも背負わされているような気分とともに、次の一歩をなかなか前へと踏み出せないでいる。

一体、どうしたらいいのだろう——海千山千の警察官として、数多の事件を解決した彼でさえ、出すことのできない結論。

解っていても行動には移せない、葛藤《ジレンマ》。

そのあまりに高い壁の前で逡巡しつつ、司はもう一口コーヒーを啜《すす》ると、ふと思い出したようにモニターに目をやった。

いつの間にか、パソコンが起動している。

——やれやれ、やっとシステムが直ったか。

画面の中央で、何事もなかったかのようにたたずむポインタ。司は溜息を吐くと、マウスを操作しメーラーを立ち上げた。

「……ん？　なんだ、これは」

すぐ、その存在に気づいた。

受信フォルダに舞い込む、一通のメールに。

9

神が去った後のベンチ。

今までの出来事が、まるで夢でもあったかのような非現実感とともに、百合子は逡巡していた。

――行くべきか、行かざるべきか。

ひゅう、とやけに冷ややかな風が首筋を撫でる。ぶるりと震える身体をすくめつつ、百合子は無意識に呟いた。

「……それが、問題だ」

馬鹿のひとつ覚えみたいにハムレットを気取ったところで、何か答えが出るわけでもない。自分で自分を嘲りつつ、百合子は先刻の神とのやり取りを、再び思い返す――。

「……私が、ですか」

百合子は、神の突然の誘いに、目を瞬いた。

「善知鳥さんと一緒に、私が？」

「そうよ」

神は、にこりと微笑んだ。

「二十二年前の出来事。そして私たちをつなぐ事件。百合子ちゃん、これらについて、あなたはまだ、あまりにも知らなすぎる。だから、今だってどうしたらいいか解らずに混乱しているのだし、何も知らないことに対するわだかまりにも囚《とら》われている。何よりも、それらについて語るべき言葉を持てない。だから、沈黙するしかない。『語り得ぬものについては、沈黙しなければならない』から」

「…………」

確かに──そのとおりだ。

神の言うように、百合子には語るべき言葉がなかった。前提となる知識があまりにも乏しいからだ。

だから無言になるしかない百合子に、姉が妹を諭すように、神は優しく述べた。

「だからこそ、私たちは赴《おもむ》くべきよ。あなたを惑わす無知から、あなた自身を解放するために」

「……解りました。それは。でも」

漸く大きく頷くと、百合子は一旦息を継ぐ。

「その場所は、まさか、例の……つまり、二十二年前の事件の舞台になった孤島なんですか？」

「いいえ」

神は、首を横に振る。

「私たちがまず行くべき建物は、あの事件とはまったく無関係。したがって孤島ではなく、まったく別の場所にある、別の建物よ。……これを見て」

そう言うと神は、百合子に一枚の写真を手渡した。

それは――航空写真だった。

写っているのは、緑に乏しい土地。山の上のほうだろうか。帯のように、荒地も横に走っている。縦に流れている筋は渓流だろう。その源泉となっているらしき池も見える。そして、その隣にあるのは、一見しただけで尋常でないことが解る建造物――。

※図1参照

「こ、これは……？」

「行くべき場所よ」

図 1

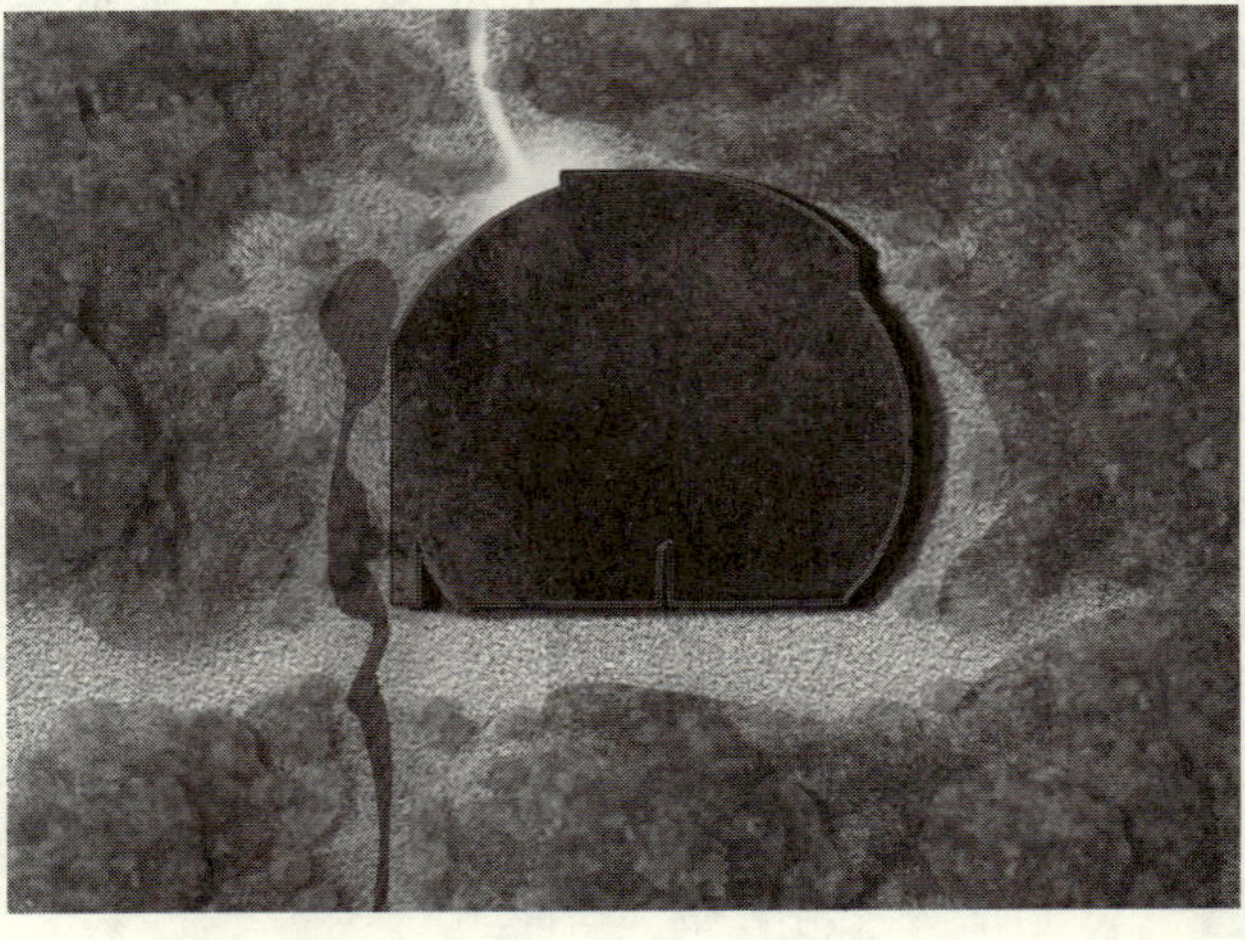

これは、それを空から写したもの——と、神はさらりと答えた。

「この建築物は、X県にある活火山の中腹、地元の人間もあまり立ち入らない場所にある」

「そんなところに、どうして、こんな建物が？」

「それはもちろん、偏屈な建築家のせいよ」

「偏屈な建築家？　それって、まさか……」

「そう、沼四郎よ」

再び、当たり前のように神は言った。

沼四郎。それは異端の建築家にして、今目の前にいる善知鳥神の父親でもある男の名前だ。

彼の設計した異形の建築群は、沼建築と呼ばれ、世界的な評価を受けている。だが沼四郎自身は、彼の終《つい》の住処《すみか》で起きた殺人事件において、命を落としてしまった。その住処の名が「眼球堂」だ。

それからというもの、沼四郎が設計した建築物で、立て続けに殺人事件が起きた。「双孔堂」、「五覚堂」、そして「伽藍堂」——これら一連の建築群において行われた惨劇には、百合子や、彼女の兄も関係することとなった。

面識はない。だが、百合子とは大きな因縁を持つ建築家。それが、沼四郎だ。

とすると、もしや、沼四郎が設計したという目的の建物も――？

顔を上げると、百合子は問う。

「善知鳥さん。この建物も『堂』ですか」

「そのとおりよ」

微笑みつつ、神は頷いた。

「この建物も『堂』のひとつ。名前は『教会堂』」

「やっぱり」

百合子は得心した。そこもまた、沼四郎の「堂」なのだ。

つまり、沼との因縁は今もなお引き続いている。

そして、ということは――。

一拍を置き、百合子は問う。

「教会堂は、善知鳥さんのものですか」

「いいえ。私はこの建物を相続していない」

「では……今の所有者は？」

「藤衛よ」

「藤衛」

――やはり、藤衛との因縁もまた引き続いているのだ。

「どう、興味が湧いた？」

「はい」

即答する百合子に、神は頷いた。

「では、一緒に行くわね」

「ええと……」

それは、すぐには答えられなかった。

興味は、ある——ないはずがない。

神に指摘されるまでもなく、百合子はあまりにも知らなすぎる。事あるごとに混乱とわだかまりと沈黙がもたらされるのも、それが理由だということは、十分に解っていた。

そして、彼女を惑わす無知から、彼女自身を解放しなければならないことも、また解っていた。

だが、それでも百合子は疑っていた。百合子の求める答えは、本当にそこにあるのだろうか？　神の言葉は疑いもせずに信じていい類いのものなのだろうか？

だから——。

「……あの」

百合子は、だから問う。

「どうして、『教会堂』なのですか」

「それは、どういう意味？」

首を傾げた神に、百合子はなおも質問を投げる。

「教会堂には、沼四郎、そして藤衛が関係している。それは解りました。でも……そこには本当に、私の求める『解』があるのですか？」

その問いに、神は――。

「もちろんよ」

真剣な眼差《まなざ》しで、答えた。

「その疑問に対する解があることを、私は保証する。なぜなら、教会堂には『真理』があるのだから」


――教会堂には、真理がある。

神が、そんな言葉を用いたから――。

だから百合子は、いつまでも逡巡を止められないでいるのだ。神がいなくなってからも、寒さが百合子の身体を凍えさせても。

百合子は、考える。

真理とは解のこと。百合子の求めるもののこと。知りたいもののこと。すなわち真実のこと。

そう、真実――。

百合子はベンチでひとり、天を仰ぐ。

すでに葉をほとんど散らせた銀杏が、夜に淀んだ曇り空を取り囲むように指差す、その一点を、百合子はじっと見る。

二十二年前の――事件。

神は言った。百合子が事件の生き残りであると。

百合子だけではない。神も兄も、そうなのだと。

つまり、事件とは、それそのものが百合子のみならず神、兄を巻き込む因縁なのだ。そして、その中心には藤衛がいる。

もっとも――。

率直に言って、百合子はそう驚いていなかった。

以前から、薄々何かがあると思ってはいたからだ。そう、自分の出自《ルーツ》には、何かがある。両親がいないこと。兄がことさら何かを百合子の目に触れさせまいと努力していること。とうに大人になった百合子の目からは、いくらでもその何かを感じ取ることができた。だからかもしれないが、そのことに気づいてから、百合子はずっと、自分の存在そのものを疑っていた。一体、自分とは何者なのか。宮司百合子の過去には、何があったのか――。

だが、百合子はあえてそれらから顔を背け続けた。

なぜ見まいとしたのか？　理由は明らかだった。

怖かったのだ――過去を直視するのが。

二十二年前の事件の詳細など、調べようと思えば容易に調べられたこと。なのに百合子は故意に調べなかった。それは、無意識に自分自身と向きあうことを避けたから。そしてたぶん、その当時一歳だった自分に残る淡い事件の記憶を、思い出したくもなかったからなのだ。

そして――。

神が真理、すなわち真実を示唆《しさ》した今。

百合子は、だから悩み続けている。

結論は、明日の昼までに出せばよい。神はまたここにくると言った。だが、猶予が与えられたがために、かえって百合子は何度も自問自答を繰り返す。

すなわち、はたして神の誘いに乗り、ともに教会堂に行くべきなのか、どうか――。

行けば真実を知る。

それは、大切な、兄が隠し続けた真実。

だから――目には見えない。

もし見てしまえば、どうなるだろう？

なぜかは説明できないが、直感的に、百合子はこう感じていた。

もしそれを見たならば、きっと後悔する、と。

だから――。

行くべきか、行かざるべきか。

知るべきか、知らざるべきか。

どちらが――正しい解なのか。

「……そんなの、解らないよ」

吐き捨てるように呟くと、百合子は乾燥した秋の風から、顔をそっと背けた。

10

「……ただいま」

小声で扉を開けるとすぐ、玄関先に靴が見えた。

踵《かかと》をきちんと几帳面《きちようめん》に揃え、外向きに置かれた黒いパンプス。百合子のものだ。だが、リビングとダイニングから光は漏れていない。

帰ってはいるが、もう寝てしまったのだろう。そりゃあそうだ。もう日付が変わる時刻もとうに過ぎているのだから。

まったく、不運だった。

仕事というのは、こちらのお構いなしに降ってくるものなのだ、たとえ自分に、何もかも噛みあわない不運の星が廻っていたとしても——そんな真理を司は今日、嫌と言うほど味わっていた。あまつさえ、普段ならばすぐ終わるはずの仕事が午前様だ。

やれやれ、まったく今日という日はなんだったのだか。呆れつつ、背後で扉がばたんと閉まる音を聞きながら、司は首の回りを指で緩めた。

するりと、ワイシャツの襟からネクタイが外れる。

色褪《いろあ》せ、毛羽立ち、表面が擦り切れるほど使い込まれ、およそネクタイとしては廃棄寸前となったそれを、しかし司は買い替える気など一切なかった。なぜなら、それは百合子が初めてのアルバイト代でプレゼントしてくれたものだからだ。

外したネクタイを丁寧に丸めると、司はそれをコートのポケットに入れた。後で箪《たん》笥《す》に戻しておかなければ——そう思いつつ、靴を脱ぐと、リビングに向かった。百合子を起こさないよう、廊下を忍び足で歩きながら。

暗いままのリビング。シーリングライトは点《つ》けず、テーブルランプを間接照明代わりに灯す。

淡い電球の光が周囲を照らし、司の背後に大きな黒い影を作る。

コートとジャケットを脱ぎ、ソファに腰を落とすと、司は長い溜息とともに背もたれに体重を預けた。

ぱき、ぱきと、身体中の骨がなる。

もう年だなあ――苦笑いを浮かべつつ、司は壁掛け時計に目をやった。

もう、午前一時半か。疲れるわけだ。

早くベッドにもぐり込まなければ。明日も仕事なのだし、朝の支度もある。十分理解しつつも、司はどうしてもすぐ寝る気にはなれなかった。

何しろ、脳が、燃えるように興奮しているのだ。

とても、こんな状態では眠ることなどできない。とにかくまずはクールダウンしなければ――壁の一点を見据えたまま、司は、時計の刻む音にじっと耳を傾けた。

――こち、こち。こち、こち。

鼓膜をノックする、規則正しい音。

だが、鎮まれと思えば思うほど興奮は止まず、憔悴《しょうすい》にも似た焦りとともになおも司を責め立てる。

どうして、今の俺はこんなに高ぶっているのか。

いや、その理由などとうに解ってはいるのだが。

そう——あれのせいだ。

司はおもむろに上体を起こすと、足元に置いていた薄いアタッシェケースを膝の上に置いた。

興奮の理由、それは残業疲れなどではない。

それは、この中にある。

アタッシェケースの蓋を開けると、司は、しまっていた数枚の紙を取り出した。

それは、ホチキスで綴《と》じた何枚かの紙片。

長いメールをプリントアウトしたものだ。

そう、すべてはこいつのせいだ。

俺は、このメールのせいで、したたかに興奮させられているのだ。

司は薄暗い光の中、眉間に深い皺を寄せると、頭を出している顎髭をぞりぞりと手でなぞりつつ、また一度、その文章を目で追った——。

「——警察庁、宮司警視正。

お世話になります。X県警Y署の毒島です。

お元気ですか。いや、先々週にお伺いしていたのでしたっけ？　いつも厚かましくてすみません。

　さて、突然メールしてすみません。実は警視正に、ある事件についてお知らせしておくべきではないかと思い、ご連絡を差し上げているものです。

　ある事件というのは何かといいますと、先日からY署管内で連続して発生している、ある不審死事件のことです。

　いいえ、不審死などというのは、毎日何件も起こっている、ごくありふれたものですし、本来わざわざ宮司警視正にお知らせするほどのものでもないことは、よく理解しています。

　実はこの連続不審死事件、被害者の二人と死因が問題なのです。

　まず、二人の名前を列挙します。

　ひとりは『小角田雄一郎』。O大学の教授です。

　もうひとりは『脇宇兵』。新聞記者です。

　彼らの名前、宮司警視正もご存じでしょう？　そうです、この夏、警視正が捜査をされた伽藍堂の事件に、参考人として関わっていた二人なのです。

　彼らの身元を洗っているうち、この事件に行き当たった僕は、びっくりしました。

二人とも同じ事件の当事者で、そこには宮司警視正もいたのですから。しかも解決にまで関わられたとは。さすが警視正と感心するのはさておき、いずれにせよこの話は、後述する死因の不可解さと併せて、警視正にきちんとお知らせをしておくべきだと思ったのです」

ここまでを読み、司は、思う。

小角田と脇。この二人は確かに、夏に関わったあの伽藍堂の殺人事件において、司とともにあった人々だ。

どこか仙人然として特徴的な笑い方をする初老の数学者、小角田と、かつて警察庁の記者クラブにもいたことのある脇。あの二人はもちろん、伽藍堂というあの施設で初めて顔をあわせる以前に、大きな接点は持っていなかっただろう。

にもかかわらず、二人は遠くない時期に、遠くない場所で、不審死を遂げた。

それは、なぜか？

もちろんこれは、単なる偶然なのかもしれない。だが、あの伽藍堂の事件から半年も経っていないことを考えると、彼らの死の背後には伽藍堂の殺人事件——あるいは、その原因となった事か、人か——が大きく関わっていると考えるのが自然だろう。

と、すると――。

毒島の言うとおり、これは確かに問題だ。

低く唸りつつ、司はその先を読む。

「小角田氏ですが、彼はX県にある海岸の岩場で、死体で発見されました。三日前のことです。その時点ですでに死亡から推定二日が経過していました。肺の中にあるのは真水でしたので、近隣を流れるY川で溺れ、そのまま流されたものと思われます。

一方、脇氏が発見されたのは今日です。場所は管内Y山の麓の渓流、その中洲《なかす》に彼の死体が引っかかっていました。ちなみにこの川、下流で小角田氏が流されたY川へと合流します。

奇妙なのは、脇氏の死因です。

彼は全身に大火傷《おおやけど》を負い、それにより多臓器不全を起こして死亡していたのです。発見時、彼は死後半日ほどと推定されましたので、時刻を逆算すれば、火傷の原因に行き当たるはずです。ところがその時刻、近隣で火傷を伴うような事件は、一切発生していなかったのです。ならば脇氏はどうして火傷を負ったのでしょう？

なんとも不可解です。だから僕は、この二つの不審死は、単なる不審死ではない、なんだか『臭う』事件に思えて仕方がないのです。

ところで警視正は、船生警部補のことを覚えてらっしゃいますよね。

実はこの案件、船生さんも僕も、小角田氏が死体で発見された時点ですでにおかしいと睨《にら》んでました。結果的に言えば、船生さんの勘は正しかったわけですが、ここで問題が二点あります。

それは、船生さんが一昨日、すでに現場へ向かってしまっているということ、その後船生さんと連絡が取れなくなっているということです。

船生さんは、ご存じのとおり優秀な方ですから、所轄へのホーレンソーは絶対に欠かしません。にもかかわらずいまだなんの連絡も報告もないのが、ちょっと心配なのです。

だから、僕もこれから、船生さんが向かった『教会堂』に行ってみようと思うのです。

教会堂というのは、小角田教授が最後に赴いたと思われる場所で、Y署管内にあるY山（麓にはY湖がある温泉地です。ご存じですよね）の中腹に建つ施設です。船生さんの足取りもそこで途絶えていますから、きっとそこには何かがあるのだろうと思われます。少なくとも、小角田氏と脇氏の死に関係する手がかりは、絶対にあるはずです。

そう、何よりも、教会堂も『堂』なんですよね。

Ｙ湖の双孔堂にせよ、宮司警視正がこの夏に行かれた伽藍堂にせよ、どれも『堂』と称されているのも、いかにも『臭う』とは思いませんか？

そんなわけで、これから僕は、Ｙ山に赴きます。

そして、これについて結局一点お願いをしてしまうのですが、宮司警視正、厚かましいかもしれませんが、もし僕に何かあれば、警視正がこの案件を引き継いではいただけませんか？

別に危険を感じているというのではありません。念のため、というやつです。僕の後に宮司警視正がいてくれると思えば、仕事も捗《はかど》りますから。

メールは以上です。

無駄に長々と書いてしまいました。本当にすみませんでした。

取り急ぎですが、よろしくお願いいたします。

あ、最後にひとつ付け加えます。

実は、船生さんが発《た》たれる直前、こんなことを言っていたんですよね。

『小角田氏は「真理」を求めて教会堂へと赴いたらしい。そんな話を聞いたけれど、私も、ここには何か大きな真実、小角田氏の言葉を借りれば「真理」が隠されているような気がする』って。

この言葉、僕にもなんとなく理解できます。言わば、僕も教会堂へ『真理』を求めに行くんですから。

だって、ほら、刑事にとっては、まさに事件の真相が『真理』そのものじゃないですか。その意味で、教会堂にも真理がある。そう思うんです。

真理を追い求めるのが刑事の仕事の醍醐味《だいごみ》だ、とは、ちと言いすぎですかね。でも、それってすごく格好いいと思うんです。それで僕らのモチベーションが上がっていることも事実ですしね。

最後まで話が色々と逸《そ》れてしまいましたけれど、宮司警視正ならばきっと、僕の言いたいことを解ってくれるような気がしています。

では、また——」

「……真理、か」

司は、メールをプリントアウトした紙をリビングの机の上に置くと、心の中で呟いた。

——刑事にとっては、まさに事件の真相が「真理」そのものじゃないですか。

毒島のこの言葉が、司の胸を突く。それこそがまさに、自分たちの仕事の存在意義だということに、共感を抱いたからだ。中央勤務ではあっても「警察官」の身分を持ち「警察官」として生きる司であればこそ、その意味するところはとても重い。だから司たちは、真理を追い求めているのだ。

この世界は、無法地帯じゃない。秩序がある。

そして、その秩序を実効あるものとするために、裁くという行為が存在している。

この裁きの正当性は、何によって担保されるか。

それは真相が明らかになっているという前提だ。

真相が明らかになっているから、裁きは正当なものとなり、ひいては秩序が守られるのだ。

だから俺たち警察官は日々、事件を解き、真相を司法へと送っている。

すべては世の中の秩序と、平穏を守るために。

——それってすごく格好いいと思うんです。

そう、そのとおりだよ。お前の言いたいことは、俺には、よく解る。なぜなら、それが俺たち警察官の真理なのだから。

だけれどもな、毒島よ——。

司は、文面の向こうにいる毒島に、心の中で語りかける。

一方で俺は、こういうことも知っている――真理は常に、そう簡単には姿を見せてくれないものだということを。そして、なぜそうなのかということを。

要するに、真理とは常に隠されているものなのだ。

あるいは、隠されているからこそ真理なのだと言うこともできるだろう。

だから、真理を明らかにしようとするならば、その者は、隠されているものを暴く代償として、常に何かを要求されることになる。

それが何かはケースバイケースだ。金やモノであることもあれば、信用という無形のものであることもある。健康や命ということもある。だがひとつ確実に言えるのは、真理を暴くためには、常になんらかの代償を支払わなければならないということだ。

翻って――教会堂だ。

この、教会堂にもし「真理」があるとすれば。

それを暴くために必要な「代償」とは、はたしてなんなのか？

――実は昼間、このメールを読んですぐ、司はY署に連絡を取っていた。

毒島は不在だった。特に行く先を告げずに外出したまま、昨日も帰ってきてはいないらしい。

しかも、船生もまた、いまだ連絡が取れない状態となっている。

だから司は、背筋に嫌な予感を覚えつつ、思うのだ。この現状は――すなわち船生と毒島の不在は――もしや、すでに彼らが「代償」を支払った結果ではないか、と――。


ソファに、そのまま横になる。

目を閉じるとすぐ、暗闇が視界に覆い被さる。

その黒い背景を、司の思考がなおも駆け巡る。

いずれにしても――。

教会堂。この建物は、危険だ。

船生や毒島にとって、だけではない。司自身や、百合子にとっても、危険極まりない存在なのだ。

それは、なぜか。

あえて調べずとも、解る。

この「堂」も、他の「堂」と同じだからだ。

つまり、この「堂」にも同じ人間がからんでいる。

その人間とは誰か。

言うまでもない。それは――。

「……藤衛」

二十二年前。司と百合子が遭遇した事故――いや、大量殺人事件。あの孤島で多くの人たちが命を落とした。数学者たちも、俺の父母も――そんな中、俺たち兄妹だけが危うく命脈をつないだのだ。

あのとき、事件の中心にいたのが、藤衛だ。

事件を構成するさまざまな軸の交点、数学的に言えば原点に坐《ざ》していたあの男は、だから犯人としてすぐさま逮捕され、死刑囚として収監されたのだ。

だが藤衛は、今は再び自由の身となっている。

この事実が、何を意味するのか？

それは、もしかすると、藤衛が再び原点に鎮座することがあるのではないか、という危惧。

立て続けに起こっている「堂」の事件は、まさにその懸念を証左する事実なのではないか。

だとすれば――。

これをそのまま放置することは、できないだろう。

船生や毒島が追う「真理」以上の、もっとどす黒く、ずっと禍々しい「真理」が、あの「堂」には存在するのだ。そして、その「真理」は、おそらく俺たちに具体的な危害を為《な》してくるはずだ。

だから——。

司は、ひとり静かに、決意した。

俺もやはり、行くしかないのだ。

「真理」を隠す教会堂へ——百合子を守るために。

11

なんと、不気味な場所なのだろう。

ひたひたと、コンクリートに囲まれた薄暗い部屋の中を歩きながら、毒島は思う。

平面か、あるいは曲面を呈する灰色の壁面。窓はなく、かといって絵が掛けられているわけでもない。床にもカーペットが敷かれているわけでもなく、家具のひとつさえ置かれてはおらず、広々とした部屋ばかりが、扉を介してどこまでも続いていくのみだ。

空調も動いている気配はなく、壁から染み出てくるような冷気が、毒島の身体を芯から冷やす。

だが毒島は、寒さを感じてはいなかった。

なぜなら彼は、寒さよりももっと痛切な感情に駆られていたからだ。

それは、焦り。

だからその焦燥感は、無意識の呟きとなって毒島の口から零《こぼ》れ落《お》ちる。

「無事かな……さわちゃん」


「礼拝か、それとも、懺悔か」

古い木造の部屋で、十字架を背景に、先刻、毒島の前で男は唐突に言った。

「教会堂の守り人」を自称する、赤いローブにフードを被ったこの怪しげな男の問い。この部屋にくるまで延々と迷路のような部屋を歩かされていた毒島は、誰とも知れない――どこかで会った気もするが――この男に、思わず言い返した。

「いや、そうじゃなくて……あのな、さっきも言ったように、俺は刑事なんだ。そういうのためにここにきたのじゃないんだよ。というか、ここは一体、なんなんだ？」

「ここは教会堂だ」

「ってことは、宗教施設？」

「そう考えることもできるだろう。実際に、かつてはそうだったのだから」

「言うことの意味がよく解らないぞ。かってはそうだったたって、どういうことだ」

だが、毒島の質問を、男は無視した。

「それで、君はここへ、何をしにきたのかね？」

「そうじゃなくてだなあ……」

どうにも会話のペースが乱される――苛立ちを覚えつつも、毒島は一応答える。

「それも、さっき言ったよ。人を探しているんだ」

「人、とは？」

「小角田雄一郎と脇宇兵という二人の男が死んでいる。そして船生さわという警察《うち》の刑事が行方不明になっている。知らないか？　この教会堂を最後の足取りにしたまま連絡が取れなくなっているんだが」

「…………」

いかにもうさん臭い男は、しかし微動だにせず、一言も発しない。

だが、そんな態度はむしろ怪しげなものに映る。

臭うぞ――毒島は一歩、前に出た。

「なあ、あんた、誰なんだ？」

「…………」

「もしかしてあんた、この件について何か知ってるんじゃないのか？」

ローブの肩につかみかかる。しかし男は、無駄のない動きでひらりと毒島の手をかわす。

「わわ」

「……その三人ならば確かに、ここにきた」

バランスを崩す毒島に、男は言った。

「だが、彼らが真理を得られたかどうかは、教えられない」

毒島は、体勢を立て直しつつ訊く。

「聞き捨てならないぞ。三人はここにきただって？　それは本当か？　それから彼らはどこに行った？」

「君も、真理を求めているのか？」

「訊いているのは俺だッ」

会話がすれ違う苛立ちに、思わず毒島は怒鳴る。

「いいから先に俺の質問に答えろ。このあと三人はどこに行ったんだ？　あんたの答え如何《いかん》によっては、無理にでも署まで来てもらうぞッ」

だが、肩を怒らせ威嚇《いかく》する毒島に、男はなおも淡々とした口調で答える。

「……三人の行方が、君にとっての真理か」

「貴様、知っているんだな？」

「知っている」

「教えろッ」

「無理だ」

首を横に振ると、男は毒島を諭すように言った。

「それが君の真理であればこそ、君は『ゲーム』に挑み、君自身を賭けて、それを探さなければならないのだ。いいかね？　君の真理を知るために努力できるのは、いつも君自身でしかあり得ないのだよ」

唖然としているうちに、男を取り逃がしたのは、失策だった。

気がつけば男は姿を消し、部屋には毒島だけが取り残されていたのだ。

ちッ──この俺としたことが。

悔やまれるが、しかし情報が得られなかったわけでもない。

男は確かに言っていたのだ──三人の行方を知っていると。

とすれば、行方までは聞けなかったが、明確に言えるのは、三人は少なくとも、ここを訪れ、あの男と会ったのだということだ。

その事実を起点にして、推理するに──。

小角田はここにきて、なんらかの事件に巻き込まれたのではないか。その結果、小角田は命を落とし、川に流されたのではないか。さらに、それを追った脇もまた――なぜ彼が大火傷を負っていたのかはさておき――小角田と同様の結果をたどったのではないか。しかも、だとすれば。

「さわちゃんも、危ないってことだ」

最悪の想像が、戦慄とともに頭をよぎる。

楽観的に考えれば、ただでさえ厳しい男社会の警察で、それでも出世頭となった船生ほどの刑事が、そう簡単に命を落とすということもないとは思うが、一方で、だから大丈夫だという保証があるわけでもない。

船生は今、どこで何をしているのだろうか？

再び焦りとともに周囲を見回しつつ、呟く。

「やっぱり……この堂のどこか、か」

コンクリートの歪《いびつ》な部屋と、古い木造の部屋とが混在する、この不気味な教会堂。

そのどこかに、船生はいる。生きている、はず。

不安は不安だが、いずれにせよやることはひとつ。

まずはこの不気味な建物を、隅々まで調べてみること。それのみだ。

自らのやるべきことを心の中で再確認すると、毒島は、誰もいないこの部屋から扉を開け、また次の無人の部屋へと足を踏み入れていった。

そして――。

数時間後。

今、彼の目前には鉄の扉が立ちはだかっていた。

それまでの木扉とは明らかに異なる風合い。表面は平板で、しかし黒い鈍色《にびいろ》に覆われ、中央にひとつ突き出たノブだけが、のっぺりとした面に異質な特異点を形成している。

緊張の唾を飲み込みつつ、掌《てのひら》を鉄扉に当てる。

わずかな接触点から容赦なく身体に侵入しようと試みてくる、氷のような冷たさ。

そこから扉の分厚さを推し量りつつ、毒島は思う。

間違いない――この鉄の扉の先には間違いなく、何かがある。この扉が一番「臭う」ぞ。

何も扉だけではない。教会堂の建物の、この怪しげな構造からも、明らかに臭うのだ。

いくつも続く部屋。

終着点に唐突に現れた下層への入り口。

そこから洞窟のように延びる煉瓦《れんが》の通路。

その一番奥に存在していたのが、この鉄扉だ。

これがロールプレイングゲームなら、ここは間違いなく何かが始まる部屋だ。そんな仰々しい雰囲気が、この扉の周囲には漂っている。

「……なるほど、『ゲーム』ね」

ふと毒島は呟いた。

先刻、ローブの男は「ゲーム」という単語を使っていた。毒島は「ゲーム」に挑み、毒島自身を賭けて、真理を探さなければならない。あの男は確かにそう言ったのだ。

要するに、目の前にあるこの鉄扉が、そのゲームの入り口だということなのか。

だとすれば——なんともつまらないゲームだな。

毒島は、ひとり鼻で嗤《わら》う。

こんな子供だましが、第一線の刑事である俺に通用するものか。

誰の手による建物なのかは知らないが、莫大《ばくだい》な費用と手間を掛けてこんな馬鹿げたこけおどしを作るのだから、その誰かはきっと大馬鹿に違いない。

とはいえ、いかに馬鹿げていても、そこから現に犠牲者が二人も出たのであれば、話は別だ。

しかもこの先には、間違いなく何かがある。それは小角田や脇の死の真相であって、おそらくは、船生の所在を示すものでもあるのだ。すなわち――。

「……この先にあるんだな、『真理』が」

呟きが、煉瓦の洞窟の中で不気味に響く。

長いエコーが壁に吸い込まれ、再び自分が息を吸う音しか聞こえなくなるほどの静けさが周囲を支配するのを待つと、毒島は鉄扉のノブに手を掛けた。

そして、それを引こうとした瞬間――。

ふと、毒島は手を止めた。

不意に、妙な胸騒ぎがしたからだ。

ぞわぞわと、そぞろに湧き上がる、悪寒。

俺は――ためらっている？

どうして？　自問する。理由は解らない。だが解らないなりに、その出所が刑事の勘であることもまた事実だ。だから毒島は、一呼吸を置くと、心を落ち着かせ、もう一度だけ思考を巡らせる。

この先には、真理がある――それは間違いない。

その真理とは、本当に小角田や脇の死、船生の行方不明に関わるものだ。だが――。

――本当に、間違いないか？

ロープの男はこれを「ゲーム」だと言った。

この扉は確かにゲームじみている。ここにくるまでの過程もまたそうだった。誰の仕掛けかはともかく、これらはあまりにも安直に、テレビゲームか何かを模したものであると思われた。

だから男がこの「ゲーム」に挑めと言ったこともまた、つまらない目くらまし以外の何物でもないことは、間違いないのだ。

――本当に、間違いないか？

ふと、男の言葉が、脳裏に蘇《よみがえ》る。

――いいかね？　君の真理を知るために努力できるのは、いつも君自身でしかあり得ないのだよ。

努力？　毒島は自答する。

そんなものは、これまでにいくらでもしている。

だからこそ俺は今、ここにいる。

だからこそ、真理を知ることができる。

だからこそ、事件の真相を暴くことができる。

そう、俺は、すでに努力したのだ。

だから救えるのだ。大事な人《さわちゃん》を。

「俺は、その資格があるッ」

ノブを握る手に、再び力を込める。

だが扉は――なかなか開かなかった。

両手を添えると、毒島は力一杯、そのノブを引っ張る。まるで何者かが向こうから抵抗しているような、そんな感触だ。

それでも扉は、毒島の渾身《こんしん》の力に、漸くじりじりと動き出した。そして――。

「あと少しッ……」

扉が今にも開こうとした、そのとき。

――お前に訊く。その努力とは？

唐突に、もうひとりの毒島が彼に問いを投げた。

お前に訊く――その努力は「過去形」のものか？

過去形？

はっとした。それって――つまり。

「まさか」

しかし、疑念を抱いたときには、すでに毒島は大きく鉄扉を引き開けていた。

瞬間。

唐突に毒島の背を、大きな力が襲った。

それはまるで巨人《ウラノス》の手がもたらす、無慈悲で偉大な力、すなわち有無を言わさぬ暴力。

「わッ」

強大な力に突き飛ばされた毒島は、叫びとともに、一瞬にして鉄扉の隙間へと押し込められた。

12

「痛ッてて……」

冷たい床に放り出された毒島は、暫くの間うつ伏せの姿勢のままで呻いていたが、やがて、腕を擦《さす》りつつ、上体を起こした。

驚いた。

扉を引き開けた瞬間に彼の背を突いた強大な力。毒島は抗う間もなく吸い込まれ、暗闇の中に叩きつけられたのだ。

ぶつけた二の腕の袖を捲《めく》ると、その皮膚が赤みを帯びていた。やがてあざになり、青く変色していくのだろう。受け身を取れたのは幸いだったが、ダメージなしとはいかなかったようだ。

それにしても――。

埃《ほこり》のついた膝をはたきつつ立ち上がると、毒島は改めて周囲の様子を窺った。

そこは、先刻と同じような地下通路だった。天井は手が届くほど低く、おそらく高さは二メートルもないが、それを除けば、ここは上の建屋と同じように、壁面も床面も、天井も、コンクリートがむき出しになった狭苦しい通路だ。

壁や床の表面が黒ずんでいるのは、黴《かび》だろうか。そういえば、空気が妙な湿り気を帯び、饐《す》えた臭いに満ちていることに気づく。床面にはところどころに水溜《みずたま》りも見える。じめじめとした不愉快な場所だ。もっとも、この湿気が逆に、凍《い》てつく寒さを和らげてくれてもいるようだが。

――痛ッ。

不意に耳を襲う刺激。思わず毒島は顔を顰めた。

きんきんと、耳鳴りが響く。なんでまた突然？　訝る毒島だが、すぐにそれは収まっていった。

なんだったのだろう、今のは――そう思いつつ、毒島は改めて、きょろきょろと周囲を窺った。今さらながら、そういえば光があるということに気づく。天井を見ると、そこには小さなランプが灯り、周囲を照らしていた。扉の向こうは暗闇なのかと思っていたが、そうではなかったようだ。

振り返ると、自分が吸い込まれた扉を確認する。

鉄扉は、何事もなかったかのようにぴたりと閉じていた。試しに、ノブをつかむと、力一杯押してみる。

だが、鉄扉はびくともしない。

なぜだ？　さっきは引き開けられたのに。

確かに扉は固かったが、それでもじりじりとは動いたし、だから開けることができたのだが――。

再度渾身の力で押す。だがやはり扉は動かない。

まさか、閉まった拍子に鍵が掛かったのだろうか。

いや、それは違う――毒島は首を横に振る。たとえ鍵が掛かっても、扉はほんの少しだけ動かせるものだ。かんぬきとかんぬき穴の間には、一ミリメートル程度の隙間ができるからだ。だがこの鉄扉は違う。本当に、わずかも動かない。とすると――。

毒島は気づく。

鉄扉が動かない原因。それは、気圧だ。

おそらく、扉の向こう側とこちら側とでは、気圧が異なっている。こちら側のほうが、気圧が低いのだ。不意の耳鳴りがその証拠だ。そして扉は向こう側にしか――煉瓦の通路側にしか開かない仕組みになっている。こうして、扉の向こう側より、こちら側の気圧が低く、二つの通路に気圧差が発生しているとすると、どういう結果を生じるか。

答えは簡単だ。扉は開かなくなる。強い空気の圧力によって、扉は向こう側からぴったりと押さえつけられるからだ。たかが空気にそれほどの力があるとは、にわかには信じがたいが、実は気圧には、想像もつかないほど強い力が内在している。地上で何気なく暮らしているから気づかないが、一気圧は一平方センチメートルでおよそ一キログラムの圧を持つのだ。とすると、たとえ気圧差が十パーセント程度しかなくとも、例えば二平方メートルの扉であれば、そこには二トンの力が掛かることになる。

要するにこの鉄扉は、向こう側からトン単位の力で押さえつけられているのだ。だから開けることができない。そう考えれば、毒島が扉を開けた瞬間、彼の背中を突き飛ばしたものの正体も明らかだ。あれもまた、気圧差だったということだ。

だが――だとすれば、ひとつ疑問がある。

さっきはなぜ、扉を引き開けられたのだろうか。

毒島は思う。これは仮説にしかすぎないが、もしかすると、扉になんらかの仕掛けがあるのではないか。

すなわち、向こう側からノブを捻《ひね》って引いたときには、その引く力を何倍にも増幅するような仕掛けだ。そのおかげで扉は、強大な気圧にも負けず、引き開けることができたのに違いない。

だが、そうだとすると、こちら側からはもはや、鉄扉を開けることができない、ということになる。すなわち——。

これは、一方通行の鉄扉。

もう、退路は断たれているのだ。

そのことに気づいた毒島の脳裏を、ふと、先刻の疑問がまた過る。

——その努力は「過去形」のものか？

「そうか、なるほど」

毒島は理解した。

そうか、もう、引き返すことはできない。何かしらの努力が行く手には待っているのだ。つまり——。

努力は「過去形」のものでは、ない。

「……上等だ、やってやるさ」

どこか自虐的な笑みを口の端に浮かべつつ、毒島はそう呟くと、コンクリートの通路を、低い天井に心持ち首をすくめつつ、先へと進んでいく——。

だが、通路はすぐに、行き止まりとなった。

その袋小路《ふくろこうじ》で、毒島は思わず唖然とした。

「……な、なんだ、これは」

あんぐりと口を開けたまま、その突き当たりに頼りなく視線を走らせる。

そこにあったのは、一枚の大きなガラスだった。

行き止まりの壁、その一面に埋め込まれたガラス。高さは天井までの高さと同じ二メートル弱、幅も通路の幅と同じ三メートルほどの、横長の巨大な一枚ガラスだ。そして――。

毒島はぎくりとした。

驚いたような顔の男が、そのガラスの向こうにたたずんでいたからだ。

ぼんやりとした明かりの下、目を丸くしたまま、ぱくぱくと口を開閉させている、犬を思わせる顔をした、どこかで見たことのある男――。

一瞬驚くが、毒島はすぐに気づく。

それが自分自身の顔だということに。つまり――。

「な、なんだ……これ、鏡か」

苦笑いを浮かべた毒島は、すぐ照れ隠しのようにわざときりっとした表情を作りつつ、鏡に近づいていくと、その表面に、そっと手を当てた。

掌に伝わる、ひんやりと冷たい感触。

ただの鏡だ――そう思いつつ、軽く押してみるが、まるで鉄板のように、鏡は力をそのまま撥《は》ね返す。

一旦掌を離すと、今度は手に拳を作り、強くその鏡面を殴りつける。しかし鏡はびくともせず、割れる気配もない。

強化ガラスか――一旦鏡から離れ、毒島は目を細める。

それにしても――どうしてこんな場所に、なんのために、こんな巨大な鏡が設置されているのか?

解らん、さっぱり解らん――数多の疑問符を頭の中に思い浮かべつつ、なおも周囲に目をやる毒島は、やがて、ここには鏡以外にも妙なものがあることに気づく。

ひとつは、行き止まりの角、床の隅に開いた、大きな丸い穴だ。

直径は一メートルほど。穴には覆いがなく、真っ黒な口をぽっかりと開けている。

そっと穴を上から覗き込む。光の届かない穴の奥に空間が続いているようではあるが、それがはたしてどこまで続いているかは解らない。

「おーい」

試しに、叫んでみる。

声は、わんわんという長い残響を伴い、最後には不気味な唸り声のような音になりながら、いつまでも続いていった。

毒島は、思わずごくりと唾を飲み込んだ。

――こいつは、えらく深いぞ。

どのくらいかは解らないが、この穴は、かなり奥まであるようだ。おそらくは数メートル、いや数十メートルの単位で続いている。

不意に、水気を含むひんやりとした空気に頬を撫でられた毒島は、ぶるりと盛大に震えつつ思う。

この穴は、排水口だ。

きっと、ずっと奥で水場につながっているのに違いない。そう考えれば、ここが妙に湿気っているのも納得できる。水分が逆流して上がってきているのだ。

いずれにせよ、相当の深さを持った穴だ。落ちてしまえば、無傷ではすまないだろう。たじろぐように一歩後ずさると、毒島はそこから目を背けるようにして、今度は視線を上にやる。

天井には、もうひとつの妙なものがあった。

それは、一辺が六十センチメートルほどの、四角い金属板だ。その端にはL字型の金具がついている。

毒島は思う。この金具はハンドルだ。つまりこの金属板は、天井にはめ込まれたハッチなのだということになる。と、いうことは――。

この上にも、部屋がある。

「さて、どうする？　毒島香」

毒島は呟きつつ、腕を組んだ。

このハッチ、開けるか、それとも開けないか？

今この場から引き返すことはできない。入って来た鉄扉を開けることができなくなっているからだ。また進むこともできない。突き当たりのこの鏡は——なぜそこに鏡があるのかは判然としないが——割ることもできないからだ。ましてや、床には排水口らしき穴が開いているが、そこを下りるという選択肢もない。下りるための取っ掛かりがないし、そもそも深さも行き先も解らないのに飛び込むのは、ただの自殺行為だからだ。とすると——。

「……まあ、開けてみるしかないわけだ」

長い逡巡の後、毒島は呟いた。

結局、いくら考えてみたところで、選択の余地はないのだ。

毒島はそのまま、ハッチのハンドルをゆっくりと握ると、そのまま力を込める。

ごっ——。

金属が擦《こす》れる鈍《にぶ》い音。ハッチは思いのほかすんなりと開いた。

最初に、光が見えた。

上はここと同様、うっすらとした明かりが灯っているらしい。何かが飛び出てくるのでは、という想像もしていたが、開いたハッチから下りてくるのは、やけに湿った空気のみだ。上に何かがあったり、誰かがいたり、ということはなさそうだ。

ほっと胸を撫で下ろしつつ、毒島はそのハッチの縁《ふち》に両手を掛けると、懸垂の要領で、一気に自分の身体を引き上げた。


上の部屋に立つ。

と同時に、がこんと音を立ててハッチが閉まる。

どうやら、勝手に閉まる仕組みであるらしい。ばね仕掛けの自動ドアか、ご親切なことだ——と毒づきつつ、毒島は周囲を見回した。

雰囲気は、下の部屋と似ていた。

何かがあるわけでもない。むき出しのコンクリートで六面を覆われ、窓のひとつもない、薄暗くじめついた部屋だ。

違いがあるとすれば、三つ。

ひとつ目は、形だ。下の通路と、幅や高さは大して変わらないが、前後はすぐに行き止まりになっている。要するに、小部屋のようになっているのだ。

二つ目は、臭いだ。下の通路も湿っぽかったが、ここはさらにじめついていて、しかも濃厚に「水の臭い」が漂っている。天井や壁、床には、水の跡が残っているから、もしかすると地下水がコンクリートの壁のひびから染み出ているのかもしれない。

そして、三つ目――。

「……迷宮《ダンジョン》かよ、これ」

狭い空間で、吐き捨てるように毒島は言った。

そこには、今自分が出てきたハッチのほかにも、まったく迷宮じみた構造がいくつもあったのだ。

まず、部屋の向こう隅の床には、下の通路にあったのと似たような排水口が、真下に向かって大きな黒い口を開けていた。直径は数十センチメートルと細いものだが、深さがどれだけあるものかはやはり解らない。あるいは下の排水口と、ずっと下でつながっているのかもしれない。

それと同じ大きさの穴が、手前側の天井の隅にも開いていた。口を開けたその真っ暗な穴は、上へ向かって延びているようだ。だが光が射し込んでくるでもなく、したがって、どこへつながっているものかも、まったく解らなかった。

そして、もうひとつ。

ここにはさらに、二つのハッチがあった。

今、上がってきたハッチの、もう少し先。部屋の向こう隅に近い場所の床に、四角いハッチが二つ、並んでいるのだ。左のハッチは小さいが、右のハッチは大きく、しかも深さ五十センチメートルほどのくぼみの底にある。

毒島は思う。

要するに、あの下にも部屋があるのか？

だとすればその部屋は、ちょうど下にあった鏡の、向こう側に位置することになるが——。

ゆっくりと、二つのハッチに近づいていくにつれて、毒島はさらに気づく。

右側の大きなハッチにはハンドルがあるが、左側の小さなハッチには何もついていないのだ。つまり右からしか下りられない。どうしてだろう？　いや、そもそもなぜ二つあるのか？　——疑問は尽きないが、いずれにせよ開けられるのは右側だ。そこしかないのだから、そこから行くしかあるまい。

毒島は、ハッチのあるくぼみの縁に屈《かが》むと、ハンドルを握ろうと手を伸ばして——。

「な……なんだ、こりゃ」

すぐに、思わず驚きの声を上げた。

その理由は、ハッチの表面にあった。

そこに、こちらに向かって覗く男がいたのだ。もちろん毒島は、それが誰かにすぐ気づく。

それは、毒島自身だった。

つまり、ハッチの表面も、鏡でできているのだ。

よく見れば左側のハッチも同様だった。

――まったく、なんなんだ。

毒島は三度苛立ちを覚えた。下の部屋で見た一面の鏡といいこの大小の鏡面といい、どうしてここは、いちいち人を驚かせてくるのだろうか。

だが、毒島は溜息を吐きつつ、思う。

驚きはするが、結局はつまらないギミックだ。はっきりとした目的が解らない以上、不気味は不気味だが、かといって具体的な害があるわけでもない。

こんなもの、ただのこけおどしにしかすぎない。

それに――。

やる方ない憤《いきどお》りを嘲りでごまかしつつ、毒島は改めて屈むと、ハッチに手を伸ばし、ハンドルを握った。

――どれだけ不気味だったとしても、俺がやるべき努力はひとつしかないのだ。つまり――。

「……先へ、進む」

後へ引けない以上、それ以外の選択はないのだ。

意を決すると、ハンドルを捻り、そのまま ぐいとハッチを引き開けた。

その瞬間――。

また、誰かが毒島を押した。

毒島は、後悔した。

本当ならば自分は、もっと疑わなければいけなかったのだ。罠《わな》はひとつだけではないのではないか、鉄扉と同じ構造がここにもあるのではないか、ハッチを開けるために屈むこの不安定な姿勢も、そこに吸い込ませるための罠なのではないか――。

だが、気づいたときには、遅かった。

「しまッ……」

毒島の身体は、あの有無を言わさぬ巨人の手――大気の力のままに、抗う間さえ与えられず、あっという間にハッチの中へと押し込められた。

そして――。

――バタン。

大音声《だいおんじょう》が響き、ハッチが閉じた。

その無情な音の意味するものは、何か。

それは——「均衡」だ。

すなわち、この「ゲーム」はたった今、大音声とともに、「均衡」に達したのだ。

そして、「ゲーム」が「均衡」に達した今——。

次の「ゲーム」がまた、始まろうとしていた。

※ 図2参照

13

リビングで、司は目を覚ました。

時刻は午前六時半だった。思索に耽りつつ、いつの間にかそのまま眠ってしまったのだろう。昨日のワイシャツもそのままに、司ははっとして上半身を起こす。

ひらり、とブランケットが床に落ちた。

誰かがそっと彼に掛けてくれたものだろう。だが司は、その存在には気づかないまま、キッチンに声を掛けた。

図２

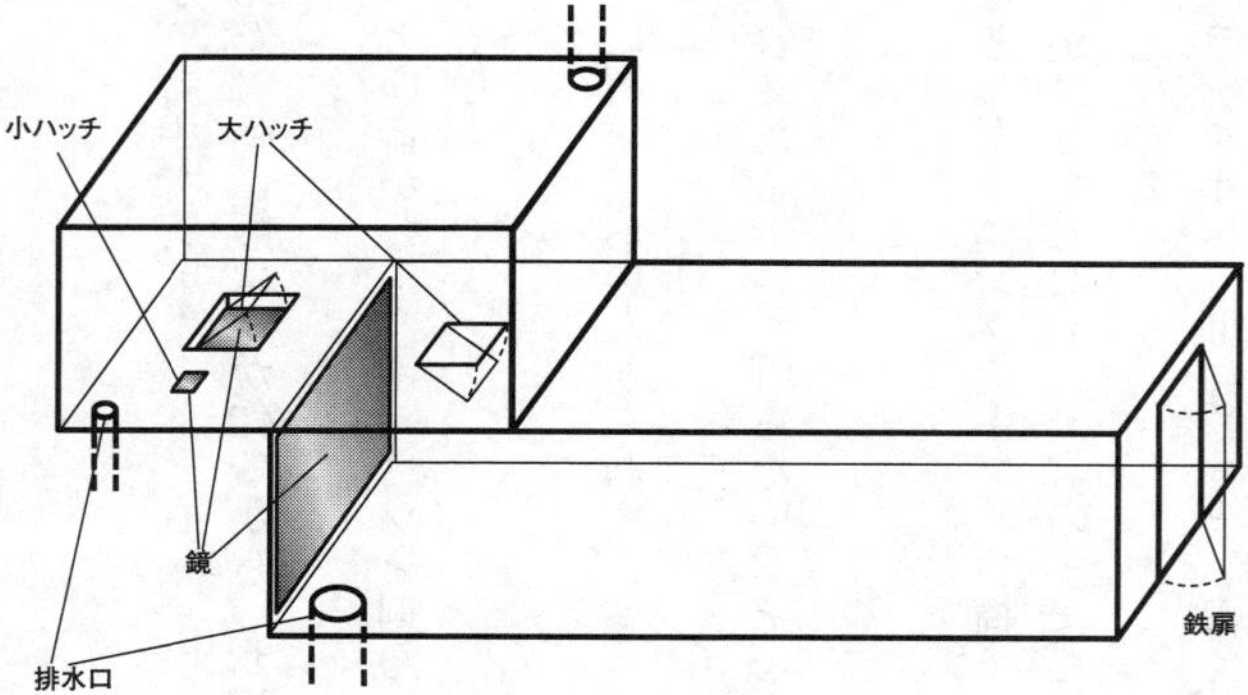

「すまない、寝坊した」

「大丈夫だよ」

キッチンに立つ百合子が、背中で答えた。

「私、今日は早起きしたんだ。朝ご飯は私が作るから、お兄ちゃんは、そこで待っていて」

トントンという小気味のよい音が響く。キャベツを刻んでいるのだろうか。

「七時前には、出ちゃうんでしょ？」

「ああ、……うん」

「新しいワイシャツ、そこに置いておいたからね」

「……すまない」

だが、それ以上はなんと答えたらよいか解らない。そんな微妙な表情を、司は浮かべていた。

暫しの沈黙。

司はもそもそと着替えると、ダイニングテーブルの椅子に腰かけた。テレビをつけるでもなく、百合子に話しかけるでもなく、無言のままだ。百合子も何かを話すことはなく、ただ手だけを動かしている。

やがて、出来上がったサラダを手早く皿に移すと、漸く百合子が口を開いた。

「……卵の焼き方は、いつものでいいよね」

「それでいい……あ、いや」

司は、かすれた声とともに、首を横に振る。

「やっぱり、スクランブルにしてくれ」

「スクランブルエッグに？」

「ああ」

「珍しいね、そうやって食べるなんて」

「…………」

司はいつも、卵といえば目玉焼きだ。半熟にはせず、しっかりと黄身まで火を通し、醬油《しょうゆ》を掛けて食べる。「朝ご飯といえば、俺はこれかな」そんなことを、司は冗談めかして言ったこともある。

首を傾げつつも、百合子はフライパンに油を引くと、小鉢の中で卵を溶いた。

何も言わず、司はスクランブルエッグを食べた。

普段ならば、味の感想のひとつも述べる司が、無言と無表情を貫いたまま、百合子と目線をあわせさえしない。百合子はしかし、そんな兄の態度を、不満げでもなく、ただじっと眺めていた。もしかしたら、百合子には解っていたのかもしれない。司は決して不機嫌なのでも飯が不味《まず》いと思っているのでもない。ただ、今は食べることに集中したいだけなのだと。だから黙々と食べているのだ、と。

すべて平らげると、フォークを置き、司は、ただ一言を述べた。

「……美味《うま》かった。ありがとう」

「……どういたしまして」

ぎくしゃくとしたやり取りだと、客観的には見えたかもしれない。だが、お互いの言葉が本心からのものであることは、きっと誰にでも解っただろう。たとえ百合子が、突然司がスクランブルエッグを欲した本当の理由は解らなかったとしても——。

ふと、司が自分の左手首に目を落とす。

視線の先にあるのは、彼が愛用している腕時計だ。高級時計に分類される高価なブランドだが、すでに発売から三十年以上も経過している。そんな腕時計を、司がこまめにメンテナンスしながらずっと使い続けているのには、理由があった。

それは、彼の父親が使っていたものなのだ。二十二年前の事件で亡くなった父親の遺品。それ以来、腕時計は父の形見として司のものになっている。

百合子も、気づいた。

「……お兄ちゃん、それ、秒針が止まってるね」

「ああ」

眉間に皺を寄せる司に、百合子は言う。

「確かそれ、自動巻きだったよね。ぜんまいが緩んでるのかな」

「昨日はずっと嵌《は》めていたから、それはない。もしかすると……」

壊れたのかもしれない。そう言ったまま、司はじっと腕時計を見つめている。

「大丈夫、オーバーホールに出せば直るよ」

百合子は慰めのように言う。

だがやはり、司は何も答えない。あの事件の後も、毎日弛《たゆ》むことなく確実に時を刻んできた時計が、なぜか今日、この日に止まったということに対する不安を覚え、おののいているかのような、そんな険しい表情とともに。

「……ねえ、お兄ちゃん」

微動だにしない司に、ふと百合子が声を掛ける。

「ひとつ、訊いていい？」

「なんだ」

「お兄ちゃんって、エレベータが苦手なんだよね」

「…………」

百合子は、一拍を置くと続けて言う。

「だからお兄ちゃんは、いつも階段を使うんだよね。うちは六階だけれど、絶対に階段を使う。なぜなら、エレベータが苦手だから」

「……………」

「それって、どうして？　何か理由があるの？」

「むう……」

唸るような低い声。追いつめられた表情の司に、百合子はさらに問いを投げる。

「それ、二十二年前の出来事と関係があるの？」

「……なんだって」

司は、目を見開く。

「百合子、今なんて言った？」

「……………」

今度は、百合子が黙する。

そのまま、兄妹の目は、お互いの瞳を射抜いたまま、ただ緊張感だけを交わし続ける。

長い、沈黙――。

司は、回想していた。

二十二年前の事件。あの、司から両親を奪った孤島の事件を、司と百合子は生き延びた。

九死に一生を得られたのも、ほんの偶然だった。

司はあのとき、エレベータにいたのだ。

あの小さな箱が司を守ってくれなければ、司は間違いなく命を落としていただろう。多くの人々が死んだ中、司が生き延びることができたのは、たまたま彼がエレベータにいたおかげなのだ。

だが、その代償として、司はエレベータが苦手になり、以来その恐怖症は克服されずにいた。

そして、今も。

司は、そのことを百合子に言えずにいた。

説明すること自体は簡単だ。だが、そのことの是非を問われれば、司には判断ができなかった。要するに、今も司は計りかねていたのだ。百合子が知るべきなのか否かを。百合子がひとりで核心に至ろうとしていることが解っているにもかかわらず。

だから――。

「……な、なあ、百合子」

すべてをうやむやにしたいかのような、曖昧な声色で、司は言った。

「とりあえず、君の時計を貸してくれないか」

「え……私の？」

「ああ。俺の時計、今は壊れてるみたいだから」

「いいけど、古いダイバーズウォッチしかないよ」

司を追及することなく、百合子は答える。

いつもと同じ、落ち着いた口調。だがそれが優しさなのか、諦めなのかは解らない。

「それに、ガラスも割れてるし」

「構わないよ」

持ってきてくれるか。その言葉に、百合子は一旦、自分の部屋にダイバーズウォッチを取りに戻り、それを司に手渡した。

「はい。お兄ちゃん」

「ありがとう」

受け取ったそれは、決して高価ではないが、たくさんの機能がついたものだった。クロノグラフのほかにも、温度計や気圧計がついていて、それらを操作するための竜頭が合計で四つもある。

背面には「Y.Guuji」と小さくマジックで名前が書かれ、表のガラスには、百合子の言葉どおり、縦にひとつ、大きなひびが入っている。

「こんなだけれど、本当にいいの？」

「構わないよ、使えればいい」

「ごてごてしすぎじゃないかな」

「女性ものじゃないから、かえって都合がいいさ」

「それならいいんだけれど、でも……」

なぜか百合子は、今日に限って否定的な意見ばかりを述べる。

「そんなデザインだと、ちょっと公務員らしくないんじゃない？」

「問題ない。今日は役所仕事じゃないから」

「えっ？」

百合子が、驚いたような小声を上げた。

「仕事に行くんじゃないの？」

「仕事は仕事だ。だけど役所には立ち寄るだけでね。そう……ちょっと、出張に行ってくる」

「……出張？」

ああ、と頷きつつ、司は百合子のダイバーズウォッチを腕に嵌めた。

「長くなる？」

「いつまでになるかは解らないけれど、もしかしたら、そうなるかもしれない」

しっくりと手首に馴染《なじ》むそれを眺める司に、百合子はなおも問う。

「どこに、行くの？」

「それは……」

司は、ややあってから言った。

「すまない、それはちょっと言えない」

「……そう、なんだ」

百合子が頷いた。

行き先を告げられない出張――警察官僚であり機密的な仕事をすることも多い司には、身内にも話せないことがいくらでもあることを、百合子はもちろん十分承知している。

だから――。

「暫く、留守番を頼むよ」

司の言葉に、何かを言いたげな表情とともに、数秒を置きつつ、やがて百合子は一言だけ、ほっと息を吐くように、言った。

「……解った」

支度をすませると、司は玄関口に立つ。

靴を履く司に、百合子は靴べらを差し出す。

「大丈夫だ」

司は、とんとんと靴の先端を床に突く。

そんなことをすれば革靴が傷む。だが、それでも靴べらを使わなかったのは、もしかすると、司が無意識のうちに百合子と目をあわせるのを避けていたからかもしれない。

司が、玄関のドアを開ける。

「コートは？」

「要らない。今日は、そんなに寒くないから」

その言葉を、白い息とともに吐きつつ、司はふと、背後に振り向いた。

そこに、彼は見る。百合子が立っているのを。

そして、ふと気づく。

百合子はもう、二十三歳なのだということを。

もう間もなく、彼女は大学院を出て社会人となる。近いうち、立派な配偶者も得る。そして、彼女なりの人生を送っていく。

ずっと司の庇護《ひご》の対象であり続けた妹。そんな彼女も、いつの間にか大人の女性に成長しているのだ。

幸せなことだ。そして、それこそが司にとっての幸せでもあり、生きがいでもあるのだ。

だから、今さらながら、司は理解した。

もう司がいなくとも、百合子は幸せに生きていけるだろう、ということに。

——俺のシスコンも、大概にするか。

「……じゃあ、行ってくるよ」

呟くように言った司を、百合子が、小さな笑みとともに見送った。

「行ってらっしゃい、気をつけてね。お兄ちゃん」

14

その報《しら》せが入ったのは、司が役所に立ち寄り、旅行伺を提出し、さあ出立しようとした、まさにそのときだった。

「……い、今なんて？」

電話口で、司は思わず絶句する。

「そ……それは、確かなのですか」

『ええ』

電話の向こうにいるのは、Y署の毛利《もうり》署長だった。

『間違いありません。今しがた確認されました。実に、残念なことですが』

このことはすぐご連絡をすべきと判断し、宮司警視正にお電話を差し上げたのです
――と、毛利署長は、神妙な声色で言った。

『以前のY湖の事件では、随分と、ご配慮をいただいていたと聞いていますから』

「そんなの、今さらですよ。あのときは俺も出しゃばりすぎたと、今では反省しているくらいですし。いえ、それよりも、さっきおっしゃったことは、間違いないのですか。つまり……」

――本当に、死んだ？

だが、それを確かめる次の一言が出てこない。

そんな司に、毛利署長は淡々と述べる。

『……遺体は先ほど、Y川の河川敷で発見されました。死因は気道熱傷による窒息死です。死亡推定時刻は不明確ですが、少なくとも死後二十四時間は経過しているようです』

「つまり、死んだのは昨日か一昨日のことだと。あの……しつこいようですが、それは、本人に間違いない？」

『警察手帳を所持していましたから、間違いなく』

あまり感情に起伏を持たせない言い方。だがそんな態度がむしろ、毛利署長が自ら

の感情を押し殺しているのだということを、ありありと伝えていた。

『どうしてそんなことになったのかは、まだ解りません。しかし、少なくとも、不審死の捜査という業務の最中に起きた凶事であることは否めません。我が署としても、殉職者を出してしまったことが本当に……残念でなりません』

「毛利さんの責任じゃ、ありません」

漸く司は、慰めの言葉を投げる。

だが毛利署長は、暫しの沈黙の後、続けて言った。

『解っています。我々は……もちろん宮司警視正もだと思いますが、警察官である以上、常に危険と隣りあわせでいることは、覚悟をしているものです。本人もそのことは十分に承知していたはず。とは言いつつ、いざ現実にこうなってしまうと、未然に防げなかったものかと、悔やまれてなりません』

「…………」

『それに……懸念はそれだけじゃありません。もうひとりの刑事のことも、気がかりなのです』

「知っています。あいつ、追ったんですよね」

『すでにご存じでしたか』

「ええ。本人からメールを貰いましたから」

『彼も有能な刑事です。もしものことは考えたくはありませんが、しかし……』

「………」

再び、お互いに口を閉ざす。

沈黙の中、司は思う。

二人の不審死。それに続く、刑事の死亡。

どうしてそうなったのか？　それは解らない。だが明らかなのは、はっきりとした悪意がそこにはあるということだ。そして司は、今まさに、その大口を開けて待ち構えている悪意の底へと、自ら飛び込もうとしているのだということ――。

――やがて、毛利署長は言った。

『……遺体は、司法解剖の後、遺族にお返しをする予定です。その後の通夜、葬儀については、またご連絡します。本当に、これまでよくしていただいて、ありがとうございました。警部補に……船生さわに代わって、心からお礼を申し上げます』

電話を切った後、司は暫し、呆然《ぼうぜん》とする。

Y署警部補である船生さわの殉職――それは、十分に衝撃的な悲報だった。

小角田の死。脇の死。

そして、彼らを追った船生も死んだ。

加えて、いまだ船生の後を追った毒島も、「教会堂」から戻ってきていないという現実。

司は感じ取る。客観的には、これはごく小さな不審死案件だ。組織として大事《おおごと》にするわけにもいかないし、署もそれは望んではいないだろう。だがその実、ここには自分が思っている以上にシビアな状況が存在しているように思われる。だとすれば――。

俺は今、何をしておくべきだろうか?

――数分の沈黙の後。

司はふと思い出したように机に向かうと、引き出しを開け、何かを取り出した。

それは、茶封筒と、便箋だった。どこにでも売っているような、ごくありふれたもの。

便箋を前に、万年筆の蓋を開けると、司はそこに文章をしたためる。

それは、誰かに読んでもらうことを前提として書く、誰かが読むことを決して望まない文章。司自身は書きたくないが、しかし書かなければならない、書かなければ後悔するかもしれない文章――。

右手で忙しく言葉を綴《つづ》りつつ、首元を緩めようと、司は無意識に左手で襟に触る。

だが――。

「……あ」

ネクタイは、そこになかった。

初めて気づく。ネクタイをコートに入れっぱなしにしたまま、家に忘れてきたということを。

愛用のネクタイが、今はない。

その事実に、言い知れない不安を覚えつつも、しかし司は、なおも生き急ぐように、便箋に万年筆を走らせていった。

15

約束どおり、神はその時刻ちょうど、ベンチに姿を現した。

重力を無視するような軽やかさと、そこに確かに質量があるのだという存在感、二つの相反する雰囲気とともに、なびく黒髪をまとう彼女は、問う。

「結論は、出た？」

その言葉に、百合子は、一拍を置くと――。

ゆっくりと頭を下げた。

「……ごめんなさい」

それは百合子が、一晩考えて出した結論だった。

昨日、百合子が神から聞いたこと。

二十二年前に何があったのか。すなわち、太平洋の沖合に浮かぶカルデラ湖を持つ孤島、そこに建てられていたという藤衛の別荘で、リーマン予想を求める数学者たちを含む、多くの死者を出した事件があったということ。

神や司、そしてほかでもない百合子自身が、その事件の生き残りなのだということ。

その後、百合子は誘われた。事件の詳細を、そして自分のルーツを見つめるために、その真実――真理を隠す「教会堂」に、ともに赴くべきだと。

百合子はそれから、考え続けていた。電気を消しても、ベッドにもぐり込んでも、冴《さ》え続ける頭で一睡もすることができないまま、深夜に帰宅した兄の気配を感じつつ、ずっと思考を巡らせていたのだ。

――行くべきか、行かざるべきか。

――自分は、どうすべきか。

やがて、夜が明けた。

朝食を作り、出張に行くという司を送り出す。

旅立つ兄の後ろ姿に、百合子は漸く結論を出した。

兄の、あの大きな背中――その背に百合子は何度もおぶわれた記憶がある。思い返せば、百合子はあの背中を目でよく追っていたのだ。それこそ、兄が常に百合子の前に立ち、彼女を守りながら導いてくれていた証《あかし》なのだろう。だけれども最近、司は不惑を迎え、さすがにもう若いとは言いがたくなった。

百合子は、気づいたのだ。

ルーツを知ることはできなくとも、兄の背中の温《ぬく》もりさえあれば、自分は幸せなのだ、と。

だから――。

「やっぱり私、『教会堂』には行きません。だから……ごめんなさい」

再度、謝った。

私の結論に、神は怒るだろうか？

次の一言をひやりとしながら、百合子は待つ。

暫しの間、沈黙とともに百合子を見つめていた神は、やがて小さく口角を上げると、いつもと同じ、柔和だが透徹した微笑とともに言った。

「あなたの『行かない』という選択。それが考えた末の結論であれば、異論はないわ」

「……ごめんなさい」

「謝る必要はないわ」

三度目の謝罪を口にした百合子に、神は言った。

「そもそもあなたには、謝るべき理由もなければ、必然性もないのよ」

「…………」

むしろたしなめられているような気がして、百合子は思わず顔を伏せる。

そんな百合子に、神は続けて言う。

「でもね、百合子ちゃん。もうあなたも気づいているんじゃない？」

「……何に、ですか」

「それでも、考えてしまうのでしょう？」

「どういう意味、ですか」

「優先順位《プライオリティ》はいつもそこにあるということに、よ」

ふふ、と頬に笑窪《えくぼ》を作り、神は続けた。

「多くの人間は、自分は決めるために考えていると思っている。思考は決断のためにのみ費やすべきものだと考えている。でも本当にそうかしら？」

「ええと……」

「実は、考えるために決めているのじゃない？」

「考えるために……決めている」

「そう。考えるのを止めたいのではなく、むしろ考えなくなるのを恐れている。だから、決めるの。自覚しないままにね。そして、私たちも、すでにそのことに気づいている」

　小さく首を傾げ、神は百合子の目を射抜く。

　神は、何を言いたいのだろう——返す言葉につまる百合子に、神は、なおも続ける。

「あなたも、もう解っているはず。あなたは必ず、ゼロへと近づいていく。その近傍に引き寄せられている。それはね、言わば宿命のようなもの。物体間に引力が働くように、不可避の力でそうなるべく定められているの。そしてあなたは、直面することになる。あなた自身がゼロになるか、あなた以外の誰かがゼロになるか、その解を得るために決断しなければならなくなる。なぜ？　どうして？　それはね、考えるためには、決めなければならないからよ。決めるために必要なのは、自分の命。考えるということに見あうほどの価値があるのは、それしかないから。だからあなたにも、命をゼロに掛けなければならない日が訪れる。必ず」

「ゼロに掛ける、日が……」

「あなただけじゃない。考えるために、知るために、人は常に自分の命を賭ける必要がある。そうはなりたくない。だから、私は『神』なのよ」

人は常に自分の命を賭ける必要がある。

考えるために、知るために——。

神の言葉を反芻《はんすう》しつつ、百合子は問う。

「……なぜ、考えるために、知るために、そこまでしなければならないんですか」

「その答えを、あなたはすでに知っているわ」

神は、ふふ、と笑窪に口角を寄せた。

「『大切なものは、目には見えない』からよ」

「目には、見えない……」

「そう。見えないの。だからこそ」

黒く、深く——それでいて、なぜか親しみのある——大きな二つの瞳で百合子を見つめつつ、神は、いかにも楽しげな口調で、言った。

「命を代償にしてでも、それを見たいと思うこと。それこそが、誰も逃れ得ない必然じゃない？」

16

「畜生、やられたッ」

毒島はその部屋の壁面に向かって毒づく。

そう、今やすべて、彼には明らかになっていた。

あの鏡のある通路がなんだったのか。

上の部屋はなんだったのか。

これから、何が起こるのか。

つまり、毒島が置かれた、この状況が、どういう意味を持つものなのか——どういう意味を持っていたものなのか。

そのすべては今や、毒島には明らかだった。

すなわち、ここは——。

——絶望の部屋。

考え得る選択に対し、その結果が決してプラスとならない部屋。最後には絶望しか残されない部屋。にもかかわらず決して逃げられない、悪魔の部屋。

そして毒島は、膝をがくりと硬い床に突く。

彼には、もう解っていたのだ。

自分が、彼女に何をさせたのかも——だから。

「うう……」

毒島は呻いた。

なんてことだ。彼女に選択をさせたのは、ほかならぬ自分だったのだ。

もしこうなるとあらかじめ解っていたならば、毒島は決してこんな場所にはこなかっただろう。そもそもこようとも思わなかったはずだ。

だが毒島は、きてしまった。

どうして？　毒島は自問する。どうして俺は、ここにきてしまったのか？

それは、刑事としての責任感があったから？　警察官として出世欲があったから？　敬愛する船生を助けるという使命感があったから？　それとも。

「知りたい」という好奇心があったから？

そう、確かに彼の好奇心はすでに満たされている。

今や毒島は確かに「知る」ことができた。

「真理」を「知る」ことができたのだ。

だがそのために、「代償」を支払わなければならなかったのだ。あまりにも大きな「代償」を――。

「……くそ……くそッ」

また、呻く。今度は後悔と絶望に満ちた声色で。

こんなことになると解っていたなら、俺はここにはこなかったものを――。

だが、いくら呻けども、時は戻らないのだ。

しかも債務は、これで解消されたわけではない。

まだ半額、債務は残っているのだ。

それを支払うのは――誰か？

激しい眩暈《めまい》が、毒島を襲う。その、暗い絶望の淵《ふち》から、さらに暗い混沌《こんとん》へと飛び込んでいくような錯覚とともに、毒島は呟いた。

「……俺か」

まったく、自明だった。

そのために自分は今、ここにいるのだから。

だから無意識に、毒島は自虐的な笑みを浮かべる。

それは、客観的にはただ引きつっているだけにしか映らなかっただろう。毒島自身でさえ、そのことを自覚するほど、顔面は痙攣《けいれん》していた。それでも。

毒島は笑う。笑わずにはおれなかったからだ。

不意に、耳の奥で、あの男の声が蘇る。

――それが君の真理であればこそ、君は「ゲーム」に挑み、君自身を賭けて、それを探さなければならないのだ。

漸く、気づく。

そう、これはゲームだったのだ。

単純で、いかにもつまらない——しかし、底知れぬほどに意地悪で、残酷なゲームだ。

そして今や、毒島は自分自身をそこに賭けている。

後戻りはできないのだ。

このゲームからは、この賭けからは、この部屋からは、もうどうやっても逃げられないのだから。

だから、毒島にはもう、解っていた。

この賭けに決着をつけるためには、二者択一の選択を——生きるか、死ぬかの、選択をしなければならないのだ。

しかも、この賭けを続けるためにすら、やはり二者択一の選択をしなければならないのだということさえ、解っていた。すなわち——。

死ぬか、死なせるか。

毒島は思う。

いつになるかは解らない。

だが、やがてここには誰かがくる。

その誰かとは、誰だろうか？

毒島には十分に心当たりがあった。その種を、毒島はすでに蒔《ま》いていたから。その行為までも、開始の合図として、ゲームに最初から予定されているものだったとしたら――このゲームを構築したのは、どれだけ狡猾《こうかつ》で、悪魔的な者なのだろうか？

だから毒島の膝が、がくがくと震え出す。

そう――やがて、誰かが姿を現す。

毒島がこの部屋から逃げられないまま、あがいているうちに、その誰かは、目の前に現れる。

そのときこそ、毒島が、最後の選択をしなければならない瞬間だということだ。つまり――。

死ぬか、死なせるか。

言い方を替えれば、それは、こうなる。

自分が続けるか、それとも誰かに継がせるか。

毒島は、決めなければならないのだ。

ジレンマに満ちた、その二者択一の選択を。

いずれにせよ、その解にはゼロしか残らない。

彼のおののきも、だから、いつまでも止まらない。

17

夕方までには、その建物に着いた。

登山者のほとんどいない山だった。地元の人間いわく、有毒ガスのおそれがあるから、あまり観光客が入っていかないようにしている、らしい。だから大して山道も整備されていないのか、と納得しつつ登っていった先に、その建物は現れた。

まったく、奇妙な建物だった。

だがその奇妙さこそが、司の記憶を呼び起こす。

ここは——とてもよく似ている。

その周囲にそぐわない唐突な質感は、双孔堂に。

山間に仕掛けられた罠の如《ごと》きたたずまいは、五覚堂に。

全体から発せられる禍々しさは、伽藍堂に。

似ている——そして。

この建物の名前は、教会堂。

やはり——そういうことなのだろう。

司は暫し、建物の周囲で様子を窺うようにうろついた。建物は平屋だが、ばかに大きい。近くには湧水《ゆうすい》があり、そこを源流とする渓流が始まっている。日が陰り、茜色《あかねいろ》の光が周囲を包むと、荒れた山間のモノクロームな風合いとも相まってか、箱根の地獄谷にも似た、生命の気配をあまり感じさせない風景が作り上げられた。

怪訝にその建物と対峙《たいじ》していた司は、やがて、壁面の中央の出っ張りに扉を見つけた。建物全体のスケール感に比べれば、やけにバランスの悪い小さな扉だ。扉の上には、小さな十字架が彫り込まれているが、これが教会堂の教会たる所以《ゆえん》だろうか。

いずれにせよ、入り口はここだけのようだ。

扉の前へと歩み寄り、呼び鈴らしきボタンを押す。

暫くして――。

そっと、扉が開き、向こうの暗がりから、染み出るように人影が現れた。

「……誰だ」

妙な残響を伴いつつも、落ち着いた声色の男。中肉中背で、真っ赤なフードつきのローブを羽織っている。牧師――というよりは、悪魔的儀式の主宰者といったほうが、似つかわしい風貌だ。

顔は、フードにより上半分は隠され、かろうじて下半分だけが窺えるのみだ。

だが、すでに司はぴんときていた。

雰囲気、そしてわずかに見える口元。声色だけは聞き覚えのないものに変わってしまっているが、それは建物の中に音が反響しているせいだろう。

そんな気はしていた。何しろ、同じような堂ならば、同じような状況がまたあったところで、一向におかしくはないのだから。

「誰だ」

再び問う男に、司は咳《せき》を払うと、答える。

「……警察庁の人間だ」

「警察が、何しにきた」

「そんなことはどうでもいい。ここにいるのは、お前ひとりなのか？」

「礼拝か、それとも、懺悔か」

「お前はここで、何をしている？」

「……礼拝か、それとも、懺悔か」

「先に、俺の質問に答えろ」

質問を質問で返す男に苛立ちを覚えつつも、司は、一拍を置いてから、男に言った。

「俺は、お前がなぜこんな場所にいて、一体何をしているのか、と聞いているんだ」

「……私は、守り人だ」

「守り人？」

「そうだ。私はこの『教会堂』の、そして『真理』の、守り人だ」

「ちッ……『真理』だとかなんだとか、お前はいつもそんなことばかりだ。いい加減はぐらかすな」

司は舌打ちとともに男に近寄ると、そのフードをつかみ、後ろに引き下ろした。

露になる、男の顔。

そのよく知った顔に向けて、司は叫んだ。

「お前がなぜここにいる？　答えろ、十和田ッ」


――十和田只人。

顎一面の無精髭《ぶしょうひげ》。鼈甲《べっこう》縁の眼鏡《めがね》は、相変わらず鼻の上で斜めに乗り、その傷だらけのレンズの奥には、色素の薄い瞳が光っている。

司と同い年、世界中を放浪する数学者にして、眼球堂、双孔堂、五覚堂、そして伽藍堂の殺人事件のすべてに関わり、解決へと導いた、異能の男。

その十和田がなぜ――ここにいるのか。

もしや、単なる他人の空似なのか？

だが――。

「……私がなぜここにいるかは、大したことではない。宮司司くん」

男の言葉に、司は確信する。

いや――他人の空似なんかじゃない。

この男のこの口調。しかもこの男は、俺が自分から名乗らずとも、俺のフルネームを知っている。

間違いない。十和田だ。だが――。

そうと解ればこそ、なおのこと困惑させられる。

十和田は一体、こんな場所で何をしているのか？

なぜ十和田は、自らを「教会堂」の「真理」の「守り人」などと自称しているのか？

「それに、それを知ることが、君にとってそんなに重要なことだとは思えない」

「重要なことじゃない？　馬鹿言うな。初めて訪れるこんな辺鄙《へんぴ》な場所にある建物で、知った顔に会ったんだぞ？　訳が知りたくなるだろうが」

「つまり、君は理由が知りたいのか？」

「もちろん」

「もう知っているのに？」

「は？」

司は、思わず素っ頓狂な声を上げた。

どういう意味だ？　十和田がここにいる理由を、俺はもう知っている、だと？

謎かけのような言葉に、司は目を瞬く。だが――。

彼はすでに、その真意を十分に理解していた。

そうだ。こんな場所に「堂」と名づけられた建物があれば、そこに十和田もいることに、まったく違和感などありはしないのだ。むしろ十和田がいることこそが、必然だとさえ言えるほどに。

そして――だとすれば。

これもまた必然だと言えるだろう。

この建物にも関わっているのだ――あの藤衛が。

「いずれにせよ、君がここにくるという結論において、何も変わりはしないのだ。私がここにいてもいなくとも、その理由が君には解りはしなくとも。それよりも今は、私が訊いているのだ」

「『私』？　いい加減気取った言い方はやめろ」

いつもの一人称「僕」はどこへ行った？　毒づく司に、十和田は淡々と言った。

「宮司くん。君はここに、何をしにきた？　礼拝か、それとも、懺悔か」

礼拝？　懺悔？

さっきと同じ問いだ。一体なんのことなんだ、この問いになんの意味があるんだ

――。

そう苦々しく思いつつも、ややあってから司はなぜか、その十和田の質問に素直に答えた。

「……懺悔だ」

「そうか」

十和田は頷くと、くるりと振り向いた。

「ならば、こちらへ」

そう背中越しに司を誘うと、十和田はそのまま、教会堂の中へと入っていった。

「なあ、十和田」

司は、コンクリートの暗く、歪な部屋を歩きながら、先を進む十和田の背に向けて言った。

「お前、何があった?」

「………」

だが十和田は何も答えない。広い部屋をゆっくり進むと、扉を開け、また次の部屋へと入っていく。

その動きには落ち着きがあり、淀みもなく、まるで滑るようだ。

——本当にあいつ、おかしいぞ。

司は訝る。ひょこひょことした歩き方も、眼鏡のブリッジを押し上げる仕草も一切ない。それらの、十和田の十和田らしさを示すものが、今の十和田からはまったく見られない。

自分を「私」と言ったり、一体どうしたんだ。

まさか——。

ふと司は目を細める。あの男はやはり、十和田ではないのか？

だがすぐ司は、自分で自分のその考えを打ち消す。いや、あれは十和田だ。自分が知っている十和田と姿かたちも一緒だし、奴《やつ》しか知らないことも知っていた。つまりあれは、十和田只人本人に間違いない。

だが、だとすればなぜ、あの十和田は、十和田らしさを失っているのか？

「……うーむ」

解らん——クエスチョンだらけの彼を、十和田はただ無言で先導していく。

それにしても——。

改めて教会堂の中を見回しつつ、司は思う。ここは、他の場所で見たどの「堂」とも異なる建物だ。にもかかわらず、どの「堂」とも類似性があり、その最大公約数には確かな異常性が内在している。

司は気づく。そうか、要するに「堂」とは、こういうものなのだ。

建築のことは詳しくない。だが「堂」はどれも、基本的には、武骨なコンクリートによって平面や曲面だけで空間を切り取って作られている。家具などの内装が置かれる場合もあるが、それを除いた後に残るシンプルさと存在感こそが「堂」を「堂」たらしめ、そこに共通する異常性を宿している。

そう、教会堂もやはり、その性質——設計者の息遣いとでも呼べるだろうものを、明らかに受け継いでいるのだ。

だがこの教会堂は、他の「堂」にはない奇妙さを備え持っている。

それがすなわち、まるで一貫性のない部屋の作りであり、それらが織りなす迷路のような構造であり、そして何よりも、時折現れる「和」の空間だ。

「和」——すなわち、板張りの廊下や、木組みが露になった広間、そういったこれまでの「堂」にはなかった、それとは明らかに一線を画す空間が、いかにも現代建築的な趣を持った、他の数多の部屋の間に、突如として現れる。

なんのために？　——その答えは解らない。ただ、その解らなさ加減こそが、かえって「堂」らしさを強調しているのじゃないかと、司には思えた。

何しろ、そういった意味や意図の解らなさは、他の「堂」にも濃厚に存在していたのだから。

いずれにせよ――。

ここが「堂」であるということは。

「……やっぱり、そうなるんだろうな」

これまでの性質を踏まえれば、どこかにそういうギミックがあるはずだ。司は、表面が磨かれ、滑動《かつどう》しそうな壁面に視線を送りつつ、唸った。

やがて司たちは、二つ目の「和」の部屋に、足を踏み入れる。

不意に、十和田が足を止める。

ここが、十和田の目的の場所なのか。訝りつつ、司は周囲に目をやった。

部屋は正方形で、窓はない。木組みの柱と梁《はり》の間は、木板で全面を覆われている。いずれも、かなり古いものだ。隙間から光や空気や音が忍び込む気配がないところを見ると、さらに外からコンクリートで覆っているのだろう。

そして、部屋の奥に、ひときわ目を引くものがあった。

それは、天井まである、巨大な十字架。

木肌も鮮やかな十字架。おそらく、部屋そのものの建築年代よりもずっと後に据えつけられたもの。

「ここが、礼拝堂か？」

司は、十和田に問う。

何もない――本当に、十字架を除いては、机も椅子も家具も何ひとつない――殺風景な部屋だが、だからこそ真摯に祈りを捧《ささ》げるには相応《ふさわ》しい場所だ、そんなふうに思われたからだ。

十和田は、ゆっくり司に向き直った。

「礼拝堂ではない。聖堂だ」

「似たようなものだよ。それより……」

吐き捨てるように言うと、司は一歩前に出た。

ぎいと足の下で床板が苦しげに軋む音を聞きながら、司はなおも問う。

「十和田、いい加減に答えてもらおうか。ここに、小角田さんや脇さんがきただろう。伽藍島でも一緒だったあの二人だ。ここの守り人をしているというのなら、お前はそのことを知っているはずだ」

「……………」

十和田は、答えない。

鼈甲縁の眼鏡の奥にある色素の薄い瞳も、まるで心を閉ざすかのように微動だにせず、その沈黙の真意が読み取れない。

じっと十和田の様子を窺いつつ、司はつめ寄る。

「あの二人だけじゃないぞ。船生警部補と毒島巡査部長。お前も覚えているだろう？

双孔堂の件でＹ署にお前が勾留されたときに担当だった刑事たちだ。彼らもまた、ここにきたはずだ」

「……さて、どうだろうか」

十和田は、再び司に背を向けた。

「私はあくまでも、守り人の役割をしているだけだ。この聖堂に彼らを導き『ゲーム』への扉を開く。ただ、それだけだ」

「『ゲーム』？　なんだ、それは」

「…………」

十和田はまた、沈黙する。

「ゲーム」――十和田がなんのことを指してゲームと言っているのかは、さっぱり解らない。もっとも、司にはそれは毎度のことだ。この男はいつも唐突に、司には理解のできないことばかりを述べるのだ。だが多少理解不能な部分があっても、結局大勢には影響がないことも、十和田との付きあいが長い司には、よく解っている。

とりあえず、聞き流しておけばいい。

それより――もっと大事なことがある。今十和田は、確かにこう言った。

――この聖堂に「彼らを」導き、と。

つまり、十和田は暗に認めているのだ。彼ら四人を確かにここまで連れてきたのだ、と。

なんのために？　そして十和田は、彼らの死や失踪といかなる関わりを持っているのか？

疑問は尽きない。だが、どれも追々聞いていけば解ることではある。

だから司は思う。今はまず、順序立てて聞き出すことが重要だ。そこで、さまざまな疑問を一旦脇に置くと、まず最大の疑問から、口にした。

「十和田よ。一体ここは、なんなんだ？」

「なんなのか、というと？」

「なんの理由で作られた施設なのかってことだよ」

「その理由を、なぜ知りたい？」

「知りたいものは知りたいんだよ」

くどいやり取りに、思わず司はチッと舌を打つ。

「この施設は『教会堂』と言うんだろう？　教会というからには、何かの宗教的施設だということは解る。実際この『聖堂』には、十字架がある。キリスト像がないことを踏まえれば、プロテスタント系の信者のための施設として作られたのだと考えるべきだろうな。だが一方で、そんな施設がなぜこんな山奥にある？　アクセスもえらく悪いし、火山があるせいで、人もあまり立ち入らない場所にある。つまり、信者にやたらと不親切なんだ。宗教的施設なのに、信者のことはあまり考えていない……そんな施設をなぜ作ったのか？」

「その理由を、知りたいと」

「そういうことだよ。さっきからそう言ってる」

相変わらずやりにくい問答をする男だ——心の中で苦笑する司に、十和田は「ふむ」と頷くと、暫し沈黙をはさんでから、再び司を振り返った。

「君は『ゲーム理論《Game Theory》』を知っているか？」

「は？」

ゲーム・セオリー？

司は目を瞬く。なんだそりゃ。ゲーム・セオリー——つまりゲームの理論？　確かさっき十和田はゲームがどうとか言っていたが、そのことか？

唐突な言葉に、その真意を測りかねたまま、言葉に閊えた司に、十和田はなおも続けていく。

「ゲーム理論。これがいかなる意味を持つ理論であるかを簡潔に述べるのは難しい。だがあえてそれを説明するならば、こうなる。すなわちこれは、『神の見えざる手』を説明する数学であると」

「神の見えざる手……アダム・スミスか」

十八世紀イギリスの哲学者にして経済学者で、特に後者における功績から「近代経済学の父」と呼ばれているアダム・スミスが書いた著作、『諸国民の富の性質と原因の研究』すなわち『国富論』。同書で彼が示した考え方のひとつが「神の見えざる手」だ。以後の経済学において、まさに経済学の前提として、あるいは呪縛として機能してきたと言われている「神の見えざる手」とは、一体、なんなのか。

もちろん、そういう手が実際に存在しているのでもなければ、人智を超えた世界からの差配があるということを暗示したものでもない。「神の見えざる手」とは、「市場経済においては、人々がそれぞれの安全と利益のみを追求することが、結果的には社会全体における望ましい状態を導く」という原則のことだ。人々は利己的だが、結果として社会的にも最適化される。まるで人々が「神の手」によって導かれているようじゃないか。アダム・スミスはそう主張した上で、これを「神の見えざる手」と呼んだのだ。

——と、ここまでが、司が官僚になるための試験において、もちろん一般常識としても、ごく基本的な事項として勉強した知識だ。

だが、改めて考えてみれば、これらの知識はあくまでも定性的に示されているのみで、その背後にある具体的で定量的な根拠がなんなのか、十分に納得できる説明を受けたことはない。

だから、十和田の言う、「神の見えざる手」を実際に「説明する数学」があるのだとすれば、それは司にとっても実に興味深いものだ。

十和田はなおも言葉を継ぐ。

「アダム・スミスの述べる『神の見えざる手』。この不思議な原則を証明するためには、いくつか示さなければならないことがある」

「それは、全体の利益が一定の条件のもとで最大値を取るのかどうか、ということか」

「いや、その前提として、そもそも全体の利益は均衡するのかどうかを示す」

「均衡？」

「別の言い方をすれば、各個人の行動は安定するのかどうかだ」

十和田は首を小さく縦に振る。

「各個人の行動の安定性、すなわち均衡点が存在するかどうか。これは極めて重要な事項であるにもかかわらず、必ずしもその存在を当然とするものでもない。なぜなら、各個人はあくまでも『自らの利益を最大にする』という行動理念によって動き、全体の利益を斟酌《しんしゃく》することがないからだ」

「各々《おのおの》好き勝手に行動する限り、全体の利益が安定した値を取るという保証もないわけだ」

「そうなればアダム・スミスの結論は前提からして大きく崩れるということになる」

なるほど、そのとおりだ。最大値どころか、そもそも一定の値を取りえないのだから。

ふむ――と頷く司に、十和田は続ける。

「話は変わるが、宮司くん。君はナッシュという数学者を知っているか？」

「ナッシュ？」

もちろん、知らない。

首を傾げる司に、十和田は言う。

「ジョン・ナッシュ。彼はアメリカの数学者だ。七十を超えているが、今もプリンストン大学で教鞭《きょうべん》を執っている」

「まだ生きているのか」

「二十世紀を代表する数学者のひとりだ。かつては酷《ひど》く精神を病んだこともあるが……」

「心を？」

数学者は心を病みがちだ。幾度かそんな話を聞いたことがある。優秀すぎる脳髄を持つということは、もしかすると人間のちっぽけな精神にはあまりにも負担が大きすぎるのかもしれない。もちろん、すべての数学者がそうではないのだろうが。

「で、そのナッシュ某《なにがし》には、どんな業績があると」

「彼は証明したんだ。ゲーム理論において、均衡が存在するということを」

「ゲーム理論で……均衡？」

目を瞬く司に、十和田は続ける。

「ゲーム理論は、やはり二十世紀を代表する数学者ジョン・フォン・ノイマンが創始し発展させた理論で、合理的な意思決定をする者の間における数学的モデルのことだ。平たく言えば『利己的な者同士の戦いが、いかなる結果を生むか』を示す理論だ」

「あまり平たくなっていないような気がするが」

「将棋のような二者が対戦するゲームを考えてみればいい。彼らは『自分が勝つ』という利己的かつ合理的な思考に基づき戦う。この理論は、そういった状況がもたらす結果を数学的に分析したものだ」

「あー……だから『ゲーム』理論なのか」

司は首を縦に振った。なるほど――解ったような気がする。うっすらとだが。

「ノイマンが定式化したゲーム理論。その中でナッシュが示したのは、まさにゲームには均衡する点が存在するということだった。ゲームに参加する当事者が利己的かつ合理的に思考する限りにおいて、双方の選択が揺るがなくなる点……利益が安定し、均衡する点が存在することを、ナッシュは示したわけだ。これを、『ナッシュ均衡』と呼んでいる」

その業績でナッシュは、ノーベル経済学賞を受賞したのだ――と十和田は述べた。

「ナッシュの均衡だからナッシュ均衡か。そのままのネーミングだな……ところで、仮にそのナッシュ均衡が存在しないとどうなるんだ？」

「ゲームは不安定になる。結果としてゲームそのものが分析の対象たり得なくなる」

「つまり、理論としてもっとも基礎的で重要な証明を、ナッシュは果たしたということになるわけか。……あ、待てよ」

司は、はたと気づく。

「なるほど、十和田。解ったぞ。そこでアダム・スミスに戻るんだな」

何も答えないまま、口角だけをにやりと上げる十和田に、司は言った。

「アダム・スミスの主張は、『各個人が自らの利益を最大にする』行動が『全体の利益を最大値にする』ということだが、市場とは、各個人が利己的かつ合理的に行動する、ある種のゲームだとみなし得る。ならば、ゲーム理論が適用できる」

「……つまり？」

「各人の利益が安定するナッシュ均衡も存在することになる。それがアダム・スミスの言う『全体の利益を最大値にする』点のことで、『神の見えざる手』の正体だというわけだ」

　つまり、ゲーム理論を市場に応用した結果、利益が最大になり安定するナッシュ均衡が存在することが示されること——これこそが「神の見えざる手」の理論的根拠となるものなのだ。

「なるほど……」

　司の言葉に、十和田は口では頷きつつ、しかし首を横に振った。

「宮司くん。君はやはり賢い。だが残念ながら君の言ったことは、半分正しく、半分誤りでもある」

「誤り？　違うのか」

　何が違うんだ——抗弁する司に、十和田は何も言わず、ゆっくりと背を向ける。

　ひた、ひた、ひたと三回、そっと床に触れるような湿った足音だけが聞こえて、すぐに冷たい部屋の中に拡散する。

　さらに、一拍の間——さすがに司が眉根に不審な皺を寄せた瞬間、十和田が漸く言葉を継いだ。

「……君の言うとおり、ゲーム理論が適用されるアダム・スミスの市場には、均衡点が存在する。だがそれは必ずしも『全体の利益を最大値にする』点であるとは言えない」

「どういうことだ？」

咳払いとともに訊き返す司に十和田は説明する。

「ナッシュ均衡は確かに安定している。だがそれがパレート効率的であるとは限らないということだ」

「パレート効率的……聞いたことがあるぞ」

確かそれは、経済学における概念だ。

社会の資源配分において、誰の効用も低下させることなく、誰かの効用を高めることがもはやできなくなったとき、すなわち、資源の利用においてこれ以上改善の余地がなくなったとき、それを「パレート効率的」な状態と呼ぶ——確か、大学の経済学の講義で、そう習った。

「つまり、パレート効率的じゃないということは、全体の利益が最大ではないということか」

「そうだ」

十和田は、大きく頷いた。

「端的に言えばこれは、均衡はするが、最良ではないという状況が存在し得るということを意味する。その具体的な実例に、有名な『囚人のジレンマ』というものがある。宮司くん、君は警察官だから、聞いたことがあるんじゃないか？」

「いいや」

苦笑しつつ、司は首を横に振る。

「囚人という言葉が使われているものならばなんでも警察官が知っているとは限らないぞ」

「そうか。それは失礼した。……では説明するが、囚人のジレンマとは、こういうものだ」

――ある犯罪を共謀した二人が逮捕され、別々の独房に収容された。

警察官は、この二人の囚人に自白を促すため、それぞれ次の三つの条件を提示した。すなわち――。
一、君たち二人が黙秘を続けるならば、二人とも懲役三年だ。
二、ここで取引だが、君だけが自白するなら、共犯者を懲役十年とする代わりに、君を懲役一年に減じてあげよう。もちろん、共犯者だけが自白すれば、彼の懲役が一年に減刑される代わりに、君の懲役は十年となる。
三、そして、君たち二人とも自白したら、二人とも懲役五年となる。
司の頭の中に、自然と表が描かれる。

「……さて宮司くん。君が囚人の片割れならば、どうするかね。黙秘するか、それとも自白するか」

「それは……」

暫し考えてから、司は答える。

「自白するな」

「その理由は？」

「もし共犯者が黙秘するなら、俺は自白したほうがいい。懲役が三年から一年に減刑されるからだ。もし共犯者が自白するとしても、俺は自白したほうがいい。そのときの懲役は五年だが、黙秘した時の十年に比べれば短いからだ。結論として、いずれにせよ自白したほうが得になる」

「だから、自白すると」

「そうだ。だがそれが、双方がもっとも得をする選択ではないことも解る。一番いいのは、お互いが黙秘を続けて、どちらも懲役三年となることだ」

「しかし、それはできない」

	共犯者は自白する	共犯者は黙秘する
君は自白する	君：懲役５年 共犯者：懲役５年	君：懲役１年 共犯者：懲役10年
君は黙秘する	君：懲役10年 共犯者：懲役１年	君：懲役３年 共犯者：懲役３年

表

「共犯者が黙秘を続けてくれる保証がないからな。……なるほど」

だからこれは「ジレンマ」なのか。

納得する司に、十和田は説明する。

「囚人のジレンマにおいて、二人の囚人がそれぞれ導く『二人とも自白』という選択は、まさにナッシュ均衡を形作るものだ。だがそれは必ずしも最良の選択肢、すなわち『二人とも黙秘』ではない。囚人のジレンマをゲーム理論で説明するならば、『二人とも自白』という選択は、ナッシュ均衡だが、パレート効率的ではない、ということになる」

「ふうむ」

唸る司に、十和田は説明を続ける。

「ゲーム理論におけるナッシュ均衡とパレート効率性の概念は、大地に聳えるいくつもの山と似ている。それぞれの山のピークは『山頂』という名のもとに安定している。つまり、それぞれがナッシュ均衡であるわけだが、一方でそれらは必ずしもパレート効率的な、つまりもっとも高い山だとは言えない。パレート効率的な『山頂』はただひとつ、『エベレストの山頂』しかないのだ」

「なるほど、理解したぞ」

司は、深く頷いた。

「だからアダム・スミスの『神の見えざる手』は半分正しく、半分誤っているのか」

確かに山頂には至る。だがそこがもっとも高い場所とは限らない。神の見えざる手は、最良の結果を必ずしも導かないという点において不完全なのだ。

「そのとおり。だからこそ、それまでのアダム・スミス観を覆したゲーム理論は、その後も主として経済学の分野で、大きく発展を遂げることになる」

「経済学で……実業的な分野にも、数学は生きるんだな」

「当然だ」

さもありなんという表情で、十和田が司を見た。

「ゲーム理論の行く先には深遠な世界がある。ノイマンとナッシュが築いた金字塔から、今では多くの学者たちがさらなる高みへ登ろうとしている。そこにあるのは、人間の……いや、人間たちの根底にある潜在的秩序の探求と、その結果としての予測実現だ。もちろんゲーム理論は予測実現には不十分だという批判もあるが、一方でこの理論から得られる洞察まで無意味になるとは限らない。ここにある統計的、概論的、確率的なガイドは、紛れもなく、そのまま未来への指標となり得るものだからだ」

「まあ、未来への指標とは随分、壮大に過ぎるような気もするが……」

とはいえ、それがまったくの荒唐無稽な話でもないのもまた、事実だ。何しろニュートンの『プリンキピア』から数百年、物理学は、かなり満足のいくところまで天気予報を実現しているのだから。

それにしても――。

ふと司は我に返る。

俺は今、どうして経済学の話をしているのか？

「ちょっと待て」

はっと気づくと、司は大きく頭を振って、なおも何かを喋《しゃべ》ろうとする十和田に言う。

「十和田、この話はここまでだ。あまりにも話が逸れすぎた。俺は経済の話をするためにこんな場所まできたのじゃないんだ」

「そうだ、宮司くん。君はここへ懺悔をしにきたのだと言っていたな。ならば遠慮なくここにひざまずいて、自らの悔いるところを十字に祈り」

「違う違う、そうじゃない」

司は十和田を制した。

「俺はな、さっきからお前に、この教会堂がなぜ作られたかを聞いているんだ。この俺の疑問に、まずストレートに答えろ」

「…………」

つめ寄る司に、十和田は一度口を真一文字に結ぶと、やがて、呟くように言った。

「……教会堂の作られた理由。それは……ここに真理があるからだ」

「真理?」

そういえば、そんなことを十和田は言っていたような――訝りつつ、司は問う。

「真理って、なんの真理だ」

十和田は、答える。

「世界の、真理だ」

「世界の?」

世界とは、なんの世界だ? 何かの比喩? この教会堂の中のことか? 十和田が生きる数学の世界のことか? それとも――。

まさか比喩ではなく、本当に「この世界の」真理のこと?

「人は自由だ。もちろん、この教会堂にある真理を探るのも」

言葉を失う司に、十和田は淡々と続ける。

「だが、真理を知りたければ、人は常に賭けをしなければならない。なぜならこれはゲーム理論の均衡の上に成り立つ、真理を探究する者のゲームだからだ。その枠組みは決して揺るがない。そもそも、そのために沼四郎は教会堂を設計したのだから」

「何を言っているのか、解らんぞ……」

しかし、そう言いつつ司は、十分理解していた。

真理。ゲーム。そして建築家沼四郎——まさに今、十和田は述べている。極めて禍々しい何かを。

無意識に後ずさりつつ、司はさらに問いかける。

「十和田……なぜ、お前がここに？」

「何度も言っている。私は守り人なのだ。誰もが平等に、真理の前に自らを賭けるゲーム。その入り口へと彼らを誘い、一部始終を見届けること。それこそが私の役目なのだ。もっとも……宮司くん、まさか君までここにくるとは、夢にも思っていなかったのだが」

十和田は、ゆっくりと首を左右に振ると、どこか残念そうにも聞こえる、長く大きな溜息を吐いた。

「話は、以上だ。さあ、宮司くん」

黙したままの司に、鼈甲縁の眼鏡のブリッジを指で押し上げながら、十和田はぽつりと、呟くように言った。

「僕には構わず、懺悔したまえ……心おきなく」

18

冬の気配とともに、にわかに慌ただしさを増す商店街。縦横無尽のからっ風が、葉脈だけの朽ちた枯れ葉を吹き上げている。

百合子は、家への帰途を足早に歩いていた。

前髪が額の上で舞う。目を細める百合子の周りには、たくさんの人々が行きかっている。

彼らと百合子の視線が交わることはない。彼らには彼らのやるべきことがあり、また彼らは百合子のことを知らず、なんの関係も持ってはいないからだ。だから百合子は、人々の中央にあってさえ、孤独だったのかもしれない。

ふと、顔を上げる。群青色から空色へと鮮やかなグラデーションを描く、雲ひとつない空。秋晴れの一日もすぐ暮れていく。

向かいの坂道から、スモールランプを点けた車が、ゆっくりと下りてくる。あの坂道をゆるく曲がりながら登った先に、マンションがある。

それが、司と百合子の家だ。

不意に、首元から風が忍び込む。

――寒い。

早く帰ろう。再び前を向き、白い息を吐いた。

そして、一歩爪先を踏み出すと――。

ふと、呟いた。

「……これで、よかったのかな」

本当に――これで、よかったのか？

私の選択は、正しかったのか――？

百合子には、解らなかった。自分の中で膨らむこのもやもやとしたわだかまりが、一体なんなのか。

だが――。

肩をすくめると、百合子は坂を登る。

その感情の正体を、いまだ自覚はしないままに。

家に、兄はいなかった。

特におかしなことではない。まだ日が暮れたばかりのこの時間に、多忙で責任ある立場の兄が帰ってくることはまずない。そもそも今朝、兄はいつ帰ってくるかは解らないと前置いて出かけたのだから、いるはずもない。

そう、これはよくあること。いつもの不在。それ以上でも以下でもない。そうと十分に解っていた。解っていたのだが——。

窓から射し込む光が、空の藍色を反映して、部屋を怪しい紫色に染め上げている。

空気が、まるで粘り気を持っているように身体にまとわりつく。

だからだろうか。そう寒くもないのに、不意に悪寒が背筋を駆け上る。

なんだろう、この感覚は？

困惑しつつも百合子は、その不快感を紛らわすようにキッチンで紅茶を淹《い》れる。それからマグカップを手に、リビングのソファに腰かけると、とりあえずまずは落ち着こうと、その一口を啜る。

だが、味がしない。

いや、正確には、舌は味を感じているのだが、脳がそれを感知しないのだ。

もしかして、風邪でも引いたのだろうか。

だが、熱もなければ怠《だる》くもない。

違う。病気じゃない。

じゃあ、なんなのか？——百合子は訝る。

この感覚——この、かつてどこかで体験したことがあるような、嫌な感覚は、一体？

　再び、紅茶を啜る。

　音と熱だけを感じながら、ふと百合子はテーブルの下に視線を落とす。

　そこには——。

「……あ」

　書類が、落ちていた。

　テーブルの陰、死角となる位置。数枚の紙を束ねて、ホチキスで綴じた書類がある。

　もちろん、百合子には見覚えがないものだ。

　もしかして、兄の忘れ物？　何か大切なものだったら兄が困るだろう。場合によっては職場にも連絡しなければならない。

　書類を手に取る。

　内容は、長いメールをプリントアウトしたもの。

　差出人は——Y警察署の毒島巡査部長。

「Y署……」

　百合子はぎくりとする。Y署はまさに、あの双孔堂の事件を管轄していた警察署だからだ。

そのY署の刑事から、兄にあてたメール。

一体、何が書いてあるのか？

まさか——。

不意に襲う戦慄。無意識にごくりと唾を飲み込むと、百合子はメールの文面に目を走らせていった。

19

気がつくと、十和田の姿が消えていた。

あの変人数学者がいつものように繰り出した言葉に惑わされた司が、巨大な十字架にほんの数秒気を取られているうちに、十和田はすっとその場からいなくなったのだ。

慌てて周囲を窺うが、そのときにはすでに、聖堂に二つある扉のどちらから出て行ったのか、もはや解らなくなっていた。

俺としたことが、なんたる不覚。

チッ、と司は舌を打った。

十和田は明らかに、何かを知っていた。

少なくとも小角田と脇と船生の死の理由を、そして毒島の行方不明の理由を、知っていた。

はぐらかし、逃げたのがその証拠だ。

――追うか？

腰を浮かせる。

だが、司はすぐに考え直した。まあ、追っても無駄だろう。たぶん十和田は見つからない。奴が気配も見せずにいなくなったのは、自分から逃げるためだからだ。どちらの扉か当たりをつけて追ったところで、方向感覚さえつかめない司には、もう十和田を捕まえることはできないだろう。何しろこの教会堂は、迷路のように入り組んでいるのだから。

長い溜息を吐きながら、司は、つい先刻の十和田とのやり取りを思い出した。

――この教会堂がなぜ作られたかを聞いているんだ。ストレートに答えろ。

――それは……ここに真理があるからだ。

――真理って、なんの真理だ。

――世界の、真理だ。

――世界の？

――人は自由だ。もちろん、この教会堂にある真理を探るのも。だが、真理を知りたければ、人は常に賭けをしなければならない。なぜならば。

「『これはゲーム理論の均衡の上に成り立つ、真理を探究する者のゲームだから』、か」

――そう、十和田の言葉を借りるならば、これは、ゲーム理論により支配されたゲームであり、十和田は彼らを導きその一部始終を見守る守り人なのだ。

そして、司自身もまたそのゲームの渦中にある。

つまり、十和田の言葉をさらに借りるならば。

「……俺もまた、ゲームへと導かれ、今まさに見守られている最中だ、ということか」

くくっ、と苦笑を口の端に浮かべつつ、司は無意識に、呟いていた。

とりあえず――。
司は、館の中をうろついてみる。
とても静かだった。窓もなく密閉されていて、今が昼か夜かも解らない。そもそも部屋の形に規則性がないせいで、今自分がどちらの方向に向かって歩いているのかさえ、判断ができなくなる。
それにしても――。

かつ、かつと靴の底が鳴るのを聞きながら、司は思う。

――本当にここは、なんのための建物なのか。

十和田が言っていたことが事実だとすれば、ここには人々が求める何か、つまり「真理」の類いがあって、それを知るためにクリアしなければならない「ゲーム」の類いが用意されているということになる。事実、この建物の作りはなんだか安っぽいゲームじみているし、なんらかのゲームの舞台としては――安っぽいという意味で――いかにも相応しい。

だが、仮にゲームであるとしても、その根底にあるそもそもの思想が見えないのも事実だ。

すなわち、この一見無秩序な建物の作りは、いかなる考え方に基づいているのか。そして、何を意味しているのかが解らない。

もちろん、あの狂気の建築家沼四郎に対して、創作物の一貫した根拠を求めていくというのも無意味なことなのかもしれない。

だが、双孔堂や五覚堂、伽藍堂が、その意匠に大きな意味を持たされていたように、この教会堂の作りもまた――今はまだその真意がつかめないとしても――なんらかの意味があると考えるべきなのだ。

すなわち、部屋の壁面が時折、曲面で構成されていることや、それらが極めて滑らかであることや、形状にまったく一貫性が持たされていないことや、あまりに殺風景でまるで牢屋《ろうや》のように思えることや、唐突に木造の廊下や広間が現れることや、突起だけがあり片方向に開けにくい扉があること――これらには、その背後に、沼四郎によるなにかの意味が付与されている可能性があるのだ。

例えばそれは、「現在」と「過去」の混合を表現しているのかもしれない。あるいは「伝統」と「革新」か。いずれにせよ、相反する二つの感情の間にあるジレンマを表現しているように、司には思えた。

そして、つらつらと思考しながらその扉を開けた司は、唐突に現れたその光景に、思わず絶句した。

そこは――外だった。

一面、青い光が満ちていた。日没した後、山間の空気を満たす、清涼な光だ。目前には、白砂質の荒地が広がり、風とともに舞い上がった細かい塵《ちり》が、ほのかな硫黄臭を含む空気とともに、鼻を突く。

「……これにも、意味があるのか?」

無意識に呟きつつ、司は光の方向へと進み出る。

じゃりじゃりとした砂の感触が、足の裏に伝わる。

地面は砂礫に覆われている。木は生えず、ところどころにわずかな雑草が、ぼろぼろとひび割れた表面にしがみつくようにして生えているのみだ。

砂礫の土壌は、白砂の川のように左右に続いている。その対岸には林が見えた。五十メートルほど先だ。低木ばかりの林だが、それでも今司が立っている場所より生命の気配がある。

不意に、司の身体に風が吹きつける。

冷たい風が、にわかに体温を奪う。

――戻ろう。

ぶるりと身震いしつつ、司は後ろを振り返った。

今出てきたばかりの建物――教会堂は、相変わらず禍々しいばかりのコンクリートの体軀《たいく》を、自然の中に浮かび上がらせている。

その壁面の、今出てきたばかりの扉とは別の場所に、もう一枚の扉がある。

もしかすると、こっちにこいということだろうか。

「……いいだろう、行ってやろうじゃないか」

毒を食らわば、皿までだ。

開けにくい扉に戻るより、こちらのほうがいい。そう心の中で呟くと、もう一枚の扉から、司は再び教会堂の中へと戻っていった。

いる。

　まだ――司は思う。また黴の臭いとともに、目の前に、長い木造の廊下が続いている。

　とはいえ、さすがに慣れた。異質ではあっても、そういうものだと待ち構える限り、驚きは減じる。

　わずかな明かりに照らされた廊下は、真《ま》っ直《す》ぐに延び、かなり向こうで左に折れていた。

　薄暗さに目を細めつつ、司は歩を進める。

　やがて右側に、扉が見える。

　廊下はまだ続くが、とりあえず司はその扉を押し、隣室に入った。

　そこもまた、木造の部屋だった。

　だが、これまでの部屋とは若干趣が異なっていた。聖堂ほどの広さはない。天井はこれまでの部屋よりも高く五メートル近い。太く丸い柱が四隅にあり、その間は比較的新しい板で埋められていた。そして、部屋の中央には――。

「あれは……鐘、か？」

　――巨大な、濃緑の鐘が吊《つ》り下《さ》げられていた。

　直径が一メートルはある巨大な梵鐘《ぼんしょう》だ。下から見上げる限り、その側面の模様はよく解らないが、上のほうに細かな突起があるところを見ると、典型的な和鐘のように見える。

要するに、ここは鐘楼なのだ。

暫し口をぽかんと開けたまま、司に向かい虚無へと通ずる口を、司と同様にぽかんと開ける梵鐘を、司はただ茫然《ぼうぜん》と見上げていた。

だが、はっと我に返ると、司はまた次の新たな部屋へと、移動していった。

そして——。

さらにいくつかの部屋を経て、司はついに、終点と思われる部屋へとたどり着く。

どの部屋よりも狭い、コンクリートの部屋。

どの部屋よりも湿っぽく、黴臭い。

顔を顰めつつ、司は部屋の中央にあるそれを見る。

これは、なんだ？

鎮座するそれは、決してその正体が解らないものではなく、むしろ誰もが一見して何か解るほど、よく知られたものだった。

煉瓦状の石が、直径一・五メートルほどの円形に、腰あたりの高さまで積まれている。

内側には、落ちくぼんだ髑髏《どくろ》の眼窩《がんか》を思わせる穴が、ぽっかりと開いている。

すなわち、それは——。

「井戸、だよな」

顎をさすりながら、司は呟いた。

コンクリートの小部屋に、忽然と現れた古井戸。

この状況をどう解すべきか。暫し唸りつつも、司はやがて、井戸の縁からその中を覗いてみる。その奥にあるのは——。

——闇。

光が届かず影となった井戸の奥底から、その場所を住処とする闇が、じっと見つめ返している。

司はふと、思い出す。

怪物と闘う者は、その過程で自らが怪物と化さぬよう心せよ——。

「『お前が長く深淵《しんえん》を覗くならば、深淵もまた等しくお前を見返すのだ』……はは、ニーチェか」

『善悪の彼岸』における警鐘。超人を気取ってみたところで、司にはその言葉の背後に隠された意図を読み取ることなどできはしない。

とはいえ司は、確かに感じ取ってもいた。

この井戸の闇の向こうから、間違いなく「誰か」が——もしくは「何か」が——自分を見つめていることを。だから——。

「……ふざけるな」

司はあえて、強い言葉を口にした。

自分を鼓舞するためだ。自らを奮い立たせ、怖気《おじけ》づこうとする本能を抑え込もうとしたのだ。

確かに闇は、恐ろしい。

だが、こうも言える。闇は単に、恐ろしいと感じられるだけのものであって、それ以上でも、それ以下でもないのだと。

闇は闇。単に光がないだけの状態にすぎない。

そう自分に言い聞かせるように心の中で呟くと、司はそのまま井戸の上に身を乗り出し、さらにその内側を、目を細めて覗き込む。

考えてもみれば明らかだ。そもそも、なぜ「誰か」が、あるいは「何か」が、この空間を隔てた光に乏しい向こう側から、自分を見つめているなどと感じてしまうのか。

その理由は、単純だ。

それは、実際に見つめられる可能性があるからだ。

つまり——。

「……あれか」

見つけた。井戸の縁から真下へと、数十センチメートルおきに続く、コの字型の金具。

梯子《はしご》だ。

やはり。ここが部屋の終着点ではなかった。

この井戸は、さらに下りられるのだ。

その可能性が無意識に感じ取られたからこそ、司は思ったのだ――誰かに向こう側から見られているのではないか、と。

そして今、暗い闇へと続く梯子を見下ろしながら、司は確信していた。

「真理」はきっと、ここにある。

そして、司にはもう、十分に解っている。

それを得るために、彼が何をなすべきなのか。

だから――。

司はゆっくりと、井戸の縁をまたいだ。

20

どれくらいの時間が経ったのか――。

首都圏にありながら、都市のみならず海や山、風光明媚《めいび》な自然にも恵まれた、地方。

その内陸部に聳え立ち、潜在的に沸々としたマグマを内側に蓄えた、活火山。

その荒れた中腹の、地元民でさえ容易には立ち寄らない山道の向こうで、人工的な平面と角度を持ちながら粛《しゅく》として建つ、館。

その甚だしいほどの異質さが複雑怪奇に入り組む中央部で、ひときわ異彩を放つ、部屋。

その空間を意味づける、まるで楔《くさび》を穿《うが》つようにして立つ巨大な十字架。

その前で――。

二人は、対峙していた。

ひとりは、赤いローブを羽織り、目深にフードを被り、自らを教会堂の守り人だと名乗る、男。

十和田只人。

十和田の顔には、フードの影がおりている。その稜線には鼈甲縁の眼鏡の下端がほんの少しだけ窺えるが、目線がどこにあるかは解らない。だから彼が内心で何を思っているのかは、頰から顎にかけてのわずかな動きと、ほとんど変わらない声色から推測するしかない。

十和田は、問うた。

「……君は、しないのかね？　礼拝も、懺悔も」

その奇妙に響く声は、すぐ板壁に消えていく。

だから、もうひとりは、そんな言葉も自分には幻だ、まったく関係ないとでも言いたげに、ただ微笑みだけを浮かべている。

黒いワンピースと黒い髪が、まったく重さを感じさせない滑らかさでなびく。二つの黒い瞳も、じっと十和田を見つめたまま、微動だにしない。

善知鳥、神。

彼女は、周囲の凍えるような寒さにもかかわらず、そんな物理的現象も自分には幻だ、自分には関係ないとでも言いたげに、なおも微笑みだけを浮かべたまま、自分の言葉を投げる。

「……どこにあるんですか？」

大きくも小さくもない。高くも低くもない。それでいて限りなく複雑に倍音を含む、声色。

その余韻が消えないうちに、神は、再び問う。

「十和田さん。どこにあるんですか？　真理は」

限りなく柔和だ。だが、その言葉は鋭角をなして十和田に突き刺さる。

十和田はしかし、たじろぐことはなく、やはり微動だにしないまま、ややあってから答える。

「……それは、祀《まつ》られている」

それとは「真理」のこと。

すなわち「真理」は、祀られている。

そうか、「真理」は、祀られているのか——。

どこに？　——とは、神は問いを重ねない。

そんなこと、とっくに解っているのだ、祀られていることも、どこにあるのかも

——そう言いたげな表情で、なお十和田の言葉に耳を傾けている。

だからか、十和田も再び問いを投げる。

「神くん。君も、真理を求めているのだね？」

「……そうですね」

神は、意味ありげな数秒を置き、頷いた。

「ただ、正確には『それも、ある』です」

「それも？　つまり？」

「それは真理だけれども、真の解に対する派生的な系にしかすぎないということで

想。

「ええ。『サーストンの幾何化《きかか》予想』に対する『ポアンカレ予想』と同じように」

口の端に上るのは、数学における定理、あるいは未解決のままとなっている諸予想。

それらが当然のごとく引きあいに出されるのは、まさに彼らが一線級の数学者であるからか、それとも、彼らにのみ通じる含みがあるからか――。

不意に、神は言う。

「十和田さん。あなたは今、この教会堂の守り人をしているのですね」

「そうだ」

「つまり、今は単なる案内人にしかすぎない……まさか、数学への情熱は尽きてしまった？」

「そんなことはない」

「そうでしょうね。だけれども、今は数学にのみ命を捧げる必要はない」

「…………」

「なぜならば、少なくともそれを自ら探す必要がなくなったから……そうですね？」

「一体、なんのことだ」

「自らゼロになるべき必要がなくなった。逃げる必要もなくなった。だから、世界中を放浪する必要もなくなった」

「何が言いたい？」

「差配しているのでしょう？　父が」

ぴくり、と十和田の頬がわずかに痙攣する。

その口元は、暫くの間、固く真一文字に結ばれたままだったが、やがて、おもむろに開かれる。

「君の父。沼四郎のことか」

「いいえ」

即座に、首を横に振る。

滑らかな螺旋《らせん》を描く黒髪の中央から、神は言う。

「沼四郎はただの建築家です。才に恵まれ、才の下で私を育てた人間ではあるけれども、それ以上でもそれ以下でもない。もちろんゼロではないし、その近傍にいたわけでもなかった、ただの人」

「……………」

「十和田さんならば容易に理解しているはずです。ゼロという存在が数学においてどういう意味を持つか。つまり、数学から敷衍《ふえん》される現実において、父がどういう意味を持った存在なのか」

十和田を視線で射抜きながら、神は言う。

「解りますよね。端的に言えばそれは『禁忌』です。それで除してはならぬもの、唯《ただ》ひとつしか存在し得ぬもの、あらゆる元を一点へ収束させるもの」

「しかし神くん。その『禁忌』こそが、算術の檻《おり》を抜け出るための唯一の鍵なのではないか？」

「そのとおりです」

神は、頷いた。

「だから封じなければならないのです。ゼロは……父は、私たちを無に帰すのですから」

それもあなたは、解っているはず――神は、そう静かに述べた。

再び、沈黙――。

だがこの静けさは、あくまでも休符。

次の言葉の前奏にしかすぎない。

小節線をまたぐと、楽曲が新たな印象を奏で始めるように、十和田はさらなる言葉を紡ぎ出す。

「……僕には、義務がある」

義務。その部分を十和田は強調した。

「義務があるからこそ、僕は、知らねばならない」

「解ります。真理を、ですね？」

神が即答する。

「まだ見ぬ真理を知りたい。私たちがそう希求し、渇望するのは、当然のことです。だって、私たちは数学者なんですから。私がここにきたのだって、十和田さんがここで神に仕え、報われない守り人に甘んじているのだって、すべては真理のため。……でもね、十和田さん」

十和田のことをじっと観察するような眼差しとともに、神は言う。

「『ザ・ブック』って、そういうものですか？」

「どういう意味だ」

「『ザ・ブック』というのは、この世に存在する無数の定理について、そのすべてが書かれた本だ。記載されている証明は無限に及び、したがってページ数も無限に及ぶ』」

「……………」

「『ザ・ブックには、すべての定理の証明が書かれている。一切の淀みがなく、明解で、シンプルで、エレガントで、ビューティフルで、パーフェクトな証明がな。書いたのはもちろん、神だ』」

「よく覚えているな」

「十和田さんの言葉ですから」

わずかに口角を上げ、神は続ける。

「ザ・ブックは、神の本。だからこそ、その本を読むために必要なものは、あくまでも自分の力。自分が神となり初めて読み得るものこそが、この本です。数学者たちはいつもそうやって、自分の力でザ・ブックを読み、地平を切り開いてきた。間違っても、読ませてもらうようなことはしなかった」

「…………」

「そもそも、十和田さんは自分で言っていたはずです。『確かに証明をザ・ブックに書きつけたのは神だ。だが当の神ですら、その証明はただ見つけただけにすぎない。神自身から生み出されたものじゃないんだよ』……ザ・ブックに書きつけただけの神を信奉しても、決してこれを読めることはない」

その辛辣な口調に、数拍の休符――これも、次の旋律への予兆――を置くと、十和田は言った。

「なるほど、君の言いたいことは解った。しかし」

突然、旋律の調性《キー》が大きく暗転する。

「それでもなお、君が賭けなければならないことには変わりがない。ここにきた以上は、ゼロの前では……皆と同様に、平等に」

重苦しい、十和田の口調。

神はしかし「解っています」と頷いた。

「ゼロはすべてをゼロにする。すべてはゼロをゼロ以外のものにはできない。算術の檻から逃れられないのならば、あえてゼロに賭けなければならないことくらい、自明です。……でもね、十和田さん」

不意に、神の表情から笑顔が消える。

「あなたは、そんな賭けを、百合子ちゃんにも求めるんですか?」

「…………」

十和田は、何も答えない。

神もまた、それきり口を閉ざす。

そして――。

休符ではない、沈黙《コーダ》。

したがって、もはやその先に小節は存在しない。

21

——なるほど。

終わりのない戦慄。しかし司は理解していた。

混乱はしても、取り乱しはしない。それは、長い時間を犯罪の最前線で過ごしたことにより培われた、警察官としての洞察であり、習性でもあった。

だから司は、心の中で繰り返す。

そうか——なるほど。そういうことだったのか。

つまり、これは——。


井戸を下りた。

ひんやりと冷たい井戸の内側は湿っていた。だが下方に水面がある気配はない。だから司は、側面の梯子を、慎重に、ゆっくりと下りていく。

やがて彼は、その底へとたどり着く。

「やっぱりな……」

司は呟いた。

そこは涸《か》れ井戸――というより、おそらくは井戸に似せて作られた通路だった。いや、もともと井戸だったが、そこを通路にしたものかもしれない。

いずれにせよ、井戸の底から真横に、煉瓦造りの狭い通路が延びていたのだ。

さて、どうする？

十和田の言う「真理」があるとすれば、まさにこの奥に違いない。そもそも、ここまできて戻るという選択はあり得ない。とすれば――。

当然、進むしかない。

煉瓦の通路を、司は躊躇《ちゅうちょ》なく進んでいく。

だが、やがて、行き止まりへとたどり着く。

そこにあるのは、黒い鉄扉だった。重厚で、しかし「開けてお入りください」と言わんばかりの扉。

司は、迷うことなくその扉を開け、そして――。

――吸い込まれた。

すぐに司は洞察した。自分を吸い込んだものの正体は気圧だ。内外に気圧差があるのだ。そのせいで、鉄扉ももはや開かなくなっていた。

さて、これで退路は断たれた。

だが、司はなおも歩を進める。

後ろはどうでもいい。大事なのは前だからだ。

そんな司の眼前に、さらに突き当たりが現れる。

なんのためのものかさえ解らない、巨大な一枚鏡。

そこに映る、司自身の訝しげな表情。滑稽な顔をしていると苦笑しつつも、司はすぐ、足下に排水口を、そして天井にはさらなる突破口——ハッチを見つけた。

さて、どうするか。

さすがに、顎をさすりながら、暫し逡巡する。

だが数分後、司はさらに先へと進むべく、ハッチを開けると、上の空間へと身体を引き上げた。

少し狭い部屋があった。司は唾を飲み込む。いや——まだ大丈夫。まだ、このくらいならば。

部屋を一瞥《いちべつ》する。

向こうの床に二つのハッチが見える。

どちらも鏡面を持つ奇妙なハッチだ。特に右側の大きなハッチは、床面のくぼみの奥に設《しつら》えられており、ハンドルもついている。

つまり、ここを開けろということか。

いいだろう、行ってやろうじゃないか。

司は半ば無謀な高揚感――酩酊《めいてい》感にも似た――とともに、膝を突き屈むと、ハッチのハンドルに手を掛けた。その瞬間。

ふと、疑問が頭を過る。

――開けて、いいのか？

この先、本当に「真理」があるのだろうか？

十和田は確かに、ここには「世界の真理」があると言った。だが――その言葉に保証はあるのか？

司は再び、十和田の言葉を思い出す。

――真理を知りたければ、人は常に賭けをしなければならない。なぜならば、これはゲーム理論の均衡の上に成り立つ、真理を探究する者のゲームだからだ。

ゲーム。

そう――ゲームだ。

真理を探る者の、ゲーム。

ゲーム理論に支配された、ゲーム。

その言葉の真意が解らず――躊躇する。

だが結局のところ、もはや迷う必要はなかった。

そもそも退くことが不可能な状況なのだし、いずれにせよまったく退く気などないのだ。

だから、司は意を決すると、床のハッチを開けた。

そして――。

あっという間に、そこに押し込まれた。

気圧差はここにもあったのだ。そのことに気づいたときには遅かった。司は抗うこともできないまま、下の部屋に、空気とともに吸い込まれた。

こうして司は、最後の部屋へと、たどり着いた。

退くべき道は、もはやなかった。

つまり、そこは最後の場所。ゲームの、舞台。

おそらくは何十メートルもの深みを持ち、かつ死をもって待ち構える、奈落のごとき排水口のみが、ただひとつだけ開いた部屋。

言い換えればこれは、一度足を踏み入れたら二度と出ることができない、袋小路。

閉鎖された空間。

つまり、彼が苦手な、エレベータと似ていた。

しかし、不思議と彼は、冷や汗も掻かなかった。

もしかするとそれは、この場所が一見して完全に閉ざされてはいないように見えていたからかもしれない。あるいは、彼がすでに十分な「覚悟」を持っていたからかもしれない。すなわち、この場こそが真に「真理に」挑むべき場所なのだ、恐怖心などすでに必要としない場面にあるのだということを、すでに彼は理解していたからかもしれない。だが、そのいずれにせよ——。

どれだけ時間が経過しただろうか。
腕に嵌めた時計の短針はすでに何周もしていた。
空腹もとうにピークを超え、飢餓感も消えた。
つまり、十分に長い時間、彼はそこにいた。
司はだから、すでに法則《ゲーム》を理解していた。
なるほど、そういうことだったのかと。
つまり、このゲームが何かといえば。
「よくできた罠だった……てことか」
長い長い溜息とともに、呟いた。
そう、これは、見え透いた罠。
それでいて悪質で、そして。
絶望的な——罠、だった。
「畜生ッ」

言葉とともに、司は、思いきり壁を蹴った。もはやどこにもやり場のない憤懣《ふんまん》を、そのコンクリートの塊へとぶつけたのだ。だがもちろん、壁はびくともせず、崩れもせず、ただ司の爪先に後悔と痛みを残しただけだった。

司は再び、その頑丈な壁に向かって、腹の底からの大声で怒鳴った。

「ふざけるなッ」

ここのどこに、真理があるんだ?

そんなもの、どこにもねえじゃねえか。

だがそう心の中で毒づきつつも、実のところ司にはもう解っていたのだ。

真理——その言葉そのものが、罠だったのだということを。現実の、物理的な罠へと、司を追い込むためのえさだったのだということを。

しかも、この狡猾な罠は、単なる司に対するものだけでは、決して終わらないのだということを。

すなわち——。

これは、なんと恐ろしいジレンマなのか。

彼、もしくは彼女の行動を推し量るのならば。

もし司が助かろうと思えば、彼か彼女は犠牲とならざるを得ない。彼か彼女を助けようと思うのならば、司は自らの命を差し出すしかない。

要するにこれは、どちらを選ぶかのゲーム。

二者択一のジレンマに満ちたゲームなのだ。

しかも――それでさえゲームは終わらない。

ゲームは、連鎖していくのだ。どこまでも。

だから――司は歯嚙《はが》みする。

そう、俺がここにいるのも――誰かのジレンマに生かされた結果なのだ。

その誰かとはおそらく、毒島だ。

自分自身でなく、司を選んだ。そんな毒島のジレンマの結果、司はそこにいられるのだ。

「なんてことだ……」

呆然とする。それが解っていれば、決して選択はさせなかった。その前に、ここを去るためのあらゆる努力をしたのだ――地団駄を踏んで後悔するが、もはやすべてが手遅れだった。

毒島のゲームは、終わったのだ。

今ここにあるのは――次のゲーム。

司のゲームが、すでに始まっている。

したがって、連鎖はいまだ続いている。

輪廻《りんね》は終わることなくいまだ廻っている。

「クソッ、十和田、貴様ッ……」

司は、中空に向かい、その男の名を叫ぶ。

そして、心の中にいるその男に、問いかける。

――十和田よ、お前は、本当に俺を嵌めたのか？

信じられない。信じられないが――ほかでもないこのゲームに俺を誘導したのは、お前だ。だとすれば、お前に嵌められたとしか考えられない。

でも、どうして？

滾々《こんこん》と湧き上がる、疑問。

なぜ十和田が、司の敵となったのか。

これまでの堂で起きた出来事、その事件のすべてを詳《つまび》らかにし、常に善の側に自らを置き続けてきた十和田が、なぜ今、その反対側にいるのか。

どうして十和田は、変わってしまったのか――。

だが司は、こうも思う。人間の性質とは、そう簡単に変わるものではない。犯罪に手を染めた人間のほとんどが後悔を述べるのも、彼らの本性が善だからだ。それは変わり者の十和田も例外ではなく、したがって簡単に宗旨替えをしたとも思えない。

一方、こういう解釈もできる。

十和田はもしかすると、変わったのではなく、戻ったのではないか――元の本性に。

「そんな……訳ァねえぞ」

頭を振ると再び、司は思う。

この疑念は直接、本人にぶつけるしかあるまい。

それまでは絶対に信じない。あの十和田只人が、悪だとは。

「……よし」

いいだろう。そうと決まれば、やることはひとつ。

誰も犠牲にせず、生きてここを出る。誰の命も、もう賭けさせない。ただ、それだけだ。

不意に、きんきんとした耳鳴りが、鼓膜を襲う。

顔を顰めてその痛みに耐えつつ、そして湧き上がる憤怒《ふんぬ》を奥歯でぎりぎりと嚙み締めつつ、しかし同時に、険しい表情で見回し、視線を走らせる。

十和田――俺は絶対に、諦めないぞ。

必ず、見極めてやる。どうすればこのゲームに勝てるのか、その方法を――。

22

零れていく。

お椀《わん》の形にした掌から、清らかで透明な、澄んだ水が、次々と零れ落ちていく。

沈黙の中で、爪の先から、指の間から、滑らかな表面を見せながら、水が逃げていく。

落ちていった水は、そのまま空中で霧消する。

暗闇の中で、無に返る。

私は——それが嫌だ。

だから私は、それをすくい取る。手を丸め、隙間を作らないようにしながら、必死の思いで、零れないように、落ちないように、逃げないように。

でも、零れてしまう。

嫌で嫌で仕方がないのに、零れてしまう。落ちてしまう。逃げてしまう。

そして、消えてしまう。

今やもう、水は、掌にはほとんど残っていない。

水が一滴もなくなったら、私はどうなるの。

あなたがなくなれば、私は生きてはいけないのだ。

わずかに残った水滴に、私は懇願する――もしそうなれば、私は、どうすればいいの。

しかし、願いは通じない。

私の見ている傍から、すぐにそれらは、無情にもその形を失い、小さくなり、終《しま》いには蒸発し、姿を消してしまうのだ。私の、この小さな掌の上から。

そして後にはからからに乾いた掌だけが残る。

朽ち果て、風化し、今にも砕けそうな、皮膚。

そのひびだらけの灰色の表面を見つめた私は――。

悲鳴を上げた。

「……やめて」

上半身を起こすと、荒い息とともに周囲を見る。

リビングだった。窓からは、人々が活動を始める慌ただしい生活音とともに、白い光がまろび入る。

目の前には、テーブルがあり、あの書類――メールのコピーが載っていた。

音のない溜息を吐きつつ、百合子は思う。

寝てしまったのだ。またあのメールを読んでいるうちに、唐突な睡魔に襲われて、一昨日は兄が寝ていた、このソファで、そのまま――。

無意識に百合子は、ぶるりと震えた。

胸元で、ブラウスが肌にはりついていた。

熱くもないのに、首筋に、びっしょりと汗を搔いている。悪夢を見て冷や汗でも搔いたのだろうか。風邪でも引いたせいだろうか。それとも――。

「違う、違う……」

百合子は何度も強く首を左右に振った。私は何を考えているのか？

取り留めのない想像から逃れるように、百合子は立ち上がると、足早に風呂場へと駆けていく。


何をすべきだったのか――。

汚れと悪寒を洗い流す熱いシャワーを、勢いよく頭から被りながら、百合子は考えていた。

私は、あのとき、本当に何をすべきだったのか。

いかなる選択をすべきだったのか。

結論は、すでに出ていた。

やはり――行くべきだったのだ。

百合子は、すでに気づいていた。神と会ってからずっと、百合子の心の中でわだかまり続けていた感情がなんなのか。考えまいとしても考えてしまう、その理由。そしておそらくは、今朝の悪夢をもたらしたものの、正体を。

――そうだ、悔やんでいるのだ。私は。

そこに何かがあるということが解っていながら、それを選び取らなかったことに対する、後悔。

それだけじゃない。もしかすると兄や、神や、皆が立ち向かおうとしている何かから、あえて自分だけが目を背けているのだという思いが、百合子の中に羞恥心にも似た焦燥を駆り立てていたのだ。

それを、あのときから百合子ははっきりと自覚したのだ。毒島が兄にあてたメールを読んだときから。兄がどこに出張に向かったのかを知ったときから。なんのために赴いたのかを、察したときから。

だから、百合子はゆっくりと瞼《まぶた》を開く。

頭に当たった水滴が、髪の毛を伝い、泡とともに次々と床のタイルへと落ちていく。

零れ、流れ、排水口へと消えていくそれらを、じっと見つめながら、百合子は思う。

――やはり私は、行くべきだったのだ。

神とともに、兄が向かった、教会堂に。

風呂場を出ると、身体を拭くのも髪を乾かすのもそこそこに、百合子はすぐに連絡先を探す。

誰の？　決まっている。神の連絡先だ。

今からでも遅くはない。彼女に連絡を取り、今すぐにでもともに赴かなければならない。人々が死に、司が向かった場所に。そこにこそ、百合子にとっての真理も存在するに違いない、教会堂に。

だが、神の連絡先は、解らなかった。

彼女からの電話は非通知だったからだ。リダイヤルすることはできず、連絡も取れない。

溜息を吐く百合子だが、すぐに次の行動に移る。

すぐに百合子は、身体にバスタオルを巻いた格好のまま、パソコンに向かい、検索を始めた。

教会堂の場所を調べる。

直接連絡が取れないのならば、自ら赴けばいい、そう考えたのだ。

だが――。

「どうして？　なんで何も出てこないの？」

百合子は苛立つ。教会堂に関する情報が、インターネットからは何ひとつ出てこなかったからだ。

なぜ、何ひとつ情報が見つからないの？

教会堂は、公の建物ではないってこと？

そうだとすると、教会堂ってなんなの？

疑問とともに、一方で百合子は確信する。

そうか――そもそも、出てくるはずがないのだ。

なぜならば、これは「堂」。沼四郎、そして藤衛が関係する、いわくある建物なのだ。そう簡単に公になろうはずもない。そういう目的のために建てられたものでもないのだから。

だが、だとすれば。

むしろ焦りはなお駆り立てられた。だからこそ、やはり私は神の問いかけに素直に頷き、一緒に行くべきだったのだ、今さら教会堂の場所が解らなければ、行動の起こしようもないのだ、と。

椅子に凭《もた》れると、目を閉じ、百合子は暫し考える。

水滴が頰を伝い、ぽとりと床に落ちる。

皮膚が冷え始めた頃、ふと思い出したように、百合子は目を開くと、あのメールがプリントアウトされた紙を、もう一度手にする。

そうだ——。

いずれにせよ、目的はひとつ。入り口はなんであっても、最後には教会堂へとたどり着くのだ。

——だとすれば。

すっと背筋を伸ばすと、百合子は再びパソコンに向かい、メールに記された「Y警察署」を検索した。

23

鍵。

それは、錠前を外すために必要なもの。扉を開くために必要なもの。謎を解くために必要なもの。均衡から逃れるために必要なもの。

すなわち、輪廻を断ち切るために必要なもの。

正面のガラス窓と天井のハッチ――実はマジックミラーとなっていたそれらを通して、もう何十時間になるかも解らない時間、じっと二つの部屋の様子を窺い続けていた司は、漸くそれを発見した。

すなわち、鍵は見つかった。

今やその鍵は、司の手の中にあった。

そう、この鍵は、解ってしまえば、酷く容易で、実行するのになんら困難を伴わないものだった。ある意味では、この計算し尽くされた均衡が、こんなシンプルな鍵で壊れるのかと、驚くほどだ。

だが――問題がひとつあった。

それは、鍵が、その鍵自身で掛けられた宝箱の中にあるのだということ。

すなわち、鍵を外に出す方法がないということ。

なんということか。鍵は見つかれど、いまだすべてはジレンマの中に封じ込められたままなのだ。

「畜生ッ」

無力感に苛まれつつ、司は拳を握りしめると、また壁を叩く。無駄だと解っていて続けるそれらの行為。拳が切れ、血が流れても、すべては空《むな》しく閉鎖空間の内側にからめ捕られたまま、シュレーディンガーの猫のように、誰ひとり知る者もいない。

そして――。

やがて司は、戦慄する。

ついに、恐れていたことが起きてしまったのだ。

ガラス窓の向こうに、人の姿が見えた。

司は一瞬にして理解する――事態はついに、逼迫《ひっぱく》したのだということを。

そう、今はきてはならないとき、均衡が決して崩れない、つまり鍵が錠前を開け得ない時間なのだ。

もちろん、新たにジレンマに取り込まれようとしている者にとっては――まさに司自身がそうであったように――そんなことは知る由もない。

やめろ、くるな、ここにくるな――そう叫びそうになった司は、ふと、あることに気づく。

通路の向こうを、ゆっくりとやってくる誰か。

その誰かに、見覚えがあった。

ワンピースと髪、どちらも黒いそれらをなびかせながら、優雅に歩くその所作。音が聞こえるはずもないのに、おそらくは足音ひとつしないだろうと感じさせるほどの滑らかさで、徐々に近づいてくる。

あの、女を、俺は知っている。

五覚堂でも、伽藍堂でも。人々を殺害するために——いや、正確には、人々の殺意を誘発するために——常に暗躍を続け、事件の渦中にあった、女——。

善知鳥、神だ。

「……なぜ、ここに？」

思わず、呟く。

輪廻は、関係性を軸に回っている。このジレンマも、関係性によって受け継がれていくのだ。知己である小角田と脇や、同じ警察官である船生と毒島、そして彼らと深い関係を持つ司のように。

もちろん、あの女は事件の犯人だった。司が捕まえる側ならば神は逃げる側だ。その意味において、少なくとも司と神の間には「刑事と犯人」という関係性がある。だから輪廻も、その関係性に基づき、受け継がれていくということになるのだが——。

それでも司は、訝る。

だとしたってなぜ、善知鳥神がここにいるのか？

確かに、ここには刑事と犯人という構図がある。

だが、その図式において、犯人が刑事を追うことはない。神がその関係性に基づいて、ここに現れるという必然性など、どこにもないのだ。

だが、それでも彼女は現れた。それは事実。

神は、司の真正面にあるマジックミラーの前に立つと、その表面をしげしげと眺めていた。司とは、物理的には一メートルもない距離だ。

「おい、聞こえるか、おいっ」

大声で叫びつつ、ガラス窓を力一杯叩く。だが神は、そんな司にはまったく気づくことなく、ただ興味深そうに目を細めるだけだった。

畜生ッ、やっぱり気づかないか。

こんなにも歯痒《はがゆ》いことがあるだろうか。まさしく切歯扼腕《せっしやくわん》だ。手の届くほどの至近にいるのに、彼女には何ひとつ伝えられないなんて——自分の存在も、鍵も、何もかも。

ならば——どうする？

司は、自問する。

ついに、二者択一のジレンマに直面した今、俺は、善知鳥神を、どうすべきなのか？

彼女はもちろん、ここがどういう場所かを知らない。いかなる仕組みを持ち、いかなる意味が付与されている場所なのかを知らないのだ。そうして何ひとつ知らないまま、俺も含めた輪廻の犠牲となった先人たちと同様、罠に嵌まっていくのだ。

そう、この罠は、あまりにも狡猾にできている。

何も知らない彼女が、そのまま天井のハッチを開ければどうなるか？

答えは単純だ。彼女は、死ぬ。

今ならば、溺死だ。大量の水に襲われ、呼吸ができなくなり、そのまま窒息して排水口へと流される。

とはいえ、その運命は絶対のものではない。気の毒な彼女を助ける方法があるからだ。

やり方は実に簡単。司がこちら側のハッチを開ければいいのだ。それによって善知鳥神の命は助かる。だが、そうすれば、今度は別の誰かが彼女の運命を被らなければならない。

それが——司だ。司が、溺死するのだ。

だから彼は、なんとしてもその事実を伝えなければならない。「ハッチを開けてはならないこと」を理解させなければならないのだ。だが——。

どれだけガラスを叩いても、分厚いガラスは振動することさえなく、いくら大声を発したところで、それは彼女にはまるで届きはしない。

結局のところ、司がどう喚《わめ》きあがいたところで、善知鳥神の状況にはなんら影響はしないのだ。

それでも、何もせずに彼女を見殺しになどできるだろうか？

司は、無駄だと知りつつも、思いきりガラスを叩き、善知鳥神の名を叫んだ。

そのとき、ふと、司の頭にある考えが過る。

もしかすると――彼女が窮地にある今こそ、彼女に、自身の罪を償わせるときなのではないか？

彼女は、これまでに何人もの死に関与してきた犯人だ。その目的は明確には解らないものの、彼女がいなければ失われずにすんだ命もある。しかも彼女自身は、それを半ばゲームのごとく故意に行いさえした。少なくとも、善知鳥神の凶悪性が否定される要素は、そこにない。

つまり、この女は罪人なのだ。もしかしたら、死に値すると断ぜられるほどの。

だとすれば、そんな彼女を、あえて見殺しにするというのも、ひとつの選択なのだとはいえないか。

見殺しにして、罪を償わせることも、許容されることだとはいえないか。

「……違うな」

司はすぐに、強く否定した。

違う――それは絶対に違う。

確かに彼女には罪がある。それは事実だ。

だから罰を受けるべきこと、それも間違いない。

だが、それを執行するのは――俺ではないのだ。

なぜなら俺は、裁判官でも、刑の執行人でもない。

ただの一警察官なのだ。

警察官には、人を断ずる権限などないのだ。

その矜持《きょうじ》がある限り、俺が自分の手で罰を与えることはあり得ない。仮にやってみたところで、妹がそれを許してはくれないだろう。

だから、しない。できないのだ。

俺が善知鳥神を見殺しにすることは、たとえ彼女が、死刑に値する大罪人であるとしても。

だが――。

ならば、どうする？

再び、司は自問した。

実のところすでに答えは決まっている。二つの選択肢のうちのひとつを取り除くならば、後にはもうひとつしか残らないのだから。

しかし、そのことが十分に解っていながらにして、司にはすぐ、答えを出すことができなかった。

それはあまりにも、躊躇をもたらす決断だからだ。

当然だ。このジレンマを、ためらいなく解決できる人間など、およそこの世の中にはまず存在しないだろう。自らに絶望しているか、自ら以外を人とも思わないほどのサイコパスを除いては。

もちろん司は、そのどちらでもない。

だから——。

司は、逡巡する。

どうすればいいんだ?

俺と、神。俺は、どちらを選ぶべきなんだ?

と、そのとき。

ふとマジックミラーの向こうにいた神が、司のほうを向いた。そして——。

「……えっ」

その視線が、司とあった。

司は、驚愕《きようがく》する。まさか、マジックミラー越しに、神は俺の姿が見えている?

いや、そんなはずはない。すぐに司は否定する。

自分が向こうにいたときに、ここにいたであろう誰かの姿など、まったく見えはしなかったのだ。今だってその状況に変わりはない。

神からは、俺は見えていない。

にもかかわらず神は、司の目をじっと、真っ向から見据えている。

「君……気づいているのか？」

呟いた。だが、神は微動だにしない。

ややあってから、司は思い直す。

見えている、だなんて――そんなことが、あるわけがないじゃないか。

神は、鏡の向こうにいる司の存在になど、気づいてはいないのだ。彼女はただ、じっと鏡面の一点を見つめているだけ。それがたまたま、司と目があっているように思えるだけなのだ。

つまりこれは、単なる偶然。

そのことに思い至り、司は苦笑を漏らした。いくら善知鳥神が、まるで神の如くにすべてを見透かす者であっても、神そのものではない。物理的な法則までを覆すことはできないのだ。

神は神様ではない。であれば見えるはずもない。

だが――。

――えっ？

再び、驚きとともに司は目を細めた。

微動だにせず、司の視線を真っ向から射抜き続けていた神。彼女の赤い唇が、わずかに開く。

唇は、ある形を作ると、数秒でまたある形へと、ゆっくりと変わっていく。まるで、音声のない映像を、スローモーションで再生しているかのように。

司は、気づく。

「ま……まさか」

神は――何かを言っている。

一音ずつ区切りながら、言葉を伝えようとしている。

司は必死で、その唇を読む。

最初の口の形は「ダ」、その後は「イ」、その後は「ジ」だ。そして――。

神は、最後の一音を言い終わると、まるで彼らの間になんの仕切りも存在していないかのような、ごく自然な微笑みを、司に投げた。

司は、その一文を、何度も反芻する。

神が伝えた音が織りなす、短い一文。

彼女は――確かにこう言っていた。

――「大丈夫。百合子ちゃんは、私に、任せて」

「……ああ、そうか」

不意に、司はすべてを理解した。

そうか、そういうことなのか。

きっとすべては、偶然であって、偶然ではなかったのだ。形見の腕時計がなぜ止まったのかも。今、目の前になぜ彼女が現れたのかも。なぜあのとき、俺と百合子がエレベータの中で生き残ったのかも。すべては偶然であって、偶然ではなかったのだ。

そう、これらは必然。

すべては、なるべくしてなったのだ。

だから司は、口角を、ほんの少しだけ上げた。

司がもっとも心配していること。それは、何よりも百合子の安全が保たれるのかどうかだ。妹が平穏に生きていくこと。その苛烈《かれつ》な出自には気づかないまま、人として穏やかな一生を送ること。それだけを司は気に掛けながら、時にはシスコンと揶揄《やゆ》されようが、構わず、百合子のために生きてきたのだ。かわいそうな妹のために。

だが、その心配は今や、杞憂となった。

善知鳥神が確約したのだ。百合子は大丈夫だと。そして請けあったのだ。妹の安全を。

だとすれば――。

「ああ。百合子は、大丈夫だ」

無意識に呟きつつ、司は笑みを零した。

それは、司自身が安堵したことの表れだった。

そう、最愛の妹は、間違いなく無事に生き延びるのだ。なぜならば、そうなることが必然だからだ。たとえ藤衛を相手にしても、百合子は必ず生き残る。そうなるべくして、そうなるからだ。

それが、運命だからだ。

だから――大丈夫。

ほっ、と司は、満足の溜息を吐いた。

後の役目は、きっと目の前にいる神が継ぐのだろう。俺の人生は、全うされ、そして充足した。それだけで十分なのだ。そして――。

ならば今俺がすべきことも、もう決まっている。

それは、「賭け」だ。

輪廻を止めることができるのか。そして、ここから脱することができるのか。

すなわち、俺は生き延びうるのか。

決して不可能なことではないはずだ。十和田はこれを「真理の前に自らを賭けるゲーム」とたとえた。ならば自分が勝つ目もきっとある。勝ちが存在しているからこそ賭けは成立するものだからだ。

ならば賭けなければならない。自分の命を賭して、ゲーム理論の忌まわしいナッシュ均衡から逃れるために――。

「……いい加減、十和田に毒されすぎか」

くくっと苦笑しつつ、司は思う。ゲーム理論だとかナッシュ均衡だとか、数学が苦手な俺が、ごく普通に数学用語を使うようになってしまっている。

もっとも、それこそが数学という世界が持つ吸引力の証なのかもしれない。俺のような凡人でさえそう思うのだ。ましてや十和田のような才能のある人間であれば、なおのことだろう。

そう考えればこそ、今は仕方のないことだったのだと理解できた。

十和田が、今は向こう側にいることも、その十和田がこの罠に俺を誘ったことも――。

すべては、仕方がないのだと。

司はそっと、ダイバーズウォッチを外す。

ひびの入ったガラス。だが防水機能はまだ十分に保たれている。とすれば、きっとこいつは届くはずだ。観察し、見抜いたからくり、すなわち輪廻を脱するための鍵を、俺はこの小さな機械に乗せる。もし俺が賭けに負けたとしても、このメッセージは百合子に届くだろう。だから――。

「……大丈夫」

そう言うと司は背筋を伸ばし、天井の小さなハッチに手を掛け、引いた。

あっという間に、轟音《ごうおん》が満ちる。

踝《くるぶし》から、ふくらはぎから、そして膝から侵入してくる無情な冷たさに、司は思う。

俺は――人のために、妹のために、生きた。

警察官としても、肉親としても、まあまあ、幸せな人生だったのじゃなかろうか。

その意味で、後悔はない。

いや、強《し》いていえば――。

暴力的な水の圧力に胸を締めつけられつつも、司は首元に手をやった。

「今際《いまわ》の際《きわ》くらい、きちんと、ネクタイを締めておくべきだったかな」

そして――暗転。

司の意識は、そこで途絶えた。

24

思いのほか、時間が掛かってしまった――。

都心からは近いのかと思いきや、意外な距離があった。結構な電車の乗り継ぎもあり、随分と時間を食ってしまった。

急げば急ぐほど、その気持ちが裏目に出る。もどかしい思いをしつつも、漸く目的の駅に着くと、百合子はすぐにロータリーへと向かった。

電話口で言われたとおり、そこには一台のパトカーが停《と》まっていた。

そのツートンカラーの車体が視界に入るのとほぼ同時に、助手席側から警察官がひとり、素早く下りてくるなり、駆け寄る百合子に言った。

「宮司さんですね。Y警察署までご案内します」

『はあ、毒島ですか』

突然の質問に、電話口に出た男――たぶん刑事のひとり――は、面倒くさそうな口調で答えた。

『今は不在ですが、毒島に何か？』

「もしかして、まだ戻っておられないのですか？」

『ええ、そうですが』

そうか、毒島刑事は、兄にあのメールを出してからずっと不在なのだ。やはり何かがあったのだろうか。彼が追った船生刑事のように。

そういえば、船生刑事もどうなったのだろう。

「船生さんもまだ、行方不明のままですか？」

『えっ……？』

にわかに刑事が、訝しげな声で訊く。

『ちょっと待って。あんた……もしかして船生さんと毒島のこと、何か知ってるんですか？』

「いえ、何も。だから知りたいんです。そのために、そちらへ伺いたいのですが……いいですか」

『それは、ええと』

懇願する百合子に、刑事は困惑を隠しきれないといった口調で言った。

『あなた、一体誰なんですか？』

「私は、宮司百合子といいます」

『宮司？　聞いたことがある……あれ、もしかして、宮司警視正の身内の方？』

「はい。妹です」

慌てて非礼を詫《わ》びると、刑事は、Y署は警察庁の宮司警視正に大変な世話になっている、Y署の人間で宮司警視正の名前を知らないものはいないほどの方だ、という謝辞を述べた。

だが刑事は、その後で言いづらそうに告げた。

『申し上げにくいのですが、実は、船生警部補は一昨日、殉職しました』

「え……殉職？」

つまり――亡くなった？　言葉を失った百合子に、刑事は無念さを口調に込めて続けた。

『詳しくはこの電話ではお伝えできませんが、今日が通夜なんです』

「そんな……。では、毒島さんは？」

『毒島巡査部長は、……行方不明です』

「行き先は？」

『解りません。署長なら知っているかもしれませんが』

「署長さんに、お会いすることはできますか」

『たぶん大丈夫です。警視正の妹さんでしたら』

それからすぐ、刑事は、今日の午後、署長への面会ができるよう手配してくれたのだった。

県道に入ると、パトカーはスピードを一気に時速六十キロメートルまで上げた。

荒っぽいが、きびきびとした運転だ。一刻も早く目的地へ着きたい今の百合子にはありがたい。

それにしても――。

船生刑事は亡くなった。彼女を追った毒島刑事も行方不明。もちろん、善知鳥神がどうなったのか、そして兄である司がどうなったのかも解らない。

すべてが解らないのに、そのすべてが「教会堂」に収束しているということだけは解っている。

教会堂――あの「堂」に一体、何があるのか。

そして、神が発した一言。

なぜなら、教会堂には「真理」があるのだから。

その「真理」とはなんなのか。その真意とは――神の言葉を反芻しつつ、百合子は黙考を続けた。

――やがてパトカーは、駐車場へと入っていく。

目の前に建つ、警察署としては小ぢんまりとした、四階建ての古い建物。補修工事の最中だろうか、壁の半面ほどが足場で覆われ、メッシュシートが風にばたばたとはためいている。

礼を述べてパトカーを降りると、百合子は早足で受付に入り、担当の刑事の名を告げた。

受付からそのまま一階の署長室へと案内された。

署長室は受付のすぐ奥にあった。署のトップにある人の部屋が、どうしてこんなにも入り口に近いところにあるのか疑問に思うが、その理由は、中に入ってすぐに解った。入ってすぐの広い応接スペース。臨時の受付。すなわち署長室は簡単な記者会見場としても機能しているのだ。だから署長室は一階にある。もちろん、情報管理――記者が署内をうろついて、機密情報を目にするのを避けるため――の意味もあるのだろう。

「今、署長を呼んできますので、少々こちらでお待ちください」

ソファの手前側を勧めると、刑事は素早く部屋から出て行き、そっとドアを閉めた。

ほどなくして、そのドアが再び開く。

背が高く、柔和な印象を持つ初老の男だ。髪をしっかりと七三《しちさん》に分けている。着用しているのは制服ではなく、喪服に黒いネクタイだ。

「ああ、構いませんよ、そのまま。そのまま」

座っていてください、という手振りをすると、男は百合子の向かいに座り、頭を下げた。

「はじめまして、署長の毛利です。こんな格好で申し訳ない。何しろ、これからお通夜なので」

船生刑事の通夜だ。部下の殉職で心痛のさなかわざわざ会ってくれるのは、ありがたくも申し訳ない。

「いいえ、お忙しいところをお邪魔して、こちらこそすみません」

「そんなことはありません。宮司警視正のご家族の方であれば、もっときちんとご対応すべきところなのですから」

毛利署長は、物腰も柔らかく、落ち着いている。

なんとなく兄と雰囲気が似ている気がする——タイプは全然違うのに。そう思いつつ、百合子は話を切り出した。

「あの、実は……毒島刑事さんのことなのですが」

「刑事生活安全課の毒島のことですね」

「はい。その毒島さんが、実は、私の兄にメールを残しているのです」

「ふむ……どんな内容のメールですか」

問う毛利署長に、百合子は答える。

「まず、Y署の管内で不審死が連続しているということ……これは、どちらの方も私は知っているのですが、O大学の小角田教授と、新聞記者の脇さんが、それぞれ海岸と渓流の中洲で発見されたということを、毒島さんは述べていました」

「ええ、確かに先日、管内ではそういった事故が連続して起こりました」

お二人のことを、あなたはご存じで？　と問う毛利署長に、百合子は「はい」と頷く。

「今年の夏、伽藍島という島でご一緒させていただいたのです。その場には兄もいました」

「なるほど」

興味深げに唸る毛利署長に、百合子は続ける。

「それで、小角田教授の死に疑問を抱いた船生さんが、小角田教授の足取りが途絶えたY山に向かわれたようなのですが、そのまま行方不明になり、その船生さんを追って毒島さんも向かうつもりでいると……メールは、そこで終わっていました」

「そのことを、毒島は宮司警視正に伝えるべく、メールした、ということなのですね」

毛利署長は、不意に眉を顰めた。

「二人からは確かに、Y山へ行くとの出張申請が出ています。おそらくそのとおりY山へ向かったのでしょう。しかし、船生は残念ながら殉職しました。また毒島もいまだどこにいるか連絡がありません」

「もちろん、我々は現職の警察官ですから、万が一のことも常に覚悟しながら職務に当たっています。こういったことは仕方がないことと割り切ってもいますが……一方で、今のあなたのお話を聞いていると、少し気になることもあります」

「気になること、というと」

「毒島はもしかして、何かを予期していたのではないでしょうか」

「……予期して？」

問い返す百合子に、毛利署長は「ええ」と頷いた。

「船生が向かった場所は危険だ。そこに彼女を追って行こうとしている自分もまた、危険に曝される。それが予期されていたからこそ、毒島は、信頼のおける宮司警視正に、その旨を伝えたのではないかと思われるのです」

「上司の方や、署長にではなく、ですか」

「ええ。上司である我々も管理職ですから、相談されれば止めておけと言うこともあります。しかし宮司警視正ならば第三者ですから、そういうことはありません。それに、先ほどのあなたのお話ならば、宮司警視正も小角田氏や脇氏の死と関係があるのかもしれない。……そう思ったからこそ、内々にメールをしたのではないでしょうか」

「……伺っています」

確かに、毒島のメールにはそうと理解できる文章も書かれていた。

得心する百合子に、毛利署長がさらに問う。

「ところで宮司さん。そのメールで、彼らがＹ山のどこに行ったか、述べてはいませんでしたか？」

「それは、ありました。Ｙ山の中腹にある『教会堂』という施設が、お二人の目的地です」

「教会堂……」

「ご存じですか」

「ええ」

毛利署長は、大きく頷いた。

「辺鄙な場所にある妙な宗教施設です。十字架が立っていますから、キリスト教の施設だとは思うのですが……もっとも、いわゆるカルトとは別物のようですし、事実上廃墟《はいきょ》ですので、危険視はしていませんでした。常駐する牧師もいないようですし」

毛利署長の言葉に、百合子は思う。

神が行ったのは間違いなく、その場所だ。やっと手がかりが見つかった。

「それがどこにあるか解りますか？」

「山道を登った先です。ただ、地元の人間くらいしか使わない道を行きますから、土地勘が必要です」

「教えていただけませんか？」

「構いませんよ」

にこりと微笑みつつ、毛利署長が「地図をお見せしましょう」と腰を上げた瞬間
——。

——トゥルル、トゥルルル。

いきなり、机の上の電話が鳴り出した。

毛利署長は「すみません」と断ると、すぐに受話器を取る。

「もしもし、毛利ですが。ああ、小沼《こぬま》君」

柔らかい応対。ふと、百合子は理解する。さっき、どこか兄に似ているような気がしたのは、きっと、兄も毛利署長も、いつもフラットで、決して偉ぶらない態度を貫いているからなのだ。

得心する百合子の前で、不意に毛利署長が、表情を曇らせる。

「えっ……それは、本当ですか」

「……？」

何かあったのだろうか？　暫し様子を窺う百合子の前で、二、三のやり取りの後、毛利署長は、「解りました」と電話を切った。

だが、受話器を置いても毛利署長は、険しい顔つきのまま、無言を貫いている。

「……何か、あったんですか」

問う百合子に、ややあってから、毛利署長は顔を伏せると、静かに答えた。

「毒島君が、見つかったそうです。……水死体で」

25

「えっ？」

毒島刑事が、水死体で見つかった？

驚く百合子。毒島刑事までが死んだなんて、まさか——だが彼女は、心の片隅でこうも思っていた。

やっぱり、と。

沈痛な面持ちのまま、毛利署長は続けた。

「先ほど、Y川の下流を彼の死体が流れているのが発見されたとのことです。死因は溺死。遺体はすでに収容していますが、所持品から、毒島君本人に間違いはないようです」

「…………」

なんと声を掛けたらよいものか。戸惑いつつ、百合子もまた沈黙するしかない。

眉根をつまむと、毛利署長は小さな溜息を吐いた。

「二人も殉職者を出すとは……私の責任です」

「そんなことは、ありません」

「いえ、危機管理しなかった私に問題があったのです。もっと部下への目配りをすべきでした」

訥々《とつとつ》と、独り言のように話す毛利署長は、しかし、ふと顔を上げると、百合子に向かって言った。

「百合子さん。ですから、心変わりするようで申し訳ないのですが……あなたに教会堂の場所を教えることは、できません」

「えっ、ど、どうしてですか？」

唐突な拒絶。驚く百合子に、毛利署長はその理由を述べた。

「これは警察として調べるべきものだからです。もちろん証拠もなく、組織的にはまだ動けませんが、とはいえ教会堂は危険だということがすでに明確になっている。一般人であるあなたに、その場所を教えるわけにはいかない」

「で、でも」

「百合子さん。あなたはそこに行くつもりなのでしょう？」

「それは……そうですが」

「危険だと解っている場所に、あえて行くべきではありません。あなたはもう、ご自宅へ戻られたほうがいい」

「しかし」

百合子は、食い下がる。

「お願いです。教えてください。たとえ危険でも、私は、そこへ行かなきゃならないんです」

「あなたのためを思ってのことでもあるのです。どうか聞きわけてください」

「教えてください。私のためだとおっしゃるのなら」

「だめです」

「どうしても、ですか」

「だめなものは、だめなのです」

毛利署長は、きっぱりと言った。

「逆に問いますけれど、百合子さん、あなたはそこまでして、なぜ教会堂に行きたいんですか？」

「それは」

百合子は、顔を上げた。

「教会堂に……兄が、いるからです」

「お兄さん。宮司警視正が？」

毛利署長のこめかみが、ぴくりと震える。

「はい。兄は今、教会堂にいるんです。私には『ちょっと、出張に行ってくる』とだけ言いました。でも、毒島さんを追って教会堂に行ったのは間違いありません」

「う、ううむ……」

深く唸る毛利署長に、百合子は続ける。

「私には、兄以外に家族はありません。歳が離れた兄は、いつも私の父であり、母でもありました。そんな兄が、教会堂へひとりで赴いたんです。だったら……私も、そこに行かないと」

「言われることは、解ります。しかし……」

たじろぐように目線を逸らした毛利署長に、百合子は、なおも訴えかける。

「おっしゃるように、教会堂は危険です。でも、だからこそ私はそこに行かなければならないんです。だって、そこには兄がいるんですから」

それに――善知鳥神も、いる。

「…………」

暫し、苦しげな表情を浮かべていた毛利署長は、やがて、呆れたように言った。

「……仮に今、私が教会堂の場所を教えなくとも、きっとあなたは、なんとしてでもその場所を調べるのでしょうね」

「もちろんです」

百合子は頷いた。近隣の図書館を調べ、草の根を分けてでも探し出す――そのつもりだったのだ。

毛利署長は、暫しそんな百合子をじっと見つめていたが、やがて、ほっと小さく息を吐くと、観念したかのように言った。

「解りました。お教えしましょう、教会堂の場所を」

「あ、ありがとうございます」

再度頭を下げた百合子に、毛利署長は付け加える。

「しかし、お教えするには二つ条件があります」

「条件、ですか？」

「ええ。ひとつは、教会堂へ行くに際して、私の部下をひとり警護として帯同させます。教会堂へ赴くときには、必ず一緒に行くようにしてください」

「……解りました。もうひとつは？」

「今日はもう教会堂へは行かず、麓の宿で十分に休まれてください」

毛利署長は、百合子を諭すように言った。

「教会堂以前に、夜の山はあなたが思っている以上に危ないのです。土地勘もなく、何よりあなたは今とても疲れている。そんな状態で山登りは危険です。出立はどうか、明朝以降になさってください」

毛利署長の言葉は、正しい。今すぐにでも行きたい気持ちをぐっと飲み込むと、百合子は頷いた。

「……解りました」

「理解いただき助かります。宿の予約は私がしておきますので、ご心配なく」

にこりと微笑むと、毛利署長は立ち上がり、本棚から冊子を引き出した。

地図だ。その見開きをテーブルに広げると、毛利署長は、等高線が密に描かれたある一点を指差す。

「教会堂があるのは、このあたりです」

「中腹といっても、だいぶ頂上に近いんですね」

「ええ。ご覧のとおり道は一本ですが、標高が高く、近くに火山ガスの噴出孔や間欠泉もあるせいで、使う人が少なく、あまり整備がされていません」

なるほど確かに、こんな場所が目的地では、十分に身体を休ませてからでなければ、ばててしまう。

「幸いにも明日以降は晴れの予報です。日の出とともに行かれるのがいいでしょう。

そうだ、あなたにはきっと、これもお渡ししておくべきでしょうね」

そう言うと、毛利署長は、デスクの引き出しにしまっていた一枚の紙を、百合子に見せた。

それは、何かの図面らしきもののコピーだ。

「これは……なんですか？」

「教会堂の中の平面図です」

「えっ、これが、ですか？」

百合子は再び、まじまじとその図面を見つめた。

※　図3参照

一見して、教会堂が、曲線や直線で構成された壁によっていくつもの部屋に分けられた構造をしていることが、すぐに解る。しかし――。

百合子は、問う。

「これは、どこから入手したものですか」

「船生警部補です」

「え……船生さんから、ですか」

「ええ」

図３

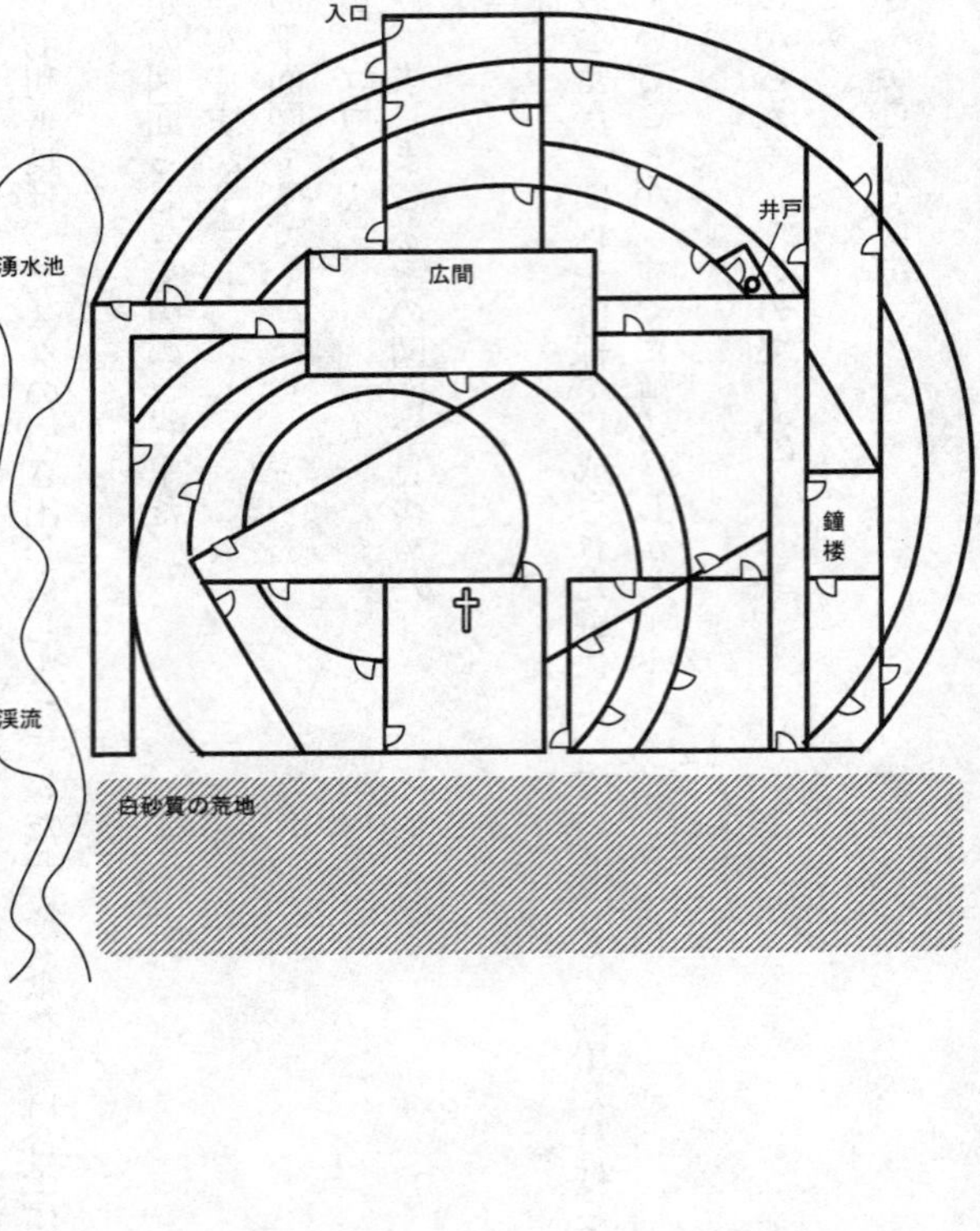

毛利署長は、じっと図面に視線を落とした。

「船生警部補が遺体で見つかったとき、彼女は身体を丸めて、懐に何かを大事に包んでいるような格好をしていました。鑑識が調べてみると、彼女の衣服の奥から、小さく折りたたまれた紙片が見つかったのです。そこには、建物の中の間取りが事細かに記載されていました。彼女は死ぬ前に、教会堂をくまなく探索し、間取りを記録していたのです。この図面は、それを清書したものです」

「つまりこれは、船生さんが命がけで調べたもの」

「そういうことに、なります」

目の前で指を組み、毛利署長は言った。

「その図面をお持ちください。本来は誰にもお渡しできるものではないのですが、教会堂に行かれるのならば話は別です。それは必ず、あなたの役に立つはずです。船生がそこに描いたもの以外に何があるのか、何があなたを待ち構えているのかは判然とはしませんが、そこにある船生警部補の遺志は、きっとあなたを守ってくれるだろうと思います」

「…………」

船生警部補の――遺志。

毛利署長の言葉に、百合子もまた、暫くの間、無言でその図面を見つめ続けていた。

丁寧に礼を述べると、百合子は署長室を後にした。

やはり、ここまできた甲斐《かい》はあった。教会堂の場所も解り、その図面まで入手できたのだから。

あとは明朝、教会堂に行くだけだ。兄や、善知鳥神が待つ、Y山の上の教会堂に
——。

「……あのう、宮司さん？」

不意に、誰かが百合子の名を呼ぶ。

びくりとして百合子は答えた。

「は、はい？」

「あなた、宮司百合子さん、ですよねぇ？」

それは、警察の制服を着た、太った男だった。

「そ、そうですけれど」

「やっぱり。私、総務課の紀伊《きい》といいます。はじめましてぇ。あなたのお兄さんには我々、日頃から随分とお世話になっておりましてぇ、本当にありがたい限りでしてぇ」

「は、はあ」

「私、拾得物の係におるのですけれど……あ、拾得物というのは落とし物のことです。Y署も最近は落とし物が多くなりましてぇ、これも市長が観光誘致に積極的なせいでしょうかねぇ」

大柄な体には似つかわしくなく、高い声と特徴的な語尾でよく喋る男だ。

なんなのかと訝る百合子に、紀伊は言った。

「で、妹さんがいらっしゃると聞いて慌ててきたのですけれど、もしかしてぇ、これ、宮司百合子さんのものではありませんか？」

紀伊は突然、百合子にあるものを差し出す。

それは──。

「えっ、この時計って……」

あの、ダイバーズウォッチだった。

「今日、届出があったんです。河川敷に落ちていたらしいんですけれども、裏面に『Y.Guuji』と署名がありましてぇ。宮司って珍しい苗字《みようじ》ですし、もしやと思いましてぇ」

「た、確かにこれは、私のものですが」

自ら背面に書いた名前。何よりもガラスを縦に走る、大きなひびを見まがうはずはない。

「よかったぁ。やっぱりそうだったんですねぇ」

落とし物がこんな偶然で戻ってくるんですから、宮司さんはラッキーなんですねぇ、しかもこの時計、壊れてないみたいですよう、本当にラッキーですねぇ――そう子供のようにはしゃぐ紀伊をよそに、百合子は何も言えなくなった。

――どうして？

どうしてお兄ちゃんに渡した腕時計が、ここに？

言い知れぬ不安に、胸のざわめきを覚えつつも、しかし百合子は、ただじっと、その時を刻み続けるダイバーズウォッチを見つめる以外には、なす術さえ見つからなかった。

26

善知鳥神は、考えている。

薄暗い部屋。終着点の部屋。そして袋小路の部屋。

天井の、先刻入ってきたハッチはもはや押し開けられない。ハンドルが向こう側にある上に、向こう側の気圧が高すぎるからだ。もうひとつのハッチは引き開けられるが、こちらは小さすぎて、身体を通すことができない。

そもそも、小さいハッチは開けられない。なぜならば、今は上の部屋に蒸気があるからだ。すなわち上の部屋は危険物で満ちている。マジックミラーを通して見れば、よく解る。

なるほど。最終的に、こういう罠があるのか。

なんとも面白い。

しかし、こうして上の部屋が危険物で満たされているというのに、さっきの私はなぜ平気だったのだろうか。一般に、ここで二つの仮定が提示される。

仮定1・先刻何もなかったのは偶然だった。

仮定2・誰かが上の部屋から危険要因を除去した。

さて、仮定1は低い確率であり得ることだが、それを自分がたまたま引き当てたということは考えにくい。そもそも、いみじくも父が関わる館で、そういう偶然に頼る構造が作られることはなかった。

そこで、仮定2を採用する。つまり私の存在を受け、それを助けるために、危険を除去する誰かがいた。しかもその誰かは、私と自分の命とを引き換えにした。これこそ、偶然に頼らずして彼女自身が今生きていることを説明する説であり、かつマジックミラーから洞察できることでもある。要するに。

ここには、つい先刻まで誰かがいたのだ。

では、そこにいたのは誰だったのか。

それも、容易に予測できていた。

彼こそが、私たちの眷属《けんぞく》だ。

優秀かつ、一途《いちず》な眷属。

言わばケルベロス。

ところで――。

善知鳥神は、考えている。

あの男の掌には、自らこうして乗った。

あとは、その掌からいかにして、逃れ出るか。

言わばこれは、私という神の戦いだ。神は神から生まれ、望むと望まざるとにかかわらず、神と戦うことを義務づけられている。なぜ私が神で、彼女は水仙なのか。それは父こそが今現在、世界の中心、原点に坐する者だからだ。だから原点は、世界の秘密に近づくものを飲み込もうとする。自らの中に排除しようとする。原点に取って代わろうとする存在をゼロに帰そうとする。すなわち――。

私たちを、殺そうとする。ならば――。

どうする?

ゼロに帰したくなくば、私たちは、この運命づけられた算術の檻をどうやって打破すべきだと思う?

あなたなら、どうする?　百合子ちゃん。

善知鳥神は、考えている。

――それでもなお、君が賭けなければならないことには変わりがない。ここにきた以上は、ゼロの前では……皆と同様に、平等に。

十和田の言葉どおり、神は今、賭けている。

多くの人間が、賭けているという意思なくして賭けに臨むところを、彼女に限っては、明白に自分自身をベットするという意思のもと、ここにある。

何しろルーレットはすでに回り始めている。

賭けに勝つ確率は、客観的に見ても極めて低い。

やがて、ボールはここにやってくる。

そして、いずれかの目に落ちる。

多くの場合、それは黒か赤。

すなわち二者択一。その二つのうちのいずれかの選択がなされる前提において、理論上の均衡が発生し、そしていずれかが死ぬのだ。

ところで数学者とは、問題に必ず解をつける習性を持つ。

答えがないこともあれば、その有無すら決定できない場合さえあるが、それらも含めた唯一合理的な結論――すなわち広義の解を、つけようとする。

そして父は、数学者だ。

かつ史上最高、万能の神だ。

だとすれば、父は、必ず用意する。

この問いにも、必ず「解」を用意する。

であれば、そこにこそ活路は存在している。

私と、彼女と、眷属と――そのほかすべての命を賭けるべき目が、ある。

すなわち、ルーレットにおける黒でも赤でもない目――「ゼロ」が。だから――。

善知鳥神は、考えている。

27

「ここは、昔は『地獄谷』と呼ばれていましてね」

先導するように歩きながら、佐伯《さえき》巡査は振り向くことなく百合子に言った。

「そのせいかは解りませんが、住人たちの雰囲気も、他の場所とはかなり違っていました。他の集落とは一線を引くように、ひっそりと暮らしていたそうで」

「それって、差別があった、ということですか」

はあ、はあと息を切らせながら、早足の佐伯に向かって、百合子は問う。

佐伯巡査――毛利署長が同行させてくれた、ややぶっきらぼうで小柄だが、一番の武闘派だという若い刑事――は、「いえ」と首を横に振った。

「差別を受けていたというよりは、自分たちから壁を作り、他の地域の住人たちとはあまり交流をしないようにしていた、ということらしいです」

今はもちろん、そういう壁はまったくありませんが、と、佐伯巡査は息ひとつ上げずに答えた。

山道を物ともしない佐伯巡査は、百合子が肩で息をしていることにはまだ気づいていないようだった。

「ええと、それってやっぱり、火山の麓にあって、何か神聖な趣があるからでしょうか」

「そうかもしれませんね」

佐伯巡査は初めて、後ろにいる百合子に、ちらりと窺うような視線を送った。

「地獄谷という地名には、山頂の雰囲気が地獄のようだという意味ももちろんありますけれど、そう呼ばれるきっかけになった謂《いわ》れもありましてね」

「謂れ？」

「ええ。妙な伝承が色々と伝わっているんですよ。いわく、川面《かわも》の色が七色に変わる、いわく、動物たちが集団死する、いわく、丑三《うしみ》つ時《どき》になると川から唸り声のような音がする……そういう不気味な現象がしばしばあったらしいんです。それが地獄を想起させたんでしょうね。川に落ちると生きては帰れない、地獄に引きずり込まれる……なんていう言い伝えもあります」

「へ、へぇえ」

想像して、少しだけ怖気づく。

「それが関連しているかどうかは解りませんが、浄土真宗が多いX県で、ここだけは曹洞宗が主だったりします。方言もちょっとだけ違いますしね。まあ、それらは算聖様の影響かもしれません」

「算聖様？　もしかして、関孝和のことですか」

「あ、よくご存じですね」

感心したように、佐伯巡査は言った。

「私はよく知らないんですが、江戸時代には、関孝和という天才和算家がいたそうですね。その関孝和が晩年、時折このあたりにあった庵で過ごしたのだそうでして。そういう偉人の存在が、ほかとは違う土地の雰囲気を作ったのかもしれませんね」

なるほど——。

と、相槌《あいづち》を打ちたかったが、息が苦しく、その言葉は声になって出てこなかった。

やっとそのことに気づいたのか、佐伯巡査が漸く、少しだけ歩くスピードを緩めてくれる。

助かった。そう思いつつ百合子は、息を整えるために会話を止めると、バッグから一枚の折りたたんだ紙を取り出した。

教会堂の図面だった。昨日貰った、船生警部補が命と引き換えに描き取ってきた、あの図面――。

軽い紙片に染み込んでいる見えない重みを感じつつ、百合子は図面を開いた。

それにしたって――。

歩きながらも、百合子は思う。

一体、この妙な間取りにはなんの意味があるのか。

直線と曲線が織りなす形状。曲線はすべて円弧のように見えるが。それぞれの円弧の中心は必ずしも一点にはないようだ。区切られた部屋には、扉があちこちにあり、まるで迷路のように各部屋をつないでいる。船生警部補がフリーハンドで描いてはいるが、あくまでも正確なものとして考えるならば、この間取りに言えることがひとつある。

それは、作りがかなり不規則で、まったく一貫性が見られないということだ。

とはいえ、これが沼四郎の建築物だということを考慮に入れるならば、さもありなんという気もする。沼四郎の最後の作品である眼球堂、あのすり鉢状の巨大な敷地にあった柱群の配置もまた、まるで一貫性など見られなかったからだ。

あるいは、もしかするとこの建物も、他の「堂」が持っていたものと同じ、「そういう」性質を持っているのかもしれない。その観点から見れば、いかにもどこかが「そういう」ふうに「動く」のじゃないかと、思えなくもない――。

しかし同時に、百合子は思う。本当の謎は、必ずしも建物だけにあるわけじゃない。

そう――「真理」だ。

神は言った。教会堂には「真理」があると。

真理。それがために、小角田、脇、船生、毒島、そして兄もまた、教会堂へと引き寄せられたのだ。

一体、なんなのだろうか。その、真理とは。

百合子はふと、不安を覚える。

水死した小角田。

全身に大火傷を負い死んだ脇。

気道熱傷による窒息で死亡した船生。

小角田と同じように溺死していた毒島。

その真理を追い、教会堂へ入っていった者がなぜ、次々と死んでいったのか。

そして今や神も、兄も、そこにいるということ。

さらには私もそこへと向かっているということ。

無事でいてくれるだろうか。無事でいてほしい。そして、無事でいられるのだろうか。

暑くもないのに掻く掌の汗。強く握りしめた図面が折れ曲がり、湿る。

にもかかわらず、百合子は図面をなおも見つめたまま、率直に感じていた。

やっぱり――怖い。

でも、怖いからといって立ち向かわなければ、後悔する。そのほうが私には――怖い。

だから、大丈夫。きっと、大丈夫。

怖じるな百合子。私も私の真理を見つけるのだ。

この教会堂で。必ず。

「もうすぐです」

ぼそりと呟くように言うと、佐伯巡査は、枯れ木が疎らに立つ、切り立った崖の向こうに視線をやった。

「あの右に曲がる上り坂を越えたところに、教会堂があります」

もう少しだ——。

顔を上げると、時刻を右手首で確認する。

ガラスに大きなひびが入ったダイバーズウォッチ。河川敷で拾われたという、私の署名が入った腕時計。

それが、午前九時を示している。

「あそこです」

佐伯巡査が、行く手を指差した。

その先に、場違いで、無機質で、冷淡で——そのくせなぜか懐かしさのある建物が、姿を現した。

28

呼び鈴を押すと、暫く間を置いてから、その男は扉の向こうに姿を現した。

赤いフードを頭から被り、全身をローブで包む男は、二人を見るなり、厳かに言った。

「……礼拝か、それとも、懺悔か」

——なんなんですか？　この男は。

百合子の隣で、佐伯巡査が小声で囁いた。

大丈夫です、たぶん——と目くばせすると、百合子は男のほうに向き直る。そして、男の問いには答えないまま、一拍の間をはさむと、逆に問い返す。

「どうして、ここにいるのですか？」

「……誰が、だ」

「もちろん、あなたがです。どうしてあなたが、ここにいるのですか？　……十和田先生」

ぴくり、と一瞬肩を震わせる男。

だが男は、すぐに同じ問いを、先刻よりも心持ち低いトーンで繰り返した。

「……礼拝か、それとも、懺悔か」

「あなたは十和田先生なのでしょう？　教えてください。なぜ先生はこんなところにいるんですか？」

「…………」

男は、やはり答えない。

その男の態度に、百合子は、確信した。この声、この答え方、そして男の周囲にまとわりつくようなその空気——真紅の鮮やかな衣装とは対照的な、灰色の淵に淀むような雰囲気は、今年の夏、百合子が伽藍島に別れを告げたとき、彼がまとっていたものと、まったく同じだったからだ。

——間違いない。十和田只人だ。

もちろん、それは同時に驚くべきことでもある。すなわち、なぜ十和田がここにいるのだろうか？

だが、百合子はなぜか、まったく驚かなかった。

そこに十和田がいるということを、百合子は前々から知っていたような気がしていたからだ。

十和田只人——この、かつては百合子の憧れであり、今は暗い沼の底で沈痛な雰囲気を漂わせている男が、あるいはこの教会堂にいて、彼女を待ち構えているのではないか。

そのくらいのことは、起こってもおかしくはないのだ。いや、むしろ、起こるべくして、起こることなのだとさえ、百合子には十分、予期できていたのだ。だから——。

「私は……」

百合子は、十和田が被るフードの奥で、鼈甲縁の眼鏡越しにある、蛍光塗料のような淡い光を放つ二つの灰色の瞳を真っ向から見据えながら、言った。

「……礼拝です。私はここに、祈りにきました」

悔いはなく、懺悔をする必要はない。

ならば、その二者択一で私が選ぶべきは、礼拝しかない。あり得ない。

だが何に、祈るのか？　それはもちろん――。

――神だ。

「入りたまえ」

踵《きびす》を返し、教会堂の中へ戻っていく十和田。

百合子はその後を追い、薄暗く不気味な建物の中へ足を踏み入れる。

「君は、入ってはならない」

ふと十和田が、強い調子で背中越しに言った。

びくりとするが、百合子はすぐに、その言葉が自分ではなく、佐伯巡査に投げられたものだと気づく。

「は？　なぜ僕は入ってはいけないんだ」

「教会堂へ入るのは、常にひとりずつ。それがルールだからだ。ルールは公理。公理は自明のもの。したがって君は、入ってはならない」

「なんだと」

言わせておけば、と憤る佐伯巡査。だが百合子は、そんな彼を制止する。

「大丈夫です、佐伯さん。私ひとりで、平気です」

「しかし宮司さん。こんな怪しい場所に、あなたひとりだけを送り込むことはできません。何より、私は署長から、くれぐれもあなたの傍で警護するようにと命を受けていて」

「解っています」

百合子は、きっぱりと言った。

「ですが、佐伯さんが署長から命を受けているように、これは私に課せられた命でもあるんです。その命をひとりでこなさなければならないのがルールなのであれば、そのルールに、私は従わなければなりません。もちろん、佐伯さんもです」

「し、しかし、宮司さん」

なおも食い下がる佐伯巡査に、百合子は微笑んだ。

「これでも私、宮司警視正の妹ですよ？　殺人事件にももう二回ほど巻き込まれていますし、修羅場だって知っているつもりで。……だから、心配なさらずとも、私は平気です」

「………………」

佐伯巡査は数秒、逡巡するように目を伏せていたが、やがて「解りました」と言うと数歩後ずさり、教会堂の外に出た。

「でも私は帰りません。ここで、あなたを待っています。もし何かあれば、ルール無用で突入します」

それくらいなら別にいいだろう？　と佐伯巡査が十和田に荒っぽい口調で問うた。

「……それならば、公理には反しない」

背を向けたままそう言うと、十和田は薄暗い部屋の中へと、すうっと滑るように消えていった。

百合子は、扉の前で仁王立ちする佐伯巡査に、感謝を込めて会釈をすると、十和田の後を追った。

すぐにバタンと、背後から扉が勢いよく閉じる音が響いた。

前を行く、十和田の背中。

赤いローブに包まれているが、そこには百合子の知る、彼を特徴づけるさまざまな癖がほとんど見られない。そこにあるのは、合目的的で無駄のない滑らかな所作、その裏返しとしての、どこか他律的で、何かが操っているかのような、機械的な動きだ。

そんな十和田の背中に、百合子は——。

——どうして？

——なぜ？

数多の疑問符を、心の中で投げかける。

もちろん、口には出さない。出したところで十和田は答えないだろうし、そもそも百合子自身の頭の中が、驚いたことに、伽藍島の事件以降、少しも整理されていないということに気づいたからだ。

現実。そこから生まれる疑問。それに対する解決。

人間の精神活動は、およそこの三つのプロセスを追って成立する。現実を見て疑問を発し、これを解決して納得、安心する。なのに百合子は、今さら気づいたのだ。あれから、一切の解決のプロセスを怠っていたのだということに。

だから今も、わだかまり続けた疑問のみが、脳髄に溢れかえっているのだ。

どうしてそんなことになってしまったのか。

理由は簡単だ。百合子は——伽藍島の事件から今もなお、起こったことが信じられずにいたからだ。

現実があやふやならば、疑問もあやふやになる。ましてや解決など導けるはずもない。しかし疑問は次々と湧き上がる。その本質はあやふやなまま。

ならば、どうすればいいのか。

百合子は——今はすべてを飲み込み、我慢した。

吐いたところで、それらは嗚咽《おえつ》にしかならないように思えたから。

だから彼女は、十和田の後ろを無言でついていく。

やがて――。

いくつかの無機質な、あるいは木造の廊下や部屋を経て、十和田は正方形の部屋へと百合子を導いた。

聖堂――そう十和田が呼んだ部屋の中央、天井までそそり立つ巨大な十字架の前で、十和田は、おもむろに振り返り、言った。

「……さあ、礼拝をしたまえ」

だが百合子は、十和田の姿をじっと見つめたまま、いつまでもひざまずくことはない。

「どうした、百合子くん」

「十和田先生」

不意に、百合子は口を開く。

「お願いがあります。いくつか、答えてくださいますか？　私の質問に」

「…………」

十和田は、何も答えない。

その無言こそ「諾《だく》」。そう解すると、百合子は問いを――あやふやだが、今信じられる限りの現実に基づく、彼女の内にある疑問を——投げかける。

「十和田先生は、これまでどこに？」

「……どこに、とは？」

「伽藍島の事件から、今日まで、先生は姿を見せなかった。どこにいたのですか？　まさか、ここ？」

「そうかもしれないし、そうではないかもしれない」

「答えられない、ということですね。……ならば、兄はどこに？」

「兄？　宮司くんのことか」

「はい。宮司司もここにきたはずですが」

「宮司くんならば、確かにここにきた。そして」

なぜか長い一拍をはさむと、十和田は言った。

「……すでにゲームに臨んでいる」

「ゲーム？　なんですか、そのゲームというのは。どんなゲーム？」

「それを知りたくば、臨むしかない」

「実際にやってみろということですか」

「知ることを望むのならば」

「兄は、そのゲームを終えたと？」

「終えたかどうかは解らない。そうかもしれないし、そうではないかもしれない」

「十和田先生のおっしゃることは、さっきから答えになっていません」

「当然だ。答える必要がないのだから」

十和田は、少し顎を上げた。

「そもそも、僕には答える義務がない。したがって百合子くん、それを君に強制されることがない」

「強いてなんかいません。私は、先生が正確に答えていないのではないかと指摘しているだけです」

「正確さ？　それも欠いてはいない」

「いいえ、不正確です。排中律は『Pか、またはPでないか』です。『Pかもしれないか、またはPではないかもしれないか』とは異なります」

「それは、用語の定義に関する誤解というものだ」

「そんな誤解を招くこと自体、十和田先生らしくありません」

「ならば、それこそ僕らしさの定義に関する相違に起因する誤解なのだろう」

言葉尻を捉えるだけの、不毛なやり取り。

だが百合子は、その不毛さの陰に隠れた十和田の本音を見抜いている。

すなわち――はぐらかしだ。

だから百合子は、一度沈黙をはさむと、さらに核心を衝《つ》く問いを口にする。

「……十和田先生？」

「なんだ」

「先生は、なんのために、あんなことを？」

「あんなこと、とは？」

「伽藍堂です。どうしてですか？」

「…………」

「眼球堂でも、双孔堂でも、五覚堂でも、先生は事件を解決しました。そんな先生に、私は憧れたんです。なのに、なぜ？」

「…………」

「別人なのですか？　あのときの先生とは」

「それは……あり得ない」

十和田は、上げた顎を緩慢に下げつつ答える。

「僕は常に僕だ。僕は常にひとりであって、バナッハ－タルスキのパラドクスのように別人が存在することはない」

「双子だということも？」

「あり得ない。この世に十和田只人はただひとり。僕だけだ」

「ならばこそ、疑問に思うのです。そんな先生が、どうしてあんなことをしたのかと」

数秒を置いて、十和田は言った。

「……答える必要は、ない」

「義務がないからですか？」

「そうだ」

「答えたくないから、ではなく？」

「…………」

再び、数秒の無言。

だがその沈黙は、躊躇だ——今度はそう見抜き、百合子は、さらに問う。

「答えたくないという願望は、答える必要がないという義務の問題とは別のものです。私はむしろ、十和田先生には、その願望について説明する義務があると理解しています。少なくとも私に対しては」

「説明する義務がある。君に対して。なぜだ？」

「私も、すでに当事者だからです」

百合子は、一歩前に出た。

「いくつもの事件を通じて、私はすでに十和田先生と大きく関係しています。単に小説の主人公、憧れる対象としてではなく、現実に存在する人間として、現実に起こる事件の解決者としての十和田先生に。十和田先生だけじゃありません。善知鳥神や、沼四郎、そして……藤衛にも」

さらに一歩、つめ寄る。

「当事者である以上、私は知るべきです。知る義務があります。ならば先生も、私に対して説明する義務を持っていてしかるべきです。どうして、先生があんなことをなさったのか」

「…………」

すぐ目前に立つ十和田は、動かない。

動かないのではなく、動けなかったのかもしれない。赤いローブの十和田は、暫し俯いたまま立ちすくんでいたが、やがて、おもむろに口を開く。

「……すべては、必要なことなのだ」

「必要なこと？　なんのためにですか」

「真理を知るために」

十和田は、フードの奥にある鼈甲縁の眼鏡のブリッジを、そっと右手の中指で押し上げる。

「好むと好まざるとにかかわらず、これは必要なことなのだ。世界の真理を知るために」

「世界の真理。リーマン『予想』のことですね」

「いや……リーマンの『定理』だ」

訂正される。その真意を、すでに百合子も理解している。予想《Hypothesis》ではなく定理《Theorem》であるということ。それはつまり、この世界の真理とは、理想的なものでも空想上のものでも願望の産物でもなく、紛れもなく現実に存在するものであるということ。

「読まれたのですね？『ザ・ブック』を」

「……いいや」

十和田は、静かに首を左右に振った。

「まだ読めてはいない。だがもう僕の手の届くところにある。『ザ・ブック』は、すぐそこにある」

「それは、十和田先生の力によってですか？」

「……どういう意味だ」

「先生が読もうとしているのは、本当に『ザ・ブック』なんですか？」

「君が言っていることの意味が解らない」

「解らなければいいです。でも、私は思います。たぶん先生は、間違ってる。先生が読もうとしているのは、『ザ・ブック』じゃない」

「…………」

十和田は、言葉を返さない。

百合子は、そんな十和田の様子を暫しじっと見つめつつ、問いを続けていく。

「十和田先生は、なんのためにここに？」

「……僕は、守り人だ。何もしてはいない」

「教会堂の守り人、ですか」

「そうだ」

「何を守っているのですか」

「……世界の真理だ」

「リーマン予想……定理？」

「そう捉える人々は多い。だから彼らはここにくる。そして、賭ける」

「賭け？　何をですか？」

「決まっている……『自ら』をだ」

フードの闇から、視線が百合子を射る。

「君も賭けるかね？　百合子くん」

「まさか」

百合子は、首を横に振る。

「私は賭けなんかしません」

「ならば、なぜここへ？」

「それは……私はただ、善知鳥さんを追ってここにきただけです。そして、兄の無事を確かめたいだけです」

「なるほど。ということは、君にとって神くんや宮司くんは、真理と同値だということになる」

「……どういう意味ですか」

「ならばこそ、やはり君も、自らを賭けなければならないということだ……均衡の上に成り立つ、真理を求める者のゲームに」

「私も……ゲームに？」

「そうだ」

十和田は、くるりと踵を返して十字架に向かうと、再びその背中越しに述べる。

「君もまた、真理の前に、皆と同じくゲームに挑まなければならない。さあ、宮司百合子くん。今こそ君に問おう。君に、その覚悟はあるかね？　ゲームに挑む覚悟は」

「…………」

無意識に百合子は、ごくりと唾を飲み込む。

自らを賭けるゲーム。その言葉の示すところは、このゲームは生命がかかったものになるのだということ。だとすれば、そんな覚悟などあるはずがない。そもそも、そんなゲームがあるということ自体、知りもしなかったのだから。だが——。

百合子は、即座に答えた。

「もちろん、挑みます。私自身を賭けて」

もとより、覚悟のあるなしを考えるような余裕などない。ここにきた時点で、もはや選択肢はひとつしかなかったのだ。

その言葉に、十和田は——。

「そうか……」

そして三度目の沈黙。

ふと、百合子は思う。十和田のその語尾には、何かの意味が含まれている——？

だから、問う。

「もしかして……迷っているのですか？」

「……迷っている、とは。なぜそう思う？」

「先生は、ためらっているように見えます」

「ためらう、だって？」

十和田が、驚いたような声を上げた。

「僕が、何をためらうと？」

「解りません。でも確かに先生は、何かを迷っている。だから今も、背を向けたまま、私のことを見てもくれないのじゃないのですか？」

「…………」

ぴくり、と一度、痙攣するように身体を震わすと、ややあってから、十和田は言った。

「……僕は、何もためらってなどいない。真理を得るための一歩を踏み出すことも、なすべきことをなすことも、今この場所にいることも」

十和田は、ほんの少しだけ振り向くと、ちらりと百合子を見た。そして——。

「君の前にだって、開かれるべきときに開く扉はあるのだよ。だから……」

挑みたまえ。それだけを言うと、ふっと掻き消すように、姿を消した。

後に、灰色に淀んだ虹彩《こうさい》の残像だけを残して。

——暫しの間。

百合子はひとり、聖堂の十字架の前で呆然とたたずむ。

久しぶりに会う、十和田。

赤いローブを羽織り、自らを「教会堂の守り人」と呼ぶ十和田との、この苦々しさだけが残る再会。

憧憬《しょうけい》を抱いていた人との会話が、まさかこれほどつらいものになるとは。百合子は、悔しさに拳を強く握りしめる。だが、いかに否定したくとも、十和田がすでに彼岸の「神」の側に立っているのだということはもはや疑いようもなく、したがって百合子も、今はやる瀬なく立ちすくむほかはないのだ。

だが――希望がないわけではない。

もうひとつ、直接話をして解ったこと。

それは、十和田はたぶん、必ずしもすべてを「神」に売り渡したわけではない、ということだ。

確かに十和田は、すでに「神」との契約を結んでいる。それにしたがい、粛々《しゅくしゅく》と義務の履行を続けている。だがそれは、必ずしも十和田の納得ずくのもとでなされているものでもないのだ。

あのためらいこそが、その証拠だ。

ためらいは、すなわち葛藤。二つの相反する感情の下に生まれるもの。つまり――。

十和田は、迷っているのだ。

どちらの「神」の信徒となるべきかを――だから。

「……神様」

十和田への言葉どおり、百合子はひとり、十字架に向かって指を組む。

それから、頭を深く垂れると、十字架の根元を見つめつつ、心の中で神に祈った。

どうか十和田先生が、此岸の「神」の下に戻ってきますように、と――。

29

神は、じっと耳を澄ます。

彼女が聞いているのは音ではない。

鼓膜の動きに神経を集中させていた。その意味で、彼女は聞いてはおらず、耳を澄ましているわけではないというのが正確かもしれない。

つまり、感覚を研ぎ澄ましていたのだ。五覚のいずれにも該当しない、六つ目の感覚に。

その結果、彼女は理解した。

濁流と蒸気、これらの暴力的な現象は、自然の営みの中で、神秘的なまでの規則正しさとともに、繰り返されているものだということを。

言わばこれは、自然の鼓動。

とすれば、そのほんのわずかな鼓動を確実につかめるかどうかが、すべての鍵となる。

それはまさに、ルーレットの三十七ある目のうち、たったひとつしかないゼロを捉えるのと、同じこと。

さすがは父。パレート効率的でない均衡点をこれほどまでに見せつけながら、一方ではその陰にパレート効率的な解を用意もしているのだから。

そう、解となる目は、確かにそこにある。

だがそれは、極限状態におけるジレンマに満ちた均衡の中から見出《みいだ》さなければならない解でもある。

だから、なるほどこれは、恐ろしい袋小路だ。

不用意にあの釜の底を落とせば、人はどうなるか。

ある者は水に溺れるだろう。

ある者は熱湯に煮られるだろう。

ある者は蒸気に灼《や》かれるだろう。

いずれにせよ、人間には逃れ得ない、究極の罠であることには変わりがないのだ。

——ふふ、なるほど。

まったく絶望的ね。でも——。

これは、絶望ではない。

絶望的な色に彩られた意識の平面上に、それとは異なるいくつもの色も垣間見えているからだ。

その色たちの正体を、彼女はすでに知っている。

ギリシャ神話——それは、ゼウスは兄弟たちを救い出し、彼らの力を得て、ともにクロノスを倒したというストーリーを持つ、神々の歴史。これと同じように、彼女にも力があるのだ。すなわち——。

百合子、そして、十和田。

彼らがいる限り、ゼロのポケットを衝く可能性はゼロではなく、だからこそ神はゼロに匹敵し得る。

そう——$e^{i\pi}+1=0$だ。

この等式が意味するものは、何か。

それは、彼女にとっては自明のこと。すなわち、これこそが、私たちの算術がゼロに匹敵し得ることの証明なのだということ。

だから——。

なるほど、たとえ今が死と隣りあわせであっても、それがいかに絶望的であっても、これは絶望そのものではないということにほかならないのだ。

だから、彼女は思う。

――面白いわ。

善知鳥神は、考えていた。

待つことはまったく不愉快ではない。この何もしない時間こそ、彼女が数学のために費やしうる大切な一時間であり、一分であり、一秒なのだ。

だからこそ、善知鳥神は、待っていた。

この薄暗い死の袋小路で――愉《たの》しそうに微笑みを浮かべながら。

30

つくづく、教会堂とは不思議な建物だ。

十和田との再会の後、百合子は広い迷路のような教会堂の中を歩きつつ、そう思う。

建物の作りに、一定の法則性はない。強いていえば、二つの異なる趣が交互に現れるということくらいだろうか。味気ないコンクリートの部屋だったかと思えば、突然木造の廊下が現れる。古代と現代、柔と剛、曲線と直線、言わばこれは、異なる二種類の建物を合体《ハイブリッド》させたようなものなのだ。

結果的に、複雑怪奇な印象を持つ館となっているが、一方で、そこから明確な意味を拾い上げることは難しく、ある意味では単に奇を衒《てら》うという目的のみで作り上げた館なのだ、とも言える。

それにしても――百合子はつくづく、感心した。

この平面図は、完璧だ。

船生警部補はきっと、何時間もこの建物の中を歩き回り、この図面を作成したのに違いない。刑事としての執念と、女性らしい細やかさとが同居する一枚の図に、百合子は敬意を禁じ得なかった。

そして、この図面のおかげだろうか。

やがて百合子は、教会堂のある事実に気づく。

それは、奇異なだけに見えた建物にひっそりと仕組まれた、二つの仕掛けだ。

ひとつは、扉だ。百合子は、まさに今自分の目の前に立ちはだかる扉を、しげしげと観察する。

館にある扉には、どれも鍵が掛かっておらず、しかもドアノブがない。その代わり、本来ドアノブがあるだろう場所にあるのは小さな突起だ。

このため、この扉をくぐろうとしたとき、どうすればいいかというと――。

扉に軽く肩で触れ、そのまま力を込める。

蝶番《ちょうつがい》が軋む音とともに、扉は向こう側に開いた。

――そう、こうやって肩で扉を押せばいいのだ。

では――百合子は、後ろに振り向いた。

――逆には、どうか？

今出たばかりの扉を、百合子は再び肩で押す。

扉は、びくともしなかった。

なぜか？　簡単なことだ。

この扉は、片側にしか開かないのだ。

つまり、逆方向に進みたければ、扉を引き開けなければならないのだ。まったく、単純な原理だ。

しかし、引き開けるには問題がひとつある。

それは、この扉がとても引きづらいということ。

百合子は、扉の小さな突起を、人差し指と親指でつまんでみる。小さく、しかも表面がよく磨かれていて、つるつると滑る突起だ。

すぐに、これを引っ張るのがとても難しいことに気づく。やってやれないことはないが、不必要に力が要るのだ。

事実、疲れて手を放すと、扉はすぐにばたんと音を立てて閉じてしまった。

百合子は思う。

片側にしか開かない。押し開けやすく、引き開けにくい。この館の扉は、どれもこんな仕組みなのだが、これと似ているものを、私は知っている。

つまり、これは――弁《バルブ》だ。

流体の流れを一方向に保ち、逆流を防ぐ仕組みと、この扉とは、まったく同じ役割を果たしているのだ。

その前提で見れば、教会堂にあるもうひとつの仕掛けにも気づく。

それは、複雑に見える教会堂の内部構造が、実は一次元的なものであるということだ。

もちろん、若干は枝分かれしているし、一見してそうとは解らないほどに入り組んではいる。だが、常に弁の役割を果たす扉にしたがっていく限り、その動線はほぼ定まっていくことになる。

すなわち、教会堂の中にいる者は、意識せずしてその一次元的な構造の終点へと導かれていくのだ。

弁、そして弁がもたらす導き――。

百合子は気づく。教会堂に足を踏み入れた人間は、この弁によって無意識に終点へと導かれることを。

なんと、狡猾な罠だろうか。

もちろん、それに逆らい館内を調べ尽くした船生警部補のような例もある。だがそんな彼女も、結局は終点へと収束してしまったのだから。

では、その収束した果てには、何があるのか？

——百合子は、ゆっくりとその扉を押し開けた。

コンクリートの、狭い小部屋。

中央には、図面で示されたのと同じ、煉瓦状の石が円形に積まれた構造が、ひっそりたたずんでいる。

手元の図面と、まったく同じ位置にあるもの。

導きの先、罠の終点、収束する部屋にあるもの。

すなわち——。

「……井戸だ」

ごくり、と唾を飲み込みつつ、そっと覗く。

ひんやりと冷たく、湿った風が顔を撫でる。

ここが終点？　本当にお終い？　いや——。

——そんなはずがない。

まだ、先はある。

井戸の縁に手を掛けたまま、百合子はじっと、いつまでもその冷たい底に目を細めている。

31

誰もいない広間で、彼はじっとたたずんでいた。

今は、朽ちた木の饐えた臭いだけが漂う、古い木造の空間も、かつてはこの施設の中でもっとも重要とされた場所のひとつにほかならない。

その真ん中で、まるで説法を受ける信者のように――古《いにしえ》の学徒たちと同じように――静寂の中、彼はただ頭を垂れている。

彼が何を考えているのか、傍目《はため》には解らない。

だが、彼がその手にしているものは、彼をよく知る者には、多くの憶測を呼ぶだろう。

それは、ノートだった。

小さな文房具屋でも、コンビニエンスストアでも買うことができる、ごくありふれた大学ノート。

彼は、そっと、そのノートを開く。

中は——白紙だった。

だが彼はぱらり、ぱらりとページを捲る。まるで、そこに何か意味のある文章が書かれているかのように、視線を何度も往復させた。だが——。

そこから彼は何も読み取らない。読み取れない。

当たり前だ。何も、書かれてはいないのだから。

彼はだから、無目的にページを捲りながら——ただ、思い返している。

先生は、彼の心からの憧れの人だった。

先生は、世界の神秘を知る者だからだ。

先生の知る知識すべてを、彼は欲した。

先生には遠く及ばない、そう解っていてさえ、彼は先生に、どこまでも忠誠を誓ったのだ。

先生は、それほどの人だったのだ。

だが——。

先生はひとり、神の世界へと旅立ってしまう。

先生に従ったのに、彼は置いていかれたのだ。

先生のしたことに、だから彼は酷く混乱した。

先生をどう解するべきか。彼は、こう考えた。

先生は、自分を捨てたのだと。

だから――。

彼もまた、すべてを捨てたのだ。

彼は家を出た。すべてを忘れるために。

彼の旅は長かった。だが何年もの時を経過してさえ彼には自覚できていないことがあった。

彼の世界の秘密を追うための長い旅は、他でもない彼自身が世界の秘密から逃れる旅だったのだ。

そして――。

先生はすべてを禊《みそ》ぎ、還俗《げんぞく》された。

先生は言った。「君にはそのすべてを与えよう」

先生は約束した。「世界の秘密を教えよう」

先生は師。彼は学徒。

先生は神。彼は信徒。だが、彼は――。

ノートのページを閉じると、大きな溜息を吐く。

肩がぴくりと痙攣するように動く。

彼はやはり、何も知らないのだ。

何も知らないから、何も書かれていないノートからは、何も読み取ることができないのだ。

だが、その何も書かれていないノートに、彼はすでに表題をつけている。

それだけが、彼には見えている。だから――。

彼にだけ見えるその表題を、彼は、静かに読む。

「……『The Book』」

ザ・ブック――十和田只人の小さな呟きは、まるで幻聴のごとく、いつまでも広間にこだまする。

32

井戸の梯子が、ひたひたと掌を冷やす。

黴の臭いと鉄錆《てつさび》の臭い、黒赤まだらなそれらの臭いが噎《む》せ返《かえ》る縦穴を、百合子は滑らないよう、注意深く下りていく。

これが――罠であること。

彼女は、とうに気づいていた。自覚の有無にかかわらず、導かれていく仕組みこそが、罠の本質だからだ。したがって、この先に不穏な何かが待ち構えていないなどということは、もはやあり得ない。

だが、そうと解っていても、百合子はあえて罠の中に自ら飛び込んでいく。

なぜなら、すべてはこの先で収束しているからだ。

言わばこれは、罠でありつつ、かつ真理への唯一の入り口でもあるのだ。

だから、百合子は——。

そっと、井戸の底に降り立った。

湿気があるが水はない。代わりに、真っ直ぐ真横に煉瓦の通路が延びていた。

通路の天井には明かりが灯っている。頼りない裸電球だが、明かりがあるということは、ここが人の立ち入ることを前提とした場所であることを示す。

やはり、これはただの井戸ではなかったのだ。

確信の下、百合子は煉瓦の通路を進んでいく。

しかし、通路はやがて、行き止まりへと至る。

そこにあるのは、錆《さ》びついた一枚の鉄の扉だ。

どうする？

もちろん開ける。ためらうことなく、百合子は、鈍色の扉の中央に突き出たノブを引く。

——ふわり。

風が百合子を、扉の向こうへと運んだ。

実際は、そんな生易しいものではない。強大な力が無理やり百合子をさらなる奥部へと引き込んだのだが、なぜか百合子は、まるで揺り椅子に腰かけているかのような安楽さとともに、気がついたときには、すでに運ばれた後だった。

背後で鉄扉が閉じ、それはもはや開かなくなった。

すぐに百合子は気づいた。

なるほど、ここには気圧差があり、扉はその気圧差を利用し開かなくなったのか。

つまり、鉄扉もまた、弁なのだ。とすると――。

「……もう、戻れないってことね」

百合子は呟いた。

井戸を下りているときならば、煉瓦の通路を歩いているときならば、私はまだ引き返せた。「やっぱりやめた」と言って、教会堂をいつでも去れた。

だが今や、退路は断たれた。

引き返すことは、もはやできないのだ。そのための唯一の出口である鉄扉が開かないのだから。

不安と恐怖が、百合子の胸中に湧き上がる。

だが、すぐに彼女は肚《はら》を決めた。

いずれにせよ、ここまできてしまえば進むしかないのだ。今さら不安だとか怖いとか言ったところで、なんの益も生みはしない。

丹田《たんでん》にぐっと力を込めると、百合子はさらに先へと進む一歩とともに、前を見た。

ここは——コンクリートの通路。

一直線に、正面に延びている。

やけに天井が低い。明かりも点いてはいるが、暗くて五メートル先の様子もよく解らない。

さっきより、暗くて、狭い。

さっきより、水が強く臭う。

さっきより、何かを感じる。

百合子は思う。先に何かがある。いや——いる。

行く手に延びる通路の消失点。その暗闇に目を凝らすと、百合子は壁に手を当てながら、その無機質さを感じつつ、歩を進めた。

33

神は思う。

まったく酷い場所ね。ここは。

ここにきた人間は、ひたすら苛まれる運命にある。肉体的にも、精神的にも、そこにはいかなる慈悲もなく、選択の余地さえなく。

そういえばこのあたりは、かつて地獄谷と呼ばれていたのだっけ。

なるほど、的確なネーミングね——神は、人差し指を顎に当てた。

そう、その名のとおり、もうすぐ地獄が彼女を襲うのだ。

今、上はもうもうとした白い蒸気に満ちている。摂氏百度を超える、熱エネルギーの塊だ。あの中に人間が入れば、間違いなく生きてはおれまい。どのくらいの温度かは解らないが、一息吸い込めば肺と気道の粘膜が爛《ただ》れ、呼吸困難に陥っていくだろう。

そんな危険物が充満しているなど、ここにいるだけでは微塵《みじん》も感じない。それだけコンクリートの壁が厚く、ハッチの遮熱が優秀だということだ。だからこそ今、目の前でハッチに手を伸ばしている百合子は、自らが起こしている行動が自殺行為と同値のものだということさえ知らないまま、ゼロへと吸い込まれようとしているのだ。

だから、神は。

「かわいそうな、百合子ちゃん」

呟いた。マジックミラーの向こう側に姿を見せた、百合子に。

34

再び、通路が突き当たる。

思わず百合子は目を細めた。通路の行き止まりに、突然現れた巨大な一枚ガラスに、百合子自身の姿が映っていたからだ。

「何……これ？」

呟きながら、百合子はそっと鏡に歩み寄る。

鏡の中で、もうひとりの百合子が、訝しげな表情を浮かべたまま近寄ってくる。彼女はゆっくり左手を上げると、こちらへ掌を向け、そのまま百合子の右手と掌をあわせた。

——えっ？

「熱っ」

思わず、そのガラス面から手を離す。

今のは、なんだ？　——おそるおそる、百合子は再び同じ場所に掌を当てる。

「……えっ？」

熱くは——ない。

むしろ、冷たい。氷のようだ。そう思ううちにも、滑らかな平面が容赦なく指先の熱を奪っていく。

もしかして、冷たさを熱さと勘違いしたのだろうか？　きっと、そうだ。そうに違いない――自分を納得させると百合子は、冷たさが耐えられないほどの痛みに変わる寸前、そっと手を離した。

両手をこすりあわせつつ、周囲を見回す。

ここは、鏡に遮られた行き止まり。引き返すこともできない。だが、見る限り活路はまだある。

排水口が、床に開いている。

そしてハッチが、天井にある。

どうする？　自問する。排水口に飛び込む？

いや――百合子は首を横に振る。この穴はどこに続いているか解らない。下手をすれば、行ったきりになってしまう。

とすれば、残りの選択は、ひとつだけだ。

百合子は、天井を見上げる。

四角いハッチが手の届く場所にあった。人がくぐれるほどの大きさがあり、ハンドルもついた、いかにも開けてくださいと言わんばかりのもの。

要するに、ここでは上へ行けということらしい。

ふと――百合子は疑問に思う。

皆も、そうしたのだろうか？

小角田も、脇も、船生も、毒島も――そして神や、兄も、このハッチを上がったのだろうか？

だとすれば、私もそうすべきなのだろうか？

ハッチを上がって、いいのだろうか？

これこそが「罠」そのものなのではないか――？

暫し、百合子はそのハッチをじっと見つめていた。

だが、やがて百合子は、意を決する。

「罠」だって構わない。だからなんだというのか。

さっきと同じことだ。ここまできてしまえば、今さら躊躇することには、なんの意味もないのだ。

何度も自分を鼓舞したように、いずれにせよ進むしかないのだ。

「……よしっ」

掛け声で逡巡にけりをつけると、百合子は、ハッチのハンドルに手を掛けた。

35

いよいよ、マジックミラーの向こうで、釜の底が抜けようとしていた。

そんな様子を、じっと窺いながら、神は思う。

——どうする？　助ける？

「……ふふ」

ふと神は、口の端に笑みを浮かべる。

彼女を助けるのは、そう難しいことじゃない。

私が簡単なひと動作をするだけで足りる。

すなわち、こちら側の小さなハッチを開ければよいのだ。右手を上げる。ハッチを引き下げ、開放する。それだけの簡単な動作で、ここは上の部屋とつながり、気圧差によって熱の塊がすべてこちらへと逃げてくる。

そうすれば彼女は地獄を回避する。

つまり助かる。子供でも解る簡単な理屈だ。

もっとも、そうすれば地獄は私に襲いかかる。

私は、ゼロに帰する。すなわち、死ぬ。

もちろん——それはそれで、構わない。

ゼロと関われば、ゼロに帰することもある。算術とはいつも正確なものだ。そのごく当たり前のことに思考を割くことはなく、死ぬことそのものは、それ自体として仕方のないことと、神は割り切っている。

しかし——。

神は思う。だから承服できるというものでもないのだ、と。

それに、たとえこのゲームがこの場で結着したところで、輪廻はなお続いていくのだ。

輪廻——すなわち、ここにいる限り、主体は死に至るまで選択を迫られ続け、その主体も終わることなく引き継がれていくだろうという悪《あ》しき循環。

つまり、今天秤《てんびん》にかけられている彼女の命と私の命、どちらの錘《おもり》が下がっても、輪廻が続くという結果には変わりがないということ。

血の池と針の山、どっちがいい？

ナイフとロープ、どっちがいい？

死ぬのと死ぬの、どっちがいい？

つまるところ、囚人たちが最悪の選択をするしかないことこそが、この空間の帰結なのだ。

しかも、未来永劫《えいごう》、いつまでも。

だから、神はなおも思う。

だからこそ、藤衛は誇示しているのだ。我こそがゼロなのだと。

とことん人間を弄び、まるでそのことが当然かのように振るまう。まさしく、それこそがすべてをゼロ自身に帰するゼロの特権なのだと言わんばかりに——。

——さて。

マジックミラーの向こうを見つつ、一息を入れた神は、再び自問する。

——どうする？　助ける？

その解は、すでに決まっていた。

「『助けない』……単純《シンプル》ね」

だから神は、なんらの行動を起こすことはなく、百合子をただじっと見つめている。

神は決めていたのだ。

百合子を「助けない」。だから「何もしない」と。

単純な結論。ただそれだけのこと。

もちろん、神はこうも決めている。

——「見捨てない」

助けない。何もしない。でも、見捨てない。

そんな虫のいいことが、可能なのだろうか？

誰でもそう思うだろう。そんな神様のごとき差配を人間がなすことなど、無理だ、不可能だ、何もせずして何かを達成することなどできはしない、と。

だが、神は信じている。

あのとき、神がそっとあわせた手。マジックミラー越しに触れた、百合子の右手。あのとき、彼女にもきっと伝わっているはずなのだ。神の心が。

――冗談めいている？

ええ、確かに冗談のようなものかもしれない。

実際、これは冗談だと、神自身が思っている。

だが、稚気な冗談でも、時には不思議と真実味を帯びることもあるのだ。

要するに、神は、百合子を信じたのだ。

きっと、百合子も解っているに違いない、と。

だから、神は――。

「……ふふ」

いつもと同じように、口の端に笑みを浮かべながら、じっと百合子を見つめつつ、心の中で呟いた。

――ねえ、百合子ちゃん。あなただって、そう思うでしょう？

36

――百合子。

「えっ？」

ハッチを開けようとしていた右手を止めると、百合子は周囲を見回した。

コンクリートの通路。一面の巨大な鏡。排水口。そして黴臭く、ひたひたと淀む冷気。それ以外には何もなく、誰もいない。この教会堂の地下には当然、誰かがいるはずもないのだ。だが――。

今、誰かが呼んだ。

誰かが、確かに、私の名前を呼んだ。

「……誰？」

虚空に向かって呼び掛ける。

その上ずった百合子の声はいつまでも反響し、ついには獣の唸り声のような低い音に変わっていく。

もちろん、誰かが返事をするわけではない。

百合子は、眉間に皺を寄せ、首を傾げる。

――気のせい、だろうか。

この場所を支配する静けさ、寒さ、閉塞感、そして緊張――それらが、百合子の鼓膜に実際にはない音をもたらしたのかもしれない。

きっとそうだ。いや――。

百合子は思う。ただの気のせい。そうに違いない。それ以外に考えられない。誰かがいるなんてことがあるはずないし、だから私は何も恐れることはない――はず。

首を大きく何度も左右に振り、からみつこうとする妄想を振りほどくと、百合子は改めて右手をハッチに掛けた。そのとき――。

ふと百合子は、その存在に、気づく。

彼女の手首に、巻かれたもの。

それは、ダイバーズウォッチ。

私の、そして兄の、腕時計だ。

ふと――どうしてかは解らないが、そのひびが入ったサファイアガラスを見つめているうち、百合子は、直感的に思った。

――だめだ。

「えっ」

百合子は自分で驚きの声を上げる。

だがその内なる声は、やはり繰り返していた。

だめだ——今はだめだ、百合子。

ハッチを開けてはならぬ。

「……どういうこと」

思わず、呟きを漏らす。

なぜ、開けてはならないのだろうか。

だがそれでも、直感は、強く告げているのだ。

だめだ——だめだ。今はだめだ、と。

だから百合子は、ハンドルから手を離すと、そのまま、ふらふらとした足取りで、通路の壁際へと移動すると、そこに壁を背にして座り込んだ。

すぐ横に、排水口が口を開けている。そこから滾々と湧き出す冷気と、コンクリートの床に体温を奪われ、百合子は無意識に自分の足を抱え込む。

そして、体を丸めるように俯くと、黒ずんだ床を見つめながら、改めて彼女は考えた。

今は、だめだ。開けてはだめだ——なんて。

どうして私は今、そう思ったのだろう?

何か、理由があったわけじゃない。

理屈があったわけでもない。

言わば単なる、勘。直感が、そうさせた。

強いてその直感の出所を探るなら、もしかしたら、怖気づいたのかもしれない。

怖くて開けたくはない気持ち、それが開けてはならないと自分に命じたのだ。

そうだ、きっと、そうだ。

だから私は、開けなかったのだ。

だが——それにしては不可解だった。

開けてはだめだと、今の私が、強く私自身にそう命じたということ。

その理由が恐怖感にあるとしても、ならば同時に存在するこの確信を、私はどう説明したらいいのか。

そうだ。今、私は、ハッチを開けてはだめだと強く自分に命じているとともに、こんな確信を持っているのだ。すなわち——。

開けてはだめだ——今は。

なぜなら、いずれ、開けるべきときがくるから。

そのときは、きっと、誰かが呼んでくれるから。

今が、そのときだ——と。

「まさか、ね……」

自虐的な笑みとともに、百合子は、その荒唐無稽な思考を一笑に付す。

誰かが呼んでくれるだって？　まさか。

ここには、私しかいないのだ。

なのに、誰かに呼ばれようはずがないじゃないか。ましてや、その誰かが「今が、そのときだ」と、開けるべきときまで示唆してくれるなんて。

馬鹿げてる。けれども――。

百合子はそれでも、膝を抱えて、待つ。

なぜか、その、馬鹿げた直感を信じて。


そして――。

それから、何時間が過ぎ去っただろうか。

静かで、寒くて、狭苦しいコンクリートの通路。その壁際で背を丸めたまま、微動だにしない百合子。

そんな彼女を、確かに、誰かが呼んだのだ。

「今が、そのときだ」と――。

37

十和田只人は、教会堂を歩いていた。

ここにきてからというもの、彼が定まった場所に腰を落ち着けていることはなかった。最低限の休息を取り、最低限の沐浴《もくよく》をし、最低限の食料を口にする。それ以外はひたすら、真紅のローブを身にまとい、教会堂で思索に耽りながら過ごすのだ。

そして、稀《まれ》に誰かが訪れたときには、その彼を、あるいは彼女を誘うのだ。そうやって、彼が守るべきものを粛々と守ること――それが、十和田に与えられた役目だったから。

十和田はだから、その役目を――すなわち「守り人」という、彼が信奉する神から与えられたその尊い仕事を、ひたすらこなしていたのだ。

飽きることはなかった。

もっとも、数学者という人種においては、もしかするとそんな概念は存在し得ないのかもしれない。彼らの頭の中は、いつも疑問と論証とでごった返しているからだ。それらの間に「飽きる」という考えが入る隙間など、ほんの少しも存在してはいない。

十和田も、そういう類いの人間だった。

つまり彼は、常に考える人種だった。

何を考えるのか？　決まっている。

——真理だ。

その問いは、解くことにより世界の真理を知ることができるもの。ひいては、この世界を手中に収め得るもの。だから十和田は、幼少期にその問いの存在を知ってからというもの、今に至るまで、その一生の大半を、その問いに捧げて生きてきたのだ。

つまり十和田は、真理に取り憑《つ》かれていたのだ。

だが真理とはやはり、そう簡単に彼の前に姿を現すことはなかった。

大切なものは、目には見えないもの。容易に見せてなどくれないものなのだ。

ましてやこの真理は、かつて人間が見たことがないもの。だが、だからこそ十和田は強く願った。

——見たい、と。

願望、切望はやがて渇望へと変わり、ついには彼の最上の価値観となっていったのだ。

その象徴こそが「ザ・ブック」なのかもしれない。

今まさに十和田が手にしていながらにして、その一切が十和田の手中にはないものなのだから。

気がつくと、彼は聖堂にいた。

いつの間に、ここを目指したのだろう。

十和田には、まったく覚えがない。

それが、あまりにも思考に夢中になっていたせいなのか、それとも一切思考していなかったからなのかは、もはや彼自身にもよくは解らなくなっていた。

ただ、十和田は別に、そんなことはどちらでもいいことだと考えていた。原点と無限遠点とは、考えようによっては似たようなものだからだ。ならば、別にどっちだって構わないじゃないか。

とはいえ、この二つには明確な差異もある。無限遠点は仮想的な概念だが、原点はこの上なく現実的な概念だということだ。

すなわち、仮想と現実。

あるいは、夢と現《うつつ》。

僕は、そのどちらに属するのだろう？　ふと十和田は思う。どちらでも構わないとしても、それだけは、とても大事なことなのかもしれない。

だが――今あるのは、あくまでも、それらが混濁しているという胡乱《うろん》な理解だけだ。

だから何もかもが胡乱なまま、胡乱な十和田は胡乱に聖堂の中央へと歩み寄る。

手にはノートがある。強く握りしめたせいで、その背表紙は折れている。

僕は――。

十和田は、聳え立つ十字架に正対すると、一度ほっと息を吐き、俯いた。それから、暫しの間、その根元をじっと半目で眺めていた。

やがて、十和田は、何かを思い出したようにフードを脱ぎ、顔を上げる。そして眩《まぶ》しそうに目を細め、十字架を仰ぐと――ぽつりと、呟いた。

「僕は……勝てるのだろうか？　神とのゲームに」

ふと――気配。

誰だろう？

十和田は、ゆっくりその方向を見る。

そこに見えたものに、彼は――。

無意識に鼈甲縁の眼鏡のブリッジを押し上げつつ、口の端を上に曲げて、言った。

「……やあ」

38

こつ——。

ハンドルを握る手を引き上げると、金属が擦れあう小気味のいい音とともに、床のハッチが開いた。

そして、ぽっかりと穴が開く。

何かが吹き上げてくるでも、自分が吸い込まれるでもない。

目を細めつつ、百合子は思う。

——この下に、何があるのだろうか？　穴の奥には、ここと同じほのかな光に満ちた空間があるように見えるが——。

もっとも、その疑問に対して為すべき行動はひとつしかない。下りればいいのだ。

呼び掛けにしたがってこの部屋に上がってきたのと同じように。

ここまできてしまえば、すべては「案ずるより生むが易《やす》し」なのだ。ここでためらう理由はもはや、微塵も存在しない。

「よしっ」

入ろう。意を決すると、百合子は床に開いた穴へと、おもむろに足を差し込み

——。

「きてはだめよ」

「ひゃっ」

ひと声——誰もいないと思っていた場所からの。

仰天した百合子は、反射的に足を引き抜いた。

「うわっ」

ずるり、と足が滑り、尻餅をつく。

尾骶骨に電気が走り、声にならない声が漏れた。

「大丈夫？　百合子ちゃん」

穴の下から、無言で呻く百合子を気遣う言葉。

だがその声は、くすくすと愉しそうだ。

「落ちないように、気をつけてね。そうなれば、せっかくのあなたの選択も無駄になってしまう」

百合子は思う。この声には聞き覚えがある。いや、私はこの声の主を、よく知っている。

尻をさすりながら、穴の中をそろりと覗き込む。

そこには——。

「……あなたは」

黒いワンピース。長く艶やかな黒髪。

そして、すべてを見透かすような黒い瞳。

「久しぶりね。あなたなら、間違いなくここまでくると思っていたわ」

そこには、百合子を見上げる、善知鳥神がいた。

ここに入ってはだめ。代わりに私を引き上げて。

神の指示にしたがい、百合子はハッチの穴から、右手を差し出した。

冷たいが、疵《きず》ひとつない滑らかさを持つ、まるで金属のような彼女の手首――それをつかむと、百合子は引っ張り上げる。

拍子抜けするほどの軽さ。重力を無視してふわりと飛んだかのような錯覚――気がつくと神は、そのまま百合子のいる部屋へと上がってきた後だった。

神は、黒いワンピースの肩口についたわずかな埃を、そっと手で払いながら言った。

「ありがとう、百合子ちゃん」

「えと、あの、その」

どういたしまして、の一言が出せないでいるうち、神はいきなり百合子の手を取った。

「さあ、戻りましょう」

「え、えっ？」

戻る？　突然の言葉に百合子はどぎまぎする。戻る——突然戻るって言ったって。

「ど、どこにですか」

「決まってるわ。鉄の扉の向こうよ」

「えっ？　鉄の？」

「そう。急いで戻るのよ。夢の世界《ゲーム》から、現実の世界にね」

言うなり、神は百合子の手を引く。

「わわ」

華奢《きゃしゃ》な身体からのものとは思えないほどの力。引きずられるように、百合子は神の後を追った。

神は、戻りのハッチに駆け寄ると、そのハンドルを握り、押し開け、するりと床へ滑り込む。

無駄のない一連の動き。百合子も、まごつきつつ神に続き、下のコンクリートの通路へと落ちる。

「早く」

半分だけ振り返りつつ、神は通路を戻っていく。

「あ、善知鳥さん、待って」

百合子は足が滑りそうになるのをこらえつつ、神を追いかける。

神は、とん、とん、と軽く叩くような小気味のいい音とともに、疾風のごとく通路を駆け抜けると、すぐに鉄扉の前までたどり着いた。

ふわり、と満開の花弁のように膨らみ、それから徐々に元の大きさへと閉じていく黒いワンピースの裾。漸く神に追いついた百合子は、膝に手を突き、はあはあと息を吐きつつも、神に言った。

「そ、その扉は、開きません」

「そうなの？」

「ええ。気圧差があって、開かない仕組みになっているんです」

だから引き返すことはできない――。

そう、荒い息の合間、声を嗄らしながら述べる百合子に、神は「ふふ」とまたあの余裕の笑みを浮かべつつ、言った。

「本当に、そう思う？」

「どういうことですか」

「百合子ちゃん。あなたは今、私たちに与えられている唯一の機会の真っ最中にいるのよ」

「唯一の……機会？」

「そう。捉えているの。『たったひとつの解』を」

たったひとつの――解。

ふと――その言葉に、呼吸が不思議と整う。その百合子の静かな息継ぎの合間に、神は唐突に問う。

「……ここがどういった場所かは、解る？」

「え、ええ。教会堂の下です」

地上の迷路のように入り組んだ構造、その最奥にある井戸から入ってきた、地下だ。

神は小さく「そう、教会堂よ」と頷いた。

「教会堂は地上に建てられているけれども、その核心部分は、実は地下にある。地上と地下。もしかするとこれは実数と虚数のようなものかもしれない。実数という実相を求めて人は教会堂にくる。でもいつの間にか虚数という虚像に囚われ、抜け出すことができなくなる。つまり、実と虚とを併せ持つ」

実と虚――神は何を言おうとしているのだろう。

言葉の意味を吟味する百合子に、神は再び問う。

「百合子ちゃん。この教会堂は、どんな場所に建てられているか知っている？」

「どんな、場所……？」

教会堂は、どこに存在している——建っているのかということ？

「それは、Y山、ですよね」

「そう。教会堂はY山の中腹。人のほとんど立ち入らない場所にある。なぜ人が立ち入れないかは、Y山はどういう山だったかということと関係がある」

「……活火山、だからですか」

「そのとおりよ」

神は、目を愉しげに細めた。

「Y山は温泉も湧く活火山。人はその山から大きな恩恵を受けている。でも本来、火山というのはとても恐ろしいものよ。噴火。噴煙。マグマ。熱水。そして蒸気。山は人間が到底抗い得ない自然、あるいは神の力を体現するものよ。だからこそこの堂は、ここに建てられた。神の力を利用するために」

「…………」

無言のまま次の言葉を待つ百合子。神は続ける。

「Y山の中腹にある教会堂。その地下に作られたこの空間。どういう構造だったかは、もう百合子ちゃんも十分に理解しているわね」

神は、視線をわずかに上げる。耳に掛かっていた黒髪が数本、はらりと頰に落ちる。

「この地下空間へは、井戸の底から入ることができる。通路の奥には二層の構造がある。上の空間はひとつだけ、下の空間は二つに分かれている。下の空間はマジックミラーで分けられ、上下の空間はハッチで分けられている」

その言葉に、百合子は漸く知る。あの鏡はマジックミラーになっていた――つまり、百合子が鏡を覗いている姿を、神もまた等しく見返していたのだ。

「さて、この地下空間には、Y山の偉大な力が満ちているわ。それは地震、地殻変動、あるいは地熱、蒸気。つまり、火山の力。百合子ちゃん、上の部屋はね、本当は、そんな火山に由来する水、温水、あるいは蒸気が充満する場所なのよ」

「そうだったんですか?」

「そうよ。Y山には、有名な間欠泉がある。上の部屋は導管でその間欠泉とつながり、連動しているの。だから上の部屋は、時間によって水で満たされていたり、熱湯で満たされていたり、あるいは熱い蒸気で満たされたりすることになる。それらは排水口から再び導管で教会堂の外に排出され、川の源流となっていく。館の外にある湧水池が、それね」

「まさか……」

「もちろん、そんな仕掛けがあることにあなたは気づかなかったし、今も気づいていなかった。ある意味で、それは当然のことよ。だって百合子ちゃん、あなたが上の部屋に上がったときには、そんな危険なものはなかったんだもの。……でも、これは本当のことなのよ。マジックミラー越しに下から観察していれば、一目瞭然の、事実」

「…………」

暫し百合子は啞然とし、次いで、戦慄した。

なぜ私が上がったときには、何もなかったのか。その疑問はさておき、もし上の部屋が水、温水、あるいは蒸気で満ちていた瞬間に、ハッチを開けていたならば、私はどうなっていたのだろうか――？

そんな様子の百合子に、神は言う。

「どうして天井のハッチを開けても無事でいられたのか。もしも上が水や熱湯や蒸気で満たされていたならば、命はなかったはず。溺れた小角田さんのように、熱湯で火傷を負った脇さんのように、あるいは蒸気で気道を焼かれた船生さんと同じ運命をたどったはず。なのに、なぜ私は平気なのか。あなたは今、そう訝っているのでしょう？」

「……はい」

「ふふ。素直ね」

口角を上げる神。だが、疑問に対する解は述べないまま、先を続ける。

「ところで、ここには別の仕掛けもある。百合子ちゃん、あなたには解る？」

数秒考え、百合子は答える。

「もしかして、気圧……ですか？」

「ご名答」

一ポイント、差し上げる？——愉しそうにくすくすと笑いながら、神は言う。

「この空間は、外よりも気圧が低くなっている。負圧になっているのね。おそらくは地下を流れる水脈や蒸気が作り出すものでしょう。こうして生じた負圧が、この空間に、ある種の罠を構築する」

「それが、開かない扉」

「そう。鉄扉やハッチが一方通行となることで作り出される、弁よ。入ってしまうともはや出ることができなくなる弁。言わばこれは、蟻地獄《ありじごく》のようなものかもしれない」

神は、一拍を置くと続ける。

「負圧の罠は、この空間に二ヵ所設けられている。ひとつはこの鉄扉。向こう側は一気圧だけれども、こちら側はそれよりも気圧が低くなっている。そしてもうひとつが、最後のハッチ。最後の部屋は、ここよりもさらに気圧が低く、行き止まりを作る」

「だから、ここにきた人々は皆、気圧の低いほうへ、低いほうへと吸い込まれていって、ついには袋小路に取り込まれていった」

「巧妙なのは、最後の部屋にたどり着いて初めて、それらすべての仕掛けに容易に気づくのだということね。自分の背中を押したものの正体はなんだったのか、何が起こっているのか、これから何が起ころうとしているのか、マジックミラー越しに、すべてを見ることができる。そして彼らは、好むと好まざるとにかかわらず、挑むことを強いられる」

「それが……ゲーム、ですか」

「そう。選択するの」

黒い瞳で百合子の目を射抜きつつ、神は言った。

「私が死ぬか、あなたが死ぬかの、二者択一を」

私。すなわち、善知鳥神。

あなた。すなわち、宮司百合子。

神が死ぬか、百合子が死ぬか。その二者択一を、神もまた選択したということなのか。

しん——と、不意に静けさが耳を突く。

痛みにも似たその感覚。思わず顔を顰める百合子に、神は続ける。

「これは、恐ろしい選択よ。二つしか選択肢はなく、しかも結果としては同じことを意味するのだから。つまり、あなたを死なせれば、私は死なない。でも選択はその後も永遠に続くから、いずれ私は死ぬ。では私が死ねばどうなるか。あなたは死なない。でもあなたは必然的に私と同じ立場に立つ。あなたは私になる。とすれば……」

「私も、死ぬ」

「そういうこと。選択が無限に続くという前提に立つ限り、私たちは結局、どちらも死ななければならない。しかも選択を強いられる者は、常に引き継がれていく。輪廻するの。教会堂という誘因装置が新たな獲物を連れてくるから。こうして役目は引き継がれ、そこにゼロを生んでいく。そう、言わばこの教会堂は、ゼロを掛けあわせるための関数なの」

「…………」

百合子は、黙した。

神は言った——「輪廻する」と。

そして、この教会堂が、ゼロを掛けあわせるための関数となっていると。

確かに、そうだ。実際に、まさしく輪廻するように、教会堂へと赴いていった人々

――小角田、脇、船生、毒島たちは、次々とゼロを掛けあわせられ、死んでいったのだ。

だとすれば――。

兄は、どうなったのか？

そして、私たちは、どうして――。

「あなたは今、なぜ私たちが輪廻の輪から脱し得たのかを考えている」

見透かすような一言。

こくりと頷く百合子に、神は続けた。

「なぜ私たちは、輪廻から逃れ得たのか。その解は、さっきの疑問の解でもある。つまり、なぜハッチを開けても無事だったのか、罠から脱し得たのか」

「その、解は？」

「簡単なことよ。上の部屋に、何も満たされていなかっただけ」

「……？」

「そのときだけは、二者択一の選択をしなくてすむのよ。だから二人とも生きた。ごく当然のこと」

「え、ええと……」

言っていることの意味が、よく解らない。

目を瞬く百合子に、神は優しく、説明する。

「上の部屋は間欠泉と連動している。私はさっき、そう言ったわね」

「は、はい。だから上の部屋にはいつも、水か、熱湯か、蒸気が満ちていると」

「それは、正確じゃないわ」

「えっ？」

「確かに私は、『時間によって水で満たされていたり、熱湯で満たされていたり、あるいは熱い蒸気で満たされたりすることになる』とは言った。でも、いつもそうだとは言っていない」

「いつもじゃ、ない……？」

と、いうことは――。

「そうよ」

百合子の心の声に呼応するように、神は頷いた。

「地下水脈は低圧のほうへと流れていく。だからこの気圧の低い地下室も、地下水脈の流れる道筋になっているの。でもこの土地には、間欠泉がある。間欠泉には定期的に噴き出す瞬間があって、そのときだけは、地下水脈はすべてそこへと流れていく。だからその間だけは、上の部屋にも何もなくなる。水も熱湯も蒸気もなく、ただの部屋になるの」

「そうだったんですか」

「もちろん、その瞬間はそう多い頻度で起こるわけじゃない。起こるのは一日に一度、いつも同じ時刻、午前二時からほんの数十分だけのこと。それ以外の時間、上の部屋は常に危険物で満たされているの。だから……」

神が、不意に、百合子の頬にそっと掌を当てた。

びくりとしつつ、百合子はその手を受け入れる。

神は、言った。

「百合子ちゃん。あなたの選択は、正しかったのよ。そうでなければ、あなたは間違いなく濁流か、熱湯か、熱い蒸気の餌食になっていた。でもあなたは、わずかな数十分を的確に捉えて、ハッチを開いた。だから、あなたは唯一の正しい選択をしたの。その瞬間を『待つ』という選択を」

真っ白で、ひんやりと冷たい――けれど、どこか懐かしさを帯びた、掌。

その指先を頬で感じながら、百合子は答える。

「本当は……私が、選んだのではないんです」

「違うの？」

「……はい」

「あなたの選択じゃない、ということ？」

「ええ。私は……呼ばれただけなんです。『今が、そのときだ』って」

なぜだかつまる声。百合子は続ける。

「私、ハッチは開けずに、ずうっと待っていたんです。何を待っていたかは自分でもよく解りません。でも、それが正しいのだと思って、ずうっと……そうしたら、さっき、午前二時に、これがいきなり鳴り出したんです。これが」

百合子は、右手首を神に見せた。

「腕時計ね」

「私の……いえ、兄のダイバーズウォッチです。そのアラームが突然、鳴り出したんです」

――ピピピピピピピピ。

あのとき、百合子はびくりと肩を震わせた。無音だけが支配する空間を、突如として破る音。

その電子音の出所が、右手だと解ったとき、百合子は、気づいたのだ。そう――。

「『あ、今私は「呼ばれた」んだ』……そう、理解できたんです。だから」

「ハッチを、開けた」

「はい」

百合子は、素直な子供のように、頷いた。

そして、無言のままで思う。

そう。私は、呼ばれたのだ。

呼んだのは、誰？　それは、きっと――。

――兄だ。

間違いない。兄が午前二時にアラームをセットしたのだ。二十四時間の中で、その一瞬だけが安全なのだという情報を、このダイバーズウォッチに託したのだ。アラーム機能を使って――。

でも、どうして、そんなことを？

陳腐な問いだ。そんなの、すぐに解る。

知らせるためだ。この私に。

百合子は、強く下唇を嚙む。そんな彼女の肩をそっと撫でながら、神は、慈しむように言った。

「あなたを呼んだ人は、限りなくゼロに近づいたのね。そしてそのおかげで私たちは、均衡を崩し、最適な選択をすることができた。あなたは……私は、その人に感謝をしなくてはならないわ」

「…………」

無言で、百合子は頷いた。

そうだ。私は感謝しなくてはならないのだ。私がここまで生きてこられたのは、すべて、兄のおかげなのだと。

「でも、話は一旦ここまでとしましょう」

神が、ふと百合子の唇に人差し指を当てた。

「私たちの目的は、今はこの罠から完全に脱出することよ。まずはきちんとここを出てから、お話を続けましょう」

「そ、そうですね……でも」

まごつきつつも、百合子は言う。

「どうやったら、ここから出られるんですか？　この鉄扉は弁になっていて、開けられないはずです。どうすれば、それを開けられるんでしょうか」

「……開けられないの？」

「はい」

「実際にやってみた？」

「ええ」

「いつ？」

「ここにきたときに」

あのとき、鉄扉はもはやいくら押しても、うんともすんとも言わなかったのだ。

「一回はやってみた。だからもう開かない。ねえ、百合子ちゃん……そんなふうに考えるのは、とてももったいないことなんじゃないかしら？」

神は、鉄扉のノブに手を掛けた。

「どうして扉が開かないか。それは、気圧のせい。こちらが負圧になっているからよ。でもね……だとすると、おかしいと思わない？　さっき、あなたは、ハッチの中に引きずり込まれなかったことが」

「あっ」

──そうか。百合子は気づく。

そしてすぐに、ダイバーズウォッチを確かめる。

この多機能な腕時計には、気圧計もついていることを思い出したのだ。

素早く竜頭を二回押す。すぐ、文字盤にデジタルで表示された値は──。

「九百九十八ヘクトパスカル……ほぼ一気圧」

「今、このときだけは、地下の気圧はすべて元に戻るのよ。間欠泉の流れは、地下水脈全体の気圧も均《なら》す。だから気圧も陸上と同じ、正常値に戻る」

「そうか、それなら」

扉を押さえつけていた強大な大気の力も消え、開けられるようになる──。

神は、ゆっくりと鉄扉を押す。

ゴゴゴ——と、金属とコンクリートが擦れあう音とともに、鉄扉は——。

「……開いた」

射し込む淡い光、まろび入る空気。いずれも「罠の外の世界」にあるそれらに、百合子は目を細めた。

そんな百合子に、神は言う。

「あなたを呼んだ人が見抜いたのは、単に間欠泉がこの時刻に止まるということだけじゃない。同時に、気圧差がなくなり、元の一気圧に戻るのだということも見抜いたのよ。それも、そのダイバーズウォッチのおかげかしら？　いいえ、そうではないと私は思うわ。いつ二者択一の選択を迫られるかも解らない状況で、冷静に何かを見抜くことは、人間にはできないこと。その意味で、あなたを呼んだ人は、ゼロの近傍にいた……いや、ゼロに、なったのね」

そして神は、扉を颯爽《さっそう》とくぐると、「罠」から自らを解き放った。

慌てて、その悠然とした後ろ姿を追う百合子。

だが——。

百合子はそのとき、神の発した不穏な言葉を、心の中で、いつまでも繰り返していたのだった。

——ゼロに、なったのね。

——あなたを呼んだ人は。

39

「教会堂は複雑なように見えるけれど、その動線はすべて、井戸のある部屋へと収束している。百合子ちゃん、そのことに、あなたは気づいていた？」

先を歩く神が、悠然と問う。

「はい」

百合子は、小さく首を縦に振る。

「逆方向は行きづらい構造の扉が弁となって、動線を制限する役割を果たしています。そのため、人は誘導される」

「そうね」

背中越しに、神は頷いた。

「だから、教会堂はそれ自体が巨大な『罠』を構成していると言えるでしょう。しかも、ほとんどの場合、その事実を見抜いても、つまりこれが『罠』だと解っていても、あえてその『罠』に飛び込んでしまう。それがこの『罠』の偉大なところよ」

鉄扉を通り抜け、井戸を出るとすぐ、神は迷路のような部屋を移動し始めた。彼女の歩みはまったく迷いがなく、すでに自分の行くべき場所が解っているように思えた。もっとも、そこがどこなのかは、百合子には——薄々、感づいてはいたが——まだはっきりとは解らない。

だから、後を追いかける百合子に、神は言った。

「そして、この『罠』の核心部分には、『ゲーム』がある」

「井戸の奥にある、地下の部屋ですね」

「そう。すべてが自然現象により動かされ、複雑な構造を持ったあの『ゲーム』は、いくつかの条件に支配されている。つまり……」

ゲームに挑む者Aは、もはや生きては出られない。

Aを助け出そうとするBは、誘引されるまま前へと進み、何も知らないまま、死ぬ運命にある。

それを阻止するために、Aは、自分の命を差し出す必要がある。

Bが死んでも、Aの立場は変わらない。

Aが死ぬと、Bが次のゲームに挑む者になる。

「結果として、AとBは、お互いにさまざまな選択肢を取り得るにもかかわらず、結局はその選択肢を選んでしまうことになる」

「それが、『Aが死に、Bが次のゲームに挑む』ことだなんて……なんて、残酷なんでしょうか」

「そうね。残酷だわ。でも、精緻でもある」

感心したように、神は続けた。

「このゲームは、ある意味でゲーム理論を体現している。ゲーム理論は、ナッシュ均衡という解を持つけれど、その解の中には、お互いに不利益だと解っていながら、その選択肢を選ばざるを得ない、ジレンマに満ちたものがある」

「『囚人のジレンマ』ですね」

「それを知っているなら、これがパレート効率的ではない解を選んでしまう例だということも解るわね。客観的には、決して最善とは言えない選択であったとしても、当事者は必ずそれを選んでしまう。AはA自身を犠牲にして、Bを助けようとする。何も知らないBは、次代のAとなる」

「そしてゲームは永遠に、続いていく」

決して終わらないゲーム。永遠のゲーム。輪廻するゲーム。つまり、これは――。

「そうか、『回る』んだ」

「そのとおりよ」

百合子の呟きに、神がすぐ応じた。

「ここは教会堂。ゲーム理論にしたがい、人々が余地のない選択肢を選び取っていった結果、死の順番が回り続けるように仕組まれた、精緻な堂。つまり、藤衛が沼四郎に作らせた、死のゲームが回る、『回転する』堂なのよ」

——回転する。

そう、沼建築を語る際には欠かせないこの概念は、やはり教会堂でも生きていたのだ。

「回転の鍵となっているのは何か。それは、人間の心、想《おも》いよ。時には根拠薄弱にしてさえ最上の価値観として存在する人の情動は、理屈や正論さえ軽々と飛び越えて、人をしてここに誘い、人をして悩ませ、人をして輪廻を回していく。だからこの堂は、不動にして回るの」

堂は回転する。不動にして、輪廻を回すのだ。

だが、ふと百合子は思う。

確かに、輪廻は回っている。そして、その原動力になったのは、今まさに神が言ったように、人の想いにほかならない。

真理を求めた小角田。

小角田を探した脇。

二人の死の謎を追った船生。

彼女を慕った毒島。

彼の気概を受け取った兄。

そして――私。

すべては人の想いによって動かされている。そのことに異論はない。でも、そうだとすると。

神は、どうなのだろうか？

今、百合子の目の前にいる善知鳥神は、何を契機として、教会堂に赴いたのだろうか？

彼女をして輪廻に向かわせたものは、なんなのか？

つまりなぜ、彼女はここにきたのか？

だが、そんな疑問を抱いたことさえすでに見抜いていたかの如く、神は立ち止まると、振り向いた。

そして、じっと百合子を見つめた。

透徹する瞳。何もかも見透かす漆黒の虹彩。

「……え、ええと」

たじろぐ百合子に、神は言った。

「不動にして、回る。言葉の上では矛盾だわ。でも論理的には正しい。そんな世界を考案したのは、一体誰かしら？」

「そ、それは……」

百合子は、一拍を置いて答えた。

「……藤衛です」

「そう、藤衛よ」

神は、赤い唇に微笑みを浮かべた。

「彼は、真理を隠すため、沼四郎にこの館を設計させた。人を輪廻に陥れるために、実際にこの館を建てた。そして、館は正しく彼の思惑どおりに機能した。人を超えた原点に坐する、ゼロと呼ぶに相応しい男の、思い描いたとおりに」

神の視線を、百合子は無言で、しかし真っ向から受け止めつつ、思う。

そうだ。やはり、すべては収束するのだ。

藤衛という男に――。

百合子はだから、再び考える。

神はだから、ここにきたのだろうか？

だから――。

「善知鳥さんは……なぜ、ここにきたのですか？」

その疑問が、百合子の口を衝いて出る。

暫くの間《ま》。それから小さく首を傾げると、神は答えた。

「なぜだと思う？」

「……輪廻を止めるため、ですか？」

「違うわ。残念だけれども」

ふわりと黒髪に曲面を描きつつ、神は背を向けた。

「私がここにいるのは、誰かのためではない。私は、ひとえに私自身のために、ここにいるの。私の目的は、その名に相応しくあること。つまり、私自身を超えて、原点をも超えること。輪廻が止まったことは、その副次的産物にしかすぎない。輪廻などどうでもよかったと言っても、間違いではないわ」

輪廻など、どうでもよかった。

百合子は、その言葉に眉を顰めた。それはつまり、神が私たちを利用した、私たちがどうなろうと構わなかった、ということなのだろうか。

つまり私は、利用されたのだろうか。

湧き上がる不信感。だが百合子は、そんな感情に囚われつつ、しかし首を何度も横に振った。

彼女を信じられない？

それでもいい。それならそれで構わないのだ。

結果として、私たちが終わりのない輪廻から逃れ得たこと。それは、紛れもない事実なのだから。

そもそも、すべては藤衛の謀《はかりごと》であって、善知鳥神のせいではない。むしろ、輪廻を脱し、今現在ここにいられるのは、彼女のおかげだと言えるのだ。

それに――。

――輪廻など、どうでもよかった。

この言葉は、神のもうひとつの視点を示唆するように思われた。それは――。

――こんな輪廻など、簡単に抜け出られて、当然。

「……百合子ちゃん」

神が、不意に百合子に言った。

「私は、感謝しているのよ」

「感謝？　誰に、ですか」

「あなたを救った人。つまり、あなたをあのとき呼んだ、あの人に」

あのとき――つまり、ハッチを開けるべきときを待っていた、あのときのこと。

「その人こそ、藤衛が回し始めたこの装置を止めた人。だから私は感服してさえいるのよ。唯一の解を得るための唯一の証明を果たした、その洞察に」

そう述べる神に、ややあってから百合子は言った。

「それは……ちょっと違うと思います」

「どういうこと？」

「証明を果たしたのではありません。その人はきっと、超えたんです」

「超えた。何を？」

「原点を」

「…………」

百合子は、次の言葉を待つ神の背中に、力強く言葉を投げた。

「藤衛が利用した『人の想い』が、その思惑を超えて、輪廻を止めたんです。兄だけじゃない、すべての人の想いが原点を超えたんです。兄はその最後の礎になりました。確かに兄はゲームの均衡を破る鍵を見つけました。でもそれは兄だけの解でも、証明でも、洞察でもない。人の想いの積み重ねの上に生まれた偉大な結果なのだと、私は思います」

「……なるほど。まさしく、$e^{i\pi}+1=0$ね」

「え？」

首を傾げる百合子に、しかし神はくすりと笑うと、それきり口を閉ざした。

訝りつつも、百合子は、考える。

神の無言は、肯定だ。きっと、私は正しいことを言ったのだろう。だから、神はその言葉の正しさを、無言によって保証したのだ。だが――。

同時に、百合子は、不安をも感じていた。

私の言葉の正しさは、つまり、兄が輪廻の最後にいたということを示す。

輪廻の最後にいるということの、意味。

つまり、輪廻から脱する鍵を残しつつも、しかし兄自身が輪廻からは逃れ得なかったという、事実。

百合子は、思う。

兄は今――どこにいるのだろう。

そして、何をしているのだろう。

願わくは、無事であってほしい。

神の無言に、真摯な願いと祈りで応えながら、百合子は、彼女の後をただ粛々とついていった。

やがて――。

ほどなくして二人は、ある部屋へとたどり着く。

正方形、古い板張りの室。

ここは――聖堂。

教会堂のほぼ中央部に位置する、部屋。

その中央に聳え立つ、天井まである巨大な十字架の前に、男が立っている。

赤いローブを羽織る、俯いた男。

――十和田、只人だ。

気配を、感じたのだろうか。十和田は、ふっと気づいたように顔を上げると、ゆっくりと百合子たちのほうを見た。

フードは被っていない。

だから、彼の顔がよく見える。ぼさぼさの髪。顎一面に伸びる無精髭。大きな鼈甲縁の眼鏡の奥でぎょろりと覗く、色素の薄い大きな瞳。

十和田は、眼鏡のブリッジをそっと押し上げると、口の端を上に曲げた。

「……やあ」

十分に皮肉さを匂わせる短い言葉。そして――。

十和田は、言った。

「君たちは、勝ったのだね。……賭けに」

40

その一言一句を、百合子は、心の中で反芻する。

君たちは、勝ったのだね。——賭けに。

そして、神は——。

「ええ」

頷いた。なびく黒髪をまといながら。十和田の元へと、一歩前に出ながら。

「……そうか」

十和田もまた頷くと、神と百合子の顔を交互に一瞥し、それから神に「では」と問う。

「神くん。君の求めるものはそこにあったかね？」

「いいえ」

即答する。今度は首を、左右に振りながら。

十和田は、感情を含まない平板な——それがかえって、彼自身の濃密な心の動きを表しているとも推し量れる——口調で、「そうか」と言った。

「つまり、見つからなかったのだね」

「それも、違います」

「……違う？」

十和田の視線が一瞬、動揺するかのように震えた。

「どういう意味だ」

「探しものは、そこにはなかったということです」

「と、いうと」

「それは、ここにあるのです」

神の探しもの。それは「そこ」にではなく、「ここ」にある。そこ――とは、地下のことだ。では、こことは一体、どこのことだ？

いや――そもそも、神が述べる「求めるもの」、「探しもの」とは、なんのことなのか？

黙考する百合子の横で、神は続ける。

「十和田さん。いくつか尋ねてもいいですか？」

「……なんだ」

「ここは、教会堂ですね？」

「そうだ」

「十字架を掲げ、礼拝か懺悔を求める。十和田さんはその守り人としてここにいる」

十和田が目を細める。神が何を言おうとしているのかを、探るような目つき。

だが神は、あくまでも涼やかに、先を続ける。

「掲げられているのは十字架だけ。キリストの像はありません。したがってここは、カトリックではなくプロテスタントの教会だということになります。しかし、そう考えると矛盾が生じます」

「矛盾……とは」

「なぜ、あなたは『懺悔』を求めるのですか？」

——えっ？

なぜ懺悔を求めるのか、だって？

百合子は、思わず神の顔を見る。十字架を掲げるプロテスタント、すなわちキリスト教の教会であれば、別におかしなことではないのではないか。

だが神は、そんな百合子を一瞥することもなく、なおも十和田に問う。

「十和田さんならご存じだと思いますが、プロテスタント教会には、本来的に懺悔という仕組みがありません。カトリックでは七つの秘蹟《サクラメント》のひとつとして『ゆるしの秘蹟』すなわち懺悔が認められていますが、プロテスタントではこれを原則的に認めないからです。しかし十和田さんは、ここで『懺悔』をしろと言った。それは、なぜでしょう？」

「……それは、僕の無知ゆえだ」

「いいえ、違います」

十和田の弁解に、神はぴしゃりと反論する。

「そのくらいのこと、十和田さんが知らないはずがありません。にもかかわらず『懺悔』をせよと命じるのならば、そこにはなんらかの意味があると考えられる。では、それはなんなのか」

ふと思い出したように振り返ると、神は問う。

「百合子ちゃん、あなたには、解る？」

「え、ええと……」

唐突に質問された百合子は、面喰《めんくら》いつつも、暫し考えた後で述べる。

「二つの可能性が考えられます。ひとつは、懺悔するという行為そのものが、何か大切なものであるということ。あるいは、そもそもここがプロテスタント教会ではないということ」

「よくできたわ。正解は、その両方」

神は、にこりと微笑むと、十和田に向き直る。

「十和田さん。ここは、プロテスタント教会ではないのですよね。それは単に藤衛と沼四郎が後から付与したカムフラージュであって、もともとは『禅寺』だったのでしよう？」

「……えっ？」

神の言葉に、百合子は目を瞬く。

禅寺、つまり、禅宗のお寺だった？

どういうこと？　――と目を細める百合子をよそに、神は続ける。

「ここはもともと、Y山の中腹に建てられた禅寺でした。由来はきっと、かなり古いものだろうと思われます。しかし今では、少なくとも寺としては機能していません。なぜでしょうか。それは、あるときを境に、この寺が廃寺となったからです」

あるとき――とは？

百合子の疑問に、神はすぐ答えを述べる。

「火山が噴火したのです。それにより火砕流が発生し、寺の半分が削り取られてしまった。だから寺は、廃されたのです。そもそも禅寺というのは、中央に仏堂があって、その周囲を回廊が囲い、回廊に沿って法堂や鐘楼を設けるという様式を持ちます。火砕流は、その半分を流し去りました。その痕跡は容易に見て取れます。コの字型の回廊。それに沿う室や鐘楼。中央に残る仏堂。そして火砕流の痕跡である白い荒地……すべては、かつてここに禅寺があり、その半分を火砕流が押し流していったのだということを示しています」

神はそう言うと、再び、十和田に向かう。

「火山の噴火と火砕流の禍《わざわい》の後、ここにはかろうじて回廊の一部と法堂、仏堂、そして鐘楼が残りました。しかし、人が立ち入るにはもはや危険すぎるこの山から、修行をする僧たちは去り、長いこと誰にも顧みられなくなっていったのです。その結果、何百年も、ここはただ朽ち果て、廃墟となっていたのです。そこに目をつけたのが、藤衛と沼四郎でした」

神は、一歩十和田に歩を進める。

「朽ちた寺の風合い。それを生かしたまま、周囲をコンクリートで塗り固め、新たな『堂』として再建したのが、彼らだったのです。それが『教会堂』、この輪廻の堂なのです」

輪廻の堂――。

百合子は思う。神の用いた「輪廻」という言葉。それは、単にゲームが回るという意味だけではない。きっと、一度は死んだ建物が、また生命を吹き込まれ新たな建物として蘇るということも意味していたのではないだろうか。

もっとも、修行のための寺から、殺人のための装置へ。それは、建物にとってはあまりに過酷で、皮肉な転生だったのかもしれないが――。

どうですか、十和田さん？　――そんな神の問いかけに、十和田は微動だにしない。

そんな様子にも微笑を絶やさず、神は続ける。

「もうひとつ。さっき百合子ちゃんが指摘してくれたように、『懺悔するという行為そのものが、何か大切なものであるということ』もまた、真なのではありませんか？」

「……どういう、意味だ」

視線を動かさず、じっと一点を——神でも百合子でもなく、何もない中空を、まるで無に救いを求めているかのように見つめる十和田に、神は答える。

「それが、私の探しもののありかを示しているということです」

——探しもの。百合子は心の中で呟く。

そうだ、神の「探しもの」とは一体、なんなのか？

ごくりと無意識に唾を飲み込む百合子。

神は、続ける。

「かつて、この禅寺には秘密がありました。それは代々隠匿されてきたもので、世界の秘密、この世の真理に通じるものでした。寺が朽ち、その秘密があることさえ忘れ去られても、しかし、その秘密はいつまでもここにひっそりと在り続けたのです。その秘密を藤衛が再発見した、今もなお……」

「…………」

黙する十和田に、神は言った。

「ねえ、十和田さん？　ここにあるのでしょう……『関孝和の算額』は」

関孝和の算額――？

そう心の中で呟くと、怪訝な顔をつくる百合子。

そんな百合子をよそに、神は――。

「……関孝和は、日本が誇るべき、偉大な和算家です」

おもむろに言葉を継いでいく。

「ニュートンやライプニッツよりも先に微積分の概念を得ていました。またベルヌーイに先駆けてベルヌーイ数を発見してもいました。その後の和算家、いえ、数学者たちに与えた影響は計り知れません。まさに『算聖』と呼ぶに相応しい大数学者でした。そんな関孝和は、実はこの土地と大きな関わりがあった。かつて、関孝和の庵があったのです。だからこの土地では、関孝和に対する尊敬が転じ、禅宗の一派である曹洞宗とともに、ある種の関孝和信仰も、行われることになったのです」

百合子は得心した。

そうか、それが「算聖様」なのか――。

「関孝和は、亡くなる前に、彼のある研究成果をここに遺《のこ》していきました。それが、火砕流に壊される前のこの禅寺に奉納された、『算額』なのです」

算額――それがなんだか、百合子は知っている。

それは、江戸時代からある、数学の諸問題を神社仏閣に奉納する慣習のことだ。額や絵馬に、図などとともに問題と解答を書く。こうして問題が解けたことを神仏に感謝し、さらなる上達を祈念するのだ。やがて、多くの参拝者の目に触れる算額には、単なる解答だけでなく、新たな出題も記載されるようになり、結果として、日本における和算の普及に一役買ったとも考えられている。

だが――今、神が言った「関孝和の算額」とは、具体的になんなのか。

神の問いかけにも黙したままの十和田に、神は、さらに続ける。

「関孝和が遺した算額には、ある重要なことが書かれていました。それは、現在もなお解決されていない問題のヒント。すなわちリーマン予想の鍵です」

「リーマン予想の？」

思わず声に出す百合子。

関孝和は、この廃寺に、リーマン予想の鍵を残していた。ということは――。

「まさか関孝和は、リーマン予想を解いていたということですか？」

「それは違うわ」

神が、百合子の言葉に答える。

「リーマン予想は、この世界の真理であって、人智を超える問題。いかに算聖関孝和といえども、それを証明することまではできなかった。しかし、果たせずとも、肉薄することはできた。だから関孝和は、後世のために、リーマン予想解決の鍵となる考え方を遺したの。算額という形で」

「……その算額が、この廃寺にあった」

「そして今も隠されている。藤衛によって」

そうか――漸く百合子は、納得した。なぜ人々は、教会堂へと誘われたのか。そこにある真理とは、なんだったのか。

それは、関孝和の算額。

すなわち、リーマン予想を繙《ひもと》く鍵だったのだ。

だから人々は、この教会堂にきたのだ――隠された世界の真理を求めて。

「で、でも……」

百合子は、問う。

「そんな算額が、一体、この教会堂のどこに？」

教会堂の中を歩き、その地下にも囚われた百合子。だがいまだ、算額が飾られているのを、一切目にはしていない。

見過ごしたのだろうか？　それとも、容易には見つからない場所に隠してあるのだろうか？

「ふふ、いい質問ね」

百合子の問いに、神は、悠然と答える。

「百合子ちゃん。算額は、実はここにあるのよ」

「……ここ？　ここって、まさか……」

「そう。この部屋、聖堂にあるの」

百合子は思わず、周囲を見回す。

聖堂――それは、正方形の大きな空間だ。すべてが古い板張りでできており、天井は高く、中央には巨大な十字架が立っている。

「ここは聖堂。かつては仏堂だった部屋」

神は、十字架を見上げて言う。

「仏堂は寺の中央、回廊の中心に配される、本尊を安置する場所。言わばもっとも重要な部屋。裏を返せば、重要なものはすべて、ここに保管される」

「つまり……関孝和の算額も、この部屋にあると」

「そう。何よりも大切なものだから」

確かに、何よりも大切なものだ。それは、世界の真理を解く鍵なのだから。だが

――。

　この聖堂に、いや、仏堂にあることは解ったが、具体的にはどこに隠されているのだろうか？

「ヒントは、十和田さんの言葉にあった」

　百合子の疑問が顔に出たのだろうか、神は、愉しそうに口角を上げると、言葉を続けた。

「百合子ちゃん、あなたにもう解るんじゃない？『礼拝か、それとも、懺悔か』……この言葉の中に、いかなる示唆があったかが」

「示唆……」

――礼拝か。それとも、懺悔か。

　一体、何が示唆なのだろうか。

　十字架に手を組み祈るのか、それとも、十字架の前にひざまずいてただただ祈るのか。

　その言葉のどこに、示唆が含まれている？

　やがて神は、黙考を続ける百合子を、優しく諭すように言った。

「ふふ、気づかないかしら？　実はこの二つの行為は、どちらも大差がないのよ」

「大差がない……？」

「結局は同じことをしているということ。どちらも、十字架の前に頭を垂れるでしょう？」

「あっ」

確かに、そうだ。

祈りと告解。内心においてしていることは異なるが、外形において取る行動は、まったく同じ。

十字架の前に立つ。そして頭を垂れる。

と、すると――。

「その行為が、大切なもののありかを示唆する」

百合子の言葉。神はほめるように目を細めた。

「そうよ。祈るとき、懺悔するとき、人は必ず十字架の前で顔を伏せる」

「その視線の先には、何があるかといえば……」

――十字架の土台だ。

十字架は真新しいが、土台は古い。これはおそらく、本尊や奉納の品を安置するための台なのだ。

当然、そこには算額もある。

気づいてしまえば、なんと簡単なことか――啞然とする百合子をよそに、いつの間にか神は、十字架に歩み寄り、その古い土台を見下ろしていた。

そして、十字架に敬意を表するというよりも、睥睨《へいげい》するような視線とともに、その表板に手を当て、撫でるように動かした。

すっ――と、古ぼけた板は、にもかかわらずなんの引っかかりもなくスムーズに、横へとスライドした。

そして――。

神は、その奥から一枚の額を取り出した。

褪せた色あいの板面。そこには漢文が並び、また円をいくつも組みあわせた図形も示されている。

そう、それこそが――。

「……これが、私の『求めるもの』よ」

――関孝和の算額。

その算額をしげしげと眺めつつ、神は言った。

「十和田さん、あなたが守っていたものは、この関孝和の算額ですね」

「…………」

無言の十和田に、神は続ける。

「私には一目で解ります。この算額には、リーマン予想を解くための大切な示唆が描かれている。見てください、大円に接しつつ無限に続くこの円群を。このフラクタルを想起させる並びが何を意味するのか。しかもこの考え方は、球にも応用できる。いえ、n次元へと拡張できる。もちろん、nは複素数でも構わない。とすれば、すぐに解ります。何が鍵となっているのか。……なんと素晴らしい着想でしょう。盲点にある、しかし本質を衝くアイデア。この私でも、関孝和に対する感嘆の念を禁じ得ません」

「…………」

「よく解りました。藤衛がどうして、この算額をここに封じ、十和田さんに守らせたのか。この算額は、確かにリーマン予想の鍵になります。だからこそ、リーマン予想を解決することを夢とする数学者たちにとっては、この算額は垂涎《すいぜん》の的になったのですね。そう……十和田さん、だから藤衛は、この算額をえさにしたのです。『ゼロの近傍にある』人々を、この輪廻の堂におびき寄せ、抹殺するためのえさに」

「…………」

「リーマン予想、それは世界の真理。だけれども、真理を求める者を、原点は決して許容しない。なぜならばその真理は、あくまでも原点にのみ存在すべきものだからです。だから藤衛は、真理をえさにこの堂を建てたのです。すべての『ゼロの近傍』にある者を一網打尽にするために」

滔々と流れ出す、神の言葉。

百合子はただ、じっとその言に耳を傾けるよりほかはない。

そして、もう一方にいる男もまた、神の言を止めるでもなく、さりとて何かを言うでもなく、ただその一部始終をじっと無言で見つめたままでいる。

だが、やがて神が言葉を紡ぐのを止め、仏堂に静寂が訪れると――。

その代わりに、教会堂の守り人、十和田只人が、静寂を破った。

「……おめでとう」

それは、淡々としつつも、厳かな口調。

「神くん。そして百合子くん。これで晴れて君たちは賭けに勝ち、そして、その対価として求めるものを手に入れたのだ」

「ええ、そうですよ、十和田さん」

神もまた、淡々としつつも厳かな口調で答える。

「私たちは勝ち、そして彼とも『引き分けた』」

「すなわち、ポイントなしか」

「それでも、最上の結果です。私たちは、この最上の結果を出し続けなければならない。神に負けないためには、それしかないのですから。だから」

神は、ふと真剣な眼差しを十和田に投げた。

「今ならまだ間にあう。そうは思いませんか?」

「……」

不機嫌そうな沈黙をはさむ十和田に、神は続ける。

「まだ間にあう。十和田さんには、この算額を携えて私たちと一緒に戦うという選択肢がある。引き分け続けるのは難しいこと、でも、この世界の真理が、原点のみに存在すべき理由もない。つまり、あまねく私たちが知るべきものでなければならない」

「言い逃れだ」

ふと十和田は、吐き捨てるように言った。

「そのために君が、多くの人々を殺《あや》めたという事実。それをまずは君自身が問題にすべきではないのか」

「私の公理はひとつ。『真理のためならば、人の死を問題にはしない』……十和田さんと同じです」

「それが……正しいと思っているのか」

「少なくとも、プラスのポイントが与えられないのは事実でしょうね。でも」

神は、落ち着いた口調で——しかし十和田につめ寄るように——言う。

「原点には、『真理のためならば、誰の死をも問題にはしない』者がいる。彼から逃れたいと思うのならば、同じ公理を仮定しなければならない」

「……逃れる、だと」

吐き捨てるように、十和田は言った。

「一体どうすれば、逃げられると思うのか。ゼロは絶対だ。そこに例外はない」

「ならば、もう一度、檻の中に入ってもらうというのはどうでしょう」

「算術の檻も問題にしないのに、現実の檻など意味を持つはずがない」

「それでも、今よりはましです」

「馬鹿な」

十和田は、ふいと背を向けた。

「君たちは、賭けに勝った。真理を手にしようとしている。だから藤先生は、そんな君たちにゼロを掛けることをためらわないだろう」

「だから逃げるんです。ゼロポイントを稼ぎ続けながら」

「理想論だ」

「今のままではそうでしょう。でも、それは現実のものになり得ます。十和田さんがいれば」

「僕？　……僕がか？」

十和田は、呆れたような声を上げる。

「君たちは僕を何ほどのものだと思っているのか？　まったく……夢物語にもほどが

ある。それに……」

一拍を置くと、十和田は溜息を吐いた。

「僕はもう、手遅れなんだ」

手遅れ――その言葉に、思わず百合子は。

「そんなこと、ありません」

言葉をはさんだ。

「手遅れだなんて……そんなことありません。どうしてそんなふうに言うんですか、十和田さん」

手遅れとは、引き返せなくなったときに使う言葉だ。十和田はまだ引き返せる。だからそれは明確に否定しなければ――百合子はそう思ったのだ。

だが――。

「……百合子くん」

十和田は、鼈甲縁の眼鏡のブリッジを押し上げつつ、言った。

「残念だが、それは事実なのだ」

「手遅れじゃない。そんなの……私が認めません」

「『私が認めない』……か」

ふっ、と口の端を曲げると、十和田はぎこちない笑みのような表情を浮かべた。

「さすが、ゼウスの兄弟にしてクロノスの子だね」

「……なんのことですか」

「百合子くん。君はやはり冥府の主を象徴する」

一瞬ぴくりと肩を震わせ、十和田は言った。

「六弁の花。ハーデスの象徴たるスイセンの花。それこそが百合子くん、君だ」

私が――ハーデス？

何を言っているのだろう。継ぐべき言葉を失う百合子だが、しかし彼女には、十和田の言葉に確かに心当たりもあった。

あのとき、神が置いていった花は、確かにスイセンだったのだ。

つまり、私はスイセン。ハーデス。冥府の主――。

「……いずれにせよ」

十和田は、背を向けたまま、言った。

「君たちが認めるにせよ認めないにせよ、この堂の真理である関孝和の算額が露見した以上、教会堂の役割も、教会堂における守り人としての僕の役割も、これで終わりとなった。そして、僕がここにいようといまいと、すべてが半自動的に行われていった事件の責を僕らが問われることはないし、たとえこの事件が詳らかになったとしても、僕らにはなんらの影響もない。その意味で神くん……君の目論見《もくろみ》も、やはり無駄に終わったということになる」

「そうでしょうか?」

神は言った。

「決してそうとも言えないと思いますよ。何しろ私は、この算額を見たおかげで、たった今またひとつ原点へと近づいたんです。その詳細を、十和田さんも知りたいのじゃありませんか?」

その言葉に、十和田は——。

「…………」

逡巡するかのように、またぴくりと肩を震わせる。だがすぐ、長い溜息とともに首を横に振った。

「いいや……やめておく」

そして、やはり背を向けたままで、赤いフードをそっと頭に被ると、言った。

「僕ももう、すでにその算額は読んでいる。それでも僕にはやはり、解らなかった。読めなかったんだよ……『ザ・ブック』は」

そして——。

十和田は、粘る空気を掻き分けるような緩慢さで、扉へと歩み寄る。

——十和田さん。

百合子は、十和田を呼び止めようとする。

だが、その声は、声とはならず、だから百合子は、ただ彼の背だけを目で追い続けるしかない。

そして――。

十和田は、扉を開けると、そっと吹き消す炎のような儚《はかな》さとともに、その向こうへと消えた。

そんな十和田を、神も、百合子も、追うことはなかった。

41

一年前の秋も。伽藍堂でも。ついこの間も。

そして今も。

百合子は、感じている。

ともにあるのに、彼女は――とても、静かだ。

足音も、黒いワンピースの衣擦《きぬず》れの音も、髪がなびく音も、息をする音さえしない。確かにそこにあるのに、見えているのに、まるで空間に投影された単一色のホログラムのごとく、その存在そのものが朧《おぼろ》で、希薄で、あやふやな――だからこそ透徹した印象を持つのかもしれない――彼女。

善知鳥神は、とても、静かなのだ。確かに、間違いなく、絶対に、そこに在るというのに。

だけれども――。

いつからか百合子は、こうも感じている。

すらりと伸びた四肢。皺、くすみのひとつもない指先。艶やかな黒髪。瞬き。微笑み。

そのすべてが、温かさを持っていること。

百合子は思う――どうしてだろう?

なぜ、ダイヤモンドのように硬質で、氷のような冷たさを併せ持つ彼女の特質のすべてが、むしろ熱を帯びているように感じられるのだろう?

だが、そんな疑問を持つと同時に、すでに、百合子は理解してもいた。

その理由――熱の、理由。

だから、だろうか。

教会堂を、このコンクリートに囲まれた冷えた館の中を、百合子と並んで歩きながら、神は、ふと思いついたように言った。

「二十二年前に、藤衛が起こした事件。あなたも私も、あの孤島に、確かに存在していた」

「…………」

その、ごく当然で、ごく自然な話の切り出しに、百合子はややあってから答える。

「兄も……そこには、いた」

「そうよ」

神もまた、頷いた。

「当時十八歳だった宮司さんと、ご両親もいた」

神は、いつも変わらないその悠然とした微笑みを、百合子に向ける。

「私たちは、原点の周囲に位置し、やがて原点に取り込まれていった」

「原点……」

つまり――藤衛。

藤衛に魅せられ、藤衛に憧れ、藤衛の周りに集い、そして――。

「そして……皆、死んだ」

「そうよ。才気溢れる数学者たちも、宮司さんのご両親も、そして、私の母も、あなたの母も」

「母……？」

「そう、私たちの母親もまた、あの場にいたの。そして犠牲になったのよ。藤衛の」

「私の……」

私の母——そして、神の母。

解っている。解っていた。

そうじゃないのかと、とっくに解っていたのだ。

でも、解っていたからこそなお、あえて無言で、百合子は次の言葉を待った。

そんな百合子の気持ちが解っているかのような、優しい数秒をはさみ、やがて、神は続けた。

「……あのとき、あの孤島には、招聘された数学者たちのほかにも、二つの家族が滞在していた。ひとつは宮司家。すなわち宮司司さんと、そのご両親。そしてもうひとつが……善知鳥家、三人の家族だった。つまり、私と母、そして……」

そう、それは——。

「……あなた」

——私。

神は、静かに言った。

「あのとき、ひとつの家族があの島にいた。つまり、母善知鳥礼亜《れいあ》と、私善知鳥神。そして……あなた」

「……私」

「そう。百合子ちゃん。あなたは、私の妹なのよ」

そのとき――。

百合子は、何も答えなかった。

神の言葉に、ショックを受けたわけではなかった。神の言葉を、信じていなかったのでもなかった。

なのに、何も言わなかった理由は、ただひとつ。

――解っていたからだ。

いつからか、百合子は、知らずして知っていたのだ。彼女の目の前にいる女性が、自分のもっとも近しい血縁であることを。誰に言われたわけでもなく、調べたこともなくとも、それでも百合子には、すでに解っていたのだ。それが、血を分けた姉妹であるということを。

だから百合子は、黙したのだ。

それが――やはり真実であったから。

神が、本当は彼女の姉であったから。

兄が、本当は彼女の兄ではなかったから。

ただ口を真一文字に結び、じっと緘黙《かんもく》を貫き続ける百合子に、神は、続ける。

「……あなたは、私のただひとりの家族。善知鳥礼亜の血を引く、ただひとりの妹。私にとって特別の存在。そしてあなたには、本当の名前がある」

「私の……本当の名前」

「百合子ちゃん。あなたの名は、本当は……」

――善知鳥、水仙《すいせん》。

「……善知鳥、水仙」

繰り返す。そして百合子は理解した。

ああ、そうか。だから――。

私は、冥府の主、ハーデスなのだ。

静かに頷きつつ、神は言った。

「私は神。あなたは水仙。私たちゼウスとハーデスは、母レアから生まれた姉妹。そして私たち善知鳥家は、あのとき確かに、あの孤島にいた。そして、もうひとり。私たちの血縁がいた。それが父」

「……お父さん」

そう、父だ。

母がいれば、姉がいれば、父だっている。

そして、それが誰かも、もう解っていた。

だから百合子は、神が言うより先に、述べた。

つまり——。

「それが……藤衛」

「そう。彼こそが、私たちの父よ」

真剣な表情のまま、神は続ける。

「あの孤島は、父が供物を捧げる場所だった。供物とはもちろん、私たちのこと。宮司家の人々のこと。数学者たちのこと。つまり……ゼロを取り巻く人間たちのこと。そして藤衛は、私たちを捧げものにした。ひたすら自らのために。自分ひとりだけのために。そして、母は死んだ。皆、死んだ」

「…………」

「だけれども、生き残った者もいた。それは藤衛の全知にはない結果だったのでしょう。きっと、単なる偶然のなせる業だったのね。けれども、それは確かに起こった。こうして私たち三人は……私、あなた、そしてあなたのお兄さんは、かろうじて生き延びることができた。あの禍から」

「…………」

「そして私は、沼四郎の娘となり、あなたは、あなたのお兄さんの妹になった」

そう——私は、兄の妹になったのだ。だから——。

「私は……宮司百合子です」

呟くような百合子のかすれ声に、神は頷く。

「知っているわ」

「善知鳥水仙なんかじゃありません。私は……宮司司の妹、百合子です。私たちは、二人きりで生きてきた兄妹、それ以外の何ものでもありません」

「それも、知っている。否定はしないわ。……でもね、百合子ちゃん」

宥《なだ》めるような、優しい声で、神は言った。

「あなたは宮司百合子でもあると同時に、確かに善知鳥水仙でもあるの。片方を肯定することはできても、片方を否定することはできない。血の宿命から逃れることはできないのよ」

「そんな、血なんて……私には関係ありません」

「そうね、そんなもの、どうでもいいことだわ。まったくくだらない、些末《さまつ》なこと。でも、だからその事実から目を背けることもできない。なぜなら」

神は、一拍を置いて言った。

「藤衛は、もう気づいてしまっているの。自らへの捧げものが、今や自らを脅かす存在となっていることに」

――藤衛は、もう気づいている。

自らへの捧げものが、今や自らを脅かす存在となっていることに。

その言葉の意味を、百合子は理解している。

それは、つまり――。

もはや、安全ではいられないということ。

でも――。

「私は……脅かしてなんかいません」

かろうじて、百合子は言う。

そう、少なくとも私は、藤衛を脅かしてなんか――敵意を持ってなんか、いないのだ。

なのに――なぜ？

神は、ややあってから答えた。

「そうね。あなたにそのつもりはない。でも、藤衛はそう思ってはいない」

「なぜ」

「私たちが、世界の真理を知ろうとしているから」

「世界の、真理……？」

すなわち――リーマン予想？

「そんなの、誤解です」

百合子は即座に否定した。

「私は知ろうとなんかしていません。リーマン予想なんか、知りたくもない」

「嘘よ」

神もまた、即座に言った。

「百合子ちゃん、嘘を言ってはいけない」

――嘘なんかじゃありません。

そう、大声で言ったつもりだった。

だが百合子は――。

「…………」

声が出せないまま、ただ口を開閉させるのみだ。

どうして？　どうして声が出せないの？

理由は――明らかだった。

事実だったからだ。神の指摘が。つまり――。

嘘なのだ。私の言葉は。

「百合子ちゃん。あなたはもう嘘が吐けない。真実から顔を背けることはできない。

あなたはもう、心の奥底で、この世の神秘に心を奪われている。世界の真理を知ろうとしてしまっているの。だから、あなたはもう、立ち向かうしかないのよ。私と一緒に、父と戦うしかないの。だって……」

神は、一拍を置いて言った。

「私たちこそが、神なんだもの」

42

「……ここで、一旦お別れね」

神は、微笑みながら言った。

その言葉に、はっと我に返ったように、百合子は周囲を見回す。

この部屋には、見覚えがあった。

ここは――教会堂に入ってすぐの部屋だ。

そして目の前にあるあの扉が、教会堂の入り口。あそこをくぐれば、外に出る。

教会堂を、抜け出ることができる。

「百合子ちゃん、あなたはもうお帰りなさい。私はまだ、ここに残るから」

いつの間にか背後にいる、神。

百合子は振り向くと、問いを投げた。

「なんのために、ここに？」

「十和田さんを追いかけるためよ」

すでに背を向け、扉をくぐろうとしていた神は、背中越しに百合子に言った。

「そして、話をする。彼もまた私たちにとって必要な人、あの孤島の生き残りなんだもの」

十和田も生き残り——？

どういうことだ、そう声を掛けようとした瞬間。

「……元気でね、百合子ちゃん」

「あっ、待って」

百合子が追いかけようとしたときには、すでに神はそこにいなかった。

そして——。

百合子はただただ、逡巡していた。

神を追うのか、帰途に就くのか、それとも。

何も決められないまま、たった一歩さえ踏み出せないまま、ただただ百合子は、今日の衝撃に心を奪われつつ、いつまでもそこにたたずんでいるしかなかった。

だが――。
百合子を襲う衝撃はそれだけで終わらなかった。

43

「……ここです」

毛利署長は、その、クリーム色に塗られた扉の前で足を止めた。

消毒薬と埃を混ぜたような、嫌な臭いの漂う部屋。

あえて感情は差しはさまず、淡々と、しかし柔らかな口調で、毛利署長は百合子に言った。

「百合子さん。どうか、気を確かに」

「……………」

はい、と答えたつもりだったが、その声は声とはならず、百合子はただ首を縦に振る。

毛利署長は、悲しそうな眼差しとともに、その扉を静かに開いた。

窓のない部屋だった。

日光はなく、その代わり、蛍光灯の冷たく青白い光だけが一面に満ちている。

床はすべてタイル張りにされた部屋。整然としていて、ほとんど何も置かれてはいない。部屋の片側には大きな流しがあり、反対側には大きめのロッカーが並んでいた。

天井では、ごうごうと排気ダクトが音を立てていた。にもかかわらず嫌な臭いは強さを増している。

何に起因するものだろう。いや、とっくに原因は解っているのだけれど。

部屋の中央には――ベッドがあった。

そこに、誰かがいる。

仰向けに、そして静かに、横たわっている。

暫し躊躇していた百合子だったが、やがて、意を決したように、そのベッドの前へと歩み出る。

そして、その誰かの顔を見る。そして――。

――ああ、やっぱり。

まさか。そう思っていた。

嘘だ。そう信じていた。

そんなはずはない。今の今まで私は疑わなかった。

だが――もう、見てしまった。
そこに現実はあるということを。
目を閉じ、彼は静かに身体を横たえていた。
背広越しにも解る、四十とは思えない、引き締まった身体。
まだ若々しい、それでいて年相応の深みを兼ね備えた顔つき。
百合子のよく知る彼は、しかし、すぐ傍に彼女がいるというのに、わずかも動かない。
まだ、すべてを受け入れられない百合子は、そっと、彼の手を取る。
氷のように、冷たかった。
――ああ、そうか。
彼女は漸く、それを現実のものとして理解した。
真一文字に結んだ口が言葉を発することはない。
百合子をあの優しい眼差しで見ることはない。
息をすることはなく、したがって、彼女を守ることは、もう、ない。
そうか――死んだのだ。彼は。
神と別れ、一日ぶりに教会堂から出てきた百合子を待っていたのは、佐伯巡査だっった。

た。

「ご無事でしたか」

ずっと待ち続けていたのだろう。昨日よりも明らかに髭が数ミリ伸びていた彼は、しかし疲れを微塵も見せることなく、再び百合子を護衛するように、山道を下りていた。

だが——。

漸く電波が入るようになったからだろう、麓に着くなり、佐伯巡査の携帯電話が鳴る。

「はい、佐伯ですが」

素早く電話に出た彼の顔色が、さっと変わった。

「そ、それは……本当ですか……」

むう、と唸ったまま、黙りこくる佐伯巡査。

百合子もすぐに察した。何か、ただならぬ雰囲気が流れている——。

やがて、電話を切った佐伯巡査に、百合子は遠慮がちに問うた。

「どうか、しましたか？」

「………」

ためらうような、数秒の沈黙。

だが、佐伯巡査は、やがて口を開く。

「どうか、落ち着いて聞いてください」

「落ち着くって……何か、あったんですか」

「渓流から、遺体が発見されました」

「遺、体……？」

嫌な——予感。

聞いてはいけない。聞いてはいけない。聞いてはいけない。百合子の本能が彼女自身にそう告げる。

だが——。

聞いてはいけない。だが、訊かねばならない。

だから、百合子は、訊く。

「遺体って……誰の、ですか？」

その問いに——。

視線を逸らすと、佐伯巡査は無念そうに言った。

「……あなたの、お兄さん。宮司司警視正です」

もはや血が通うことのない白い手。百合子はその手を両手で包み、温めながら、彼に話しかける。
「ねえ……？」
——なんだ、百合子？
心の中で、兄が答える。
——わ、手なんか握るなよ。
——恥ずかしいだろう、毛利さんが見てる。
——そりゃ、俺はシスコンだけどな。
——今さら、そんなの、照れるだけだよ。
——……どうしたんだ？　百合子。
——寂しいのか？
——それなら仕方ないな。今だけだぞ……。
だが——。
「お兄ちゃん……」
そこにいる兄が、百合子の手を握り返すことは、もうない。
表情を変えることはなく、ただ穏やかに、そこにあるだけだった。
霊安室を出て、すぐ横にある長椅子。

そこに呆然と腰かけ、百合子は考えていた。

兄が、死んだ。

信じられない。信じたくない。

だが――それは事実。

なぜなら、紛れもない兄の身体が――もう血の通うことのない冷たい身体が、そこにあったから。

――それでも。

信じられない。信じたくない。

目を閉じたまま、項垂《うなだ》れる百合子。

毛利署長が、静かに百合子の横に腰かける。

「……大丈夫ですか」

百合子は、答える。

「ええ……大丈夫です」

嘘だ。

大丈夫なわけがない。

顔も上げられず、百合子はそれでも、精一杯の言葉で応えた。

そんな彼女に、毛利署長は静かに何かを差し出す。

「……これを」

顔を伏せたまま、百合子は視線だけでそれが何かを見る。それは——。

一通の、封筒だった。

どこにでもあるような茶封筒。セロテープで封がされ、中には何かが入っている。

「……これは？」

「手紙です。あなたのお兄さん、宮司警視正から、あなたへの」

「兄から……私への」

顔を上げる百合子に、毛利署長は「そうですよ」と優しく頷いた。

「宮司警視正が、『自分にもしものことがあれば、これを妹に渡してほしい』と言《こと》づけて、部下に預けていたものです」

警視正の訃報に、その部下がわざわざ持ってきてくれたのです——そう言うと毛利署長は、そっと、百合子の手にそれを渡した。

兄の——手紙。

百合子は、暫くの間、ただじっとその封筒を見つめていたが、やがて、震える手で封を切ると、中の手紙を開き、やや乱れた横書きの——しかし、確かに兄の筆跡の——文面に、目を走らせる。

そこには、こう書かれていた——。

「百合子へ。

この手紙を君が読むこと、それは決してあってはならないことだ。でも、だからこそ君に伝えておかなければならないこともある。そのために僕は、ここできちんと筆を執っておくことにしたい。

二十二年前のことだ。

十八歳のとき、僕は、ある島に両親とともに赴き、そこである事件に巻き込まれた。

多くの人々が命を失った、悲惨な事件だった。たくさんの学者が死んだ。僕の両親もそれで死んだけれども、僕自身は、辛くも生き延びた。

たまたまエレベータに乗っていたことが幸いしたんだ。頑丈な鉄の箱に守られ命を長らえた僕は、しかし瓦礫《がれき》ばかりのあの館を見て、すぐ過酷な事実に直面した。つまり、もはや自分は天涯孤独になったと知った。

だから、もうどうやって生きていけばいいか解らなくなった。自分だけが生き残るくらいなら、いっそ自殺しようかとも思った。

でも、そうはしなかった。

なぜなら僕は、生き残っているのが自分だけじゃないと、すぐに気づいたからだ。

瓦礫の中にはまだ生き残りがいた。

それが、まだ赤ん坊だった君だ。

だから僕は、君を引き取った。

君を『百合子』と名づけて。


それからの二十年は、本当にあっという間だった。

君を育てながら大学を出て、警察官になった。

君を守るために。そしていつか、あの事件をこの手できちんと詳らかにするために。同じ悲劇を繰り返さないために。

君はといえば、小学生になり、中学生になり、高校生になり、大学生になり、そして今、どこへ出しても恥ずかしくない、素敵な女性となった。

その傍ら、いつの間にか中年になってしまった僕が、この二十年を振り返れば、君にしてあげられたことなんか、何もなかった気がする。でも、それでも君がひとりの大人の女性へと成長してくれたことが、僕にとっては、心からの誇りだ。


本当は、もっと早く、真実を君に告げるべきだったのだろう。

そうできなかったのは僕のエゴだ。だから長い間、嘘を吐き続けていたことを、どうか許してほしい。

けれど、これだけはどうか、覚えていてくれ。

たとえ血がつながっていないとしても、僕にとって、君は僕の妹だということを。

たったひとりの、自慢の、そして、最愛の妹なのだということを。


最後に。

今朝作ってくれたスクランブルエッグは、本当に美味《おい》しかった。

心から、ありがとう。

もしこの手紙を君が読まずにすむならば、またあのスクランブルエッグを、作ってもらおうかな。


親愛なる妹へ。宮司　司」

ふと——百合子は、気づく。
スクランブルエッグ。それは、彼女が小学生のとき、兄のために作った、初めての料理だったっけ。

そうか——。
だから突然、食べたいだなんて、言ったんだね。
そんなの、いつだって、作ってあげられるのに。
いいよ、作ってあげる。
簡単だもの。とっても。
だから——。
百合子は、顔を上げる。
酷くにじむ視界。
「う、うう……」
身体の奥から何かが溢れ出す。
その感情のかけらを、嗚咽とともに両手で受け止めながら、百合子は——。
「……うわあああ」
号泣した。
そして、心の中で叫んだ。
——お兄ちゃん、お兄ちゃん。
お兄ちゃん、私を。
私を、ひとりにしないで——。

（了）

【主要参考文献】
『江戸の天才数学者　世界を驚かせた和算家たち』……鳴海風著／新潮社
『素数に憑かれた人たち　リーマン予想への挑戦』……ジョン・ダービーシャー著、松浦俊輔訳／日経ＢＰ社
『ファウンデーションへの序曲』……アイザック・アシモフ著、岡部宏之訳／早川書房
『もっとも美しい数学　ゲーム理論』……トム・ジーグフリード著、冨永星訳／文藝春秋

文庫版あとがき

この展開が、はたしてよかったのかどうか——僕は今でも、少し懐疑的でいる。

二〇一三年、僕は『眼球堂の殺人』でメフィスト賞をいただいた。そのとき、この物語のシリーズ化というものは一切頭になかった。新人賞の応募作とはそれ単体で勝負すべきものだからだ。その続編があるだろうことは期待させてもいいとは思うが、あくまでも物語としてはその作品で完結していなければならない——そんなふうに考えていたし、本音を言えば、そもそもシリーズ化まで視野に入るほど、当時の僕には余裕がなかった。

だから、編集部から受賞の連絡をいただき、次いでシリーズ化に対するオファーをいただくに至り、この物語をどうシリーズにしていくのかという問題にぶち当たった。そして、シリーズ化ならではの「物語の着地点」をどこに置くのかについても、本当に悩んだ。悩んで悩んで、そして「少なくとも、この物語にとってこの展開だけは絶対に必要だ」と考えたのが、本作におけるくだりだったのだ。

あとがきから読まれる方もいらっしゃると思うので、そのくだりがどのようなものなのかは、もちろん触れない。だが、触れないなりに、それが我ながらあまりにも「負の衝撃」を持つものであって、賛否両論（しかも後者の比重が大きい）を呼ぶだろうものであって、かつ、このシリーズを愛読いただいている読者の方ほど「なんで作者はそんなことをしたのか」と失望を招く可能性が高いものであることだけは、述べておく。

いずれにせよ、『教会堂の殺人』がそれほどのインパクトを持つものだということを、僕はシリーズのプロット時点から自覚していた。だからこそ、今も懐疑的でいるのだ。この展開が、はたして本当によかったのかどうかを——。

だが、懐疑的であることと、否定的であることは別だ。

少なくとも、僕はこの展開を、否定はしていない。物語がこんなことになってしまったのではなく、こういうふうに物語が動くからこそ、シリーズは全体として成立する、いや、むしろそうでなければ成立しないと、強く信じているのだ。

もっとも、こんなことを言いつつ、僕は『教会堂』以降三年以上、諸々の事情（忙しくなったか、書けなくなったか、トリックが思いつかなくなったか、そもそもやる気がなくなったか、そのすべてか）により続編を刊行していない。こういうふうに物語が動くのだと聞かされたところで、続く物語がなければ誰も評価ができないのだ。

この点については、心より申し訳なく思っています。本当にごめんなさい。ただ――ひとつ申し上げたいのは、本当にお待たせしてしまったけれど、ようやく年内には続編が刊行できるだろうこと、そして、その続編、つまり最終巻も、程なくして出せる見込みであるということだ。

どうか、この『教会堂』の衝撃に続く、十和田只人《とわだただひと》と、善知鳥神《うとうかみ》と、何よりも宮司百合子《ぐうじゆりこ》の物語がどう「転回」していくのかにもご期待をいただきつつ、どうか、もう少しだけお待ちください。

二〇一八年七月　周木　律

解説

小泉真規子《こいずみまきこ》（紀伊國屋書店梅田本店）

幼い頃にTVで見た、海外ドラマの「名探偵ポアロ」と「シャーロック・ホームズの冒険」に心奪われて以来、ミステリばかり読む子供だった私は、成長するにつれ本棚の大部分は物騒なタイトルがずらりずらりと並んでいる大人女子となり、書店員になってからは、出版社からの新刊書の案内の際は担当さんに「これは死人がでないから小泉さんのお好みではないんですけど……」と営業されるようにまでなってしまいました（いや、もちろんちゃんと死人がでない本も読んでますよ。割合としては少ないけど……）。

ミステリの中でも特に血湧き肉躍るのが本格ミステリの中の〝館もの〟と言われている小説です。そこにクローズド・サークルが加わればもう最強、知らない作家でも中身をよく見なくてもとりあえず購入決定になっちゃいます。一口に〝館もの〟と言っても、荘厳な古城や山奥の別荘、旧家の大きな屋敷などその舞台は多種多様ですが、私が最も心躍らされるのは生活を送ることには一切向いていない、狂気に満ちた人間の凄まじい念が込められている〝館〟なのです。

普通、家とは住むための空間であって、いかに快適に暮らせるかでその価値が決まってくるものでしょう。でも私が読みたい〝館〟は違います。莫大な費用をかけて快適さなどとは真逆の設計がされ、しかしながら、住むこと以外の重要な使命を持った尋常ならざる構造物。その狂気に導かれるように人は集まってしまうのです。もうそこには〝館〟の意思さえ感じてしまうのは私だけでしょうか。古来日本には長い年月を経た道具などには神や魂が宿り付喪神《つくもがみ》になると言われていますが、それに近いかもしれません。尋常ならざる想いを込められた〝館〟が年月を経て意思を持ち、さらなる念を求めて人を集めているのかもしれない……そう考えると無機質な構造物も一気に血の通ったモノとして見えてきませんか？

ここまででなぜ私が本書のシリーズ第1弾『眼球堂の殺人』を手に取ったのか、おわかりいただけると思います。まずタイトルだけで心を鷲摑《わしづか》みにされ、パラパラとページをめくって眼球堂見取り図を発見するやいなやダッシュで帰宅、朝まで読みふけったのがまるで昨日のことのように思い出されます。〝館〟好きを自負している私としては今までいろんな見取り図を見てきたつもりでいましたが、『眼球堂の殺人』はスケール、特異性、狂気さが群を抜いて素晴らしかった！　どうしてあんな荒唐無稽な、誰も考えつかないような図面を考え出せるのでしょう。作者である周木律先生は

『眼球堂の殺人』文庫版のあとがきにてこう書かれています。

僕は、図面がとても好きだ。～中略～普通だったらあり得ない建物を、想像力だけで創り上げるのだから、これが楽しくないわけがない。そして、この作業を通じて、僕はひとつ再発見をした。人は、文章から想像を膨らますと同時に、図面からも大きく想像力を掻《か》き立てられ、心躍らせられる生き物なのだと。

そう！　まさしくそうなんです！　作品からいろんなことを想像して楽しみ、さらには図面からもいろんなことを想像して2倍楽しめるのです。もう図面を見ただけで、「この開かない扉、めっちゃ怪しい……」とか「この妙な空間、絶対何かあるはず！」とか、予想が当たってても外れてても、ページをめくっている間中ずっとわくわくしていられるのです。

実際には全く建造不可能な建築物でも、図面さえあれば、人の心の中では建造可能となりうるのです。「こんな建物ありえへんし」と放り投げてしまうのではなく、一度心の中でそのありえない建物を建ててしまうのです。そこにはきっと、人智の及ばない圧倒的な存在感を持つ〝館〟があることでしょう。

さて。そんな奇怪な〝館〟に彩られた「堂」シリーズも本作『教会堂の殺人～

Game Theory ～』で5作目となります。ここまでくると恐らくシリーズ全て読まれている方がほとんどだとは思いますが、念には念を入れてなるべくネタバレのないよう「堂」シリーズのご案内を。

　シリーズ第1作目となる、第47回メフィスト賞受賞作『眼球堂の殺人』は、世界的建築家である驫木煬《とどろきよう》が建てた眼球堂に、放浪の数学者・十和田只人《とわだただひと》と、ルポライター・陸奥藍子《むつあいこ》が訪れるところから始まります。探偵役となる十和田は、ただひとと言ってもちろんただの人ではありません。ぼさぼさの髪、顎一面の無精髭、大きな鼈《べっ》甲縁《こうぶち》の眼鏡《めがね》の奥には色素の薄い大きな瞳。もうどこからどう見ても不審者にしか見えないその人は優秀な数学者。「ザ・ブック」――この世界のすべての数学の定理がエレガントに証明された天上の書物を狂おしいほどに欲している。さらには「では、証明を始めよう」の言葉と共に鮮やかな理論を繰り出すその人に、私は新たなる名探偵の誕生の喜びに打ち震え、どうかこのシリーズがいつまでも続きますようにと願わずにはいられませんでした。そしてシリーズは『双孔堂の殺人』『五覚堂の殺人』『伽藍堂の殺人』と続き、名探偵と対《つい》をなすべく超越者・善知鳥神《うとうかみ》や、ワトソン役となる警察庁キャリアの宮司司《ぐうじつかさ》と、その妹・百合子《ゆりこ》など〝館〟との因縁深い人たちが導かれ、集い、「ザ・ブック」を追い求めていきました。それと同時に、彼らを繋《つな》ぐ、二十数年前のある事件の存在が、謎が、どんどん大きなものになっていきました。十和田と宮司兄妹《きょうだい》、善知鳥神は一体どんな関係なのか？　そして天皇・藤衛《ふじまもる》とは一体どんな人物で何をしたのか⁇　少しずつ明らかになるかと思いきやシリーズを追うごとに謎は深まるばかり。シリーズ4作目の『伽藍堂の殺人』のラストで十和田はこう言います。

僕は、無能で、非才な、只の人にしかすぎない。

思いもよらない結末にページをめくる手が止まった人も多いと思います。『眼球堂の殺人』で華麗に登場した名探偵は一体どうしてしまったのか？　この衝撃を引きずったまま物語の舞台は教会堂へ移ります。

狂気の建築家が建てた、訪れた者を死に誘う館——教会堂。そこにたどり着いた人々は次々に消息を絶ち、ある者は水死し、ある者は火に焼かれ、ある者は窒息した状態で発見される。

「君は『ゲーム』に挑み、君自身を賭けて、それを探さなければならないのだ」

果たしてそこにある真理とは——？

冒頭に登場するのは『伽藍堂の殺人』にも登場した新聞記者と数学教授。そう、悲劇はまだ終わっていないのです。それはまるで神が持つ「ザ・ブック」を手にするために捧げられる生贄《いけにえ》がまだまだ足りていないかの如く。ゲームは果たして解けるのか、また解くのは誰か、そして真理とは何なのか。あなたも一緒にゲームに挑みながら読み進めてください。そしてラスト、思いもよらない事態に声を出さずにはいられなくなることでしょう。それは次回作を待ちきれなくなるほどの衝撃です（私は実際に周木先生にお会いした時に叫んでしまいました）。まだまだ「堂」は繋がっていきます。早く真理を知りたい気持ちと、いつまでもわからないまま読んでいたい気持ちの狭間で揺れ動いていますが、今はとにかく次回作発刊を願ってやみません。

最後に。この「堂」シリーズには数学の話がたくさん出てきます。完全数にトーラス、ポアンカレ予想にバナッハ－タルスキのパラドクス、ゲーム理論、そして、リーマン予想……。文系の私にはきちんと理解は出来ていないと思います。数学が苦手な方なら「そんな難しい話なの？」と不安に思うかもしれません。でも理解出来なくても大丈夫です！（って言いきってしまっていいですか？　いいですよね？　ね？）なぜなら数学の知識がなくても登場する優秀な数学者たちが説明してくれるし、なにより理解出来なくても十分に楽しめるからです！　自分が優秀な数学者だったら、もしかして彼らの言う「真理」に近づけたのかも……と想像するのも別の楽しみ方だと思うのです。なので難しそうだなと思っているそこのあなたも、数学の話でシリーズを挫折してしまったそこのあなたも、ぜひ「堂」シリーズ並びに本作『教会堂の殺人』

を読んでください。ただの書店員である私がここでつらつら説明している内容の、何百倍も楽しめますから!

狂気に満ちた〝館〟に集う人々が増えることを願って。

この作品は二〇一五年七月講談社ノベルスとして刊行されました。
講談社文庫刊行にあたって加筆修正されています。

|著者|周木 律　某国立大学建築学科卒業。『眼球堂の殺人 〜The Book〜』（講談社ノベルス、のち講談社文庫）で第47回メフィスト賞を受賞しデビュー。著書に『LOST 失覚探偵（上中下）』（講談社タイガ）、『アールダーの方舟』（新潮社）、「猫又お双と消えた令嬢」シリーズ、『暴走』、『災厄』、『CRISIS《クライシス》 公安機動捜査隊特捜班』（原案／金城一紀）（角川文庫）、『不死症《アンデッド》』、『幻屍症《インビジブル》』（実業之日本社文庫）などがある。

〔〝堂〟シリーズ既刊〕
『眼球堂の殺人 〜The Book〜』
『双孔堂の殺人 〜Double Torus〜』
『五覚堂の殺人 〜Burning Ship〜』
『伽藍堂の殺人 〜Banach-Tarski Paradox〜』
『教会堂の殺人 〜Game Theory〜』
（以下、続刊。いずれも講談社）

教会堂《きょうかいどう》の殺人《さつじん》 〜Game Theory《ゲーム セオリー》〜
周木《しゅうき》 律《りつ》

講談社文庫
定価はカバーに
表示してあります

2018年９月14日第１刷発行

発行者――渡瀬昌彦
発行所――株式会社 講談社
東京都文京区音羽2-12-21　〒112-8001
電話 出版 (03) 5395-3510
販売 (03) 5395-5817
業務 (03) 5395-3615

Printed in Japan

デザイン―菊地信義
本文データ制作―講談社デジタル製作
印刷―――豊国印刷株式会社
製本―――株式会社国宝社

ISBN978-4-06-512853-4

講談社文庫刊行の辞

二十一世紀の到来を目睫に望みながら、われわれはいま、人類史上かつて例を見ない巨大な転換期をむかえようとしている。

世界も、日本も、激動の予兆に対する期待とおののきを内に蔵して、未知の時代に歩み入ろうとしている。このときにあたり、創業の人野間清治の「ナショナル・エデュケイター」への志を現代に甦らせようと意図して、われわれはここに古今の文芸作品はいうまでもなく、ひろく人文・社会・自然の諸科学から東西の名著を網羅する、新しい綜合文庫の発刊を決意した。

激動の転換期はまた断絶の時代である。われわれは戦後二十五年間の出版文化のありかたへの深い反省をこめて、この断絶の時代にあえて人間的な持続を求めようとする。いたずらに浮薄な商業主義のあだ花を追い求めることなく、長期にわたって良書に生命をあたえようとつとめるところにしか、今後の出版文化の真の繁栄はあり得ないと信じるからである。

同時にわれわれはこの綜合文庫の刊行を通じて、人文・社会・自然の諸科学が、結局人間の学にほかならないことを立証しようと願っている。かつて知識とは、「汝自身を知る」ことにつきていた。現代社会の瑣末な情報の氾濫のなかから、力強い知識の源泉を掘り起し、技術文明のただなかに、生きた人間の姿を復活させること。それこそわれわれの切なる希求である。

われわれは権威に盲従せず、俗流に媚びることなく、渾然一体となって日本の「草の根」をかたちづくる若く新しい世代の人々に、心をこめてこの新しい綜合文庫をおくり届けたい。それは知識の泉であるとともに感受性のふるさとであり、もっとも有機的に組織され、社会に開かれた万人のための大学をめざしている。大方の支援と協力を衷心より切望してやまない。

一九七一年七月

野間省一